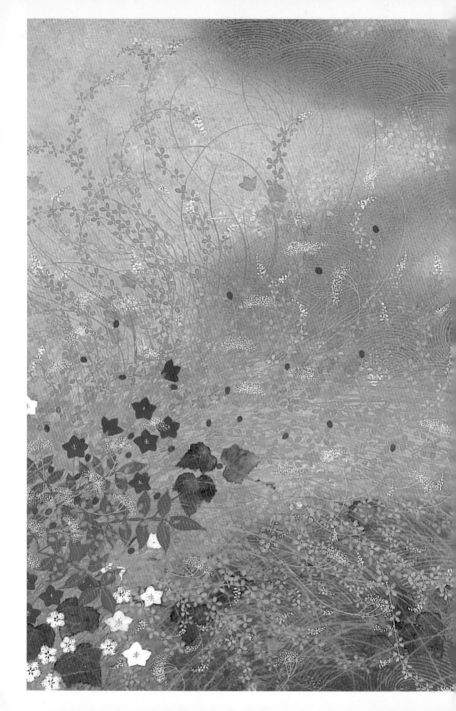

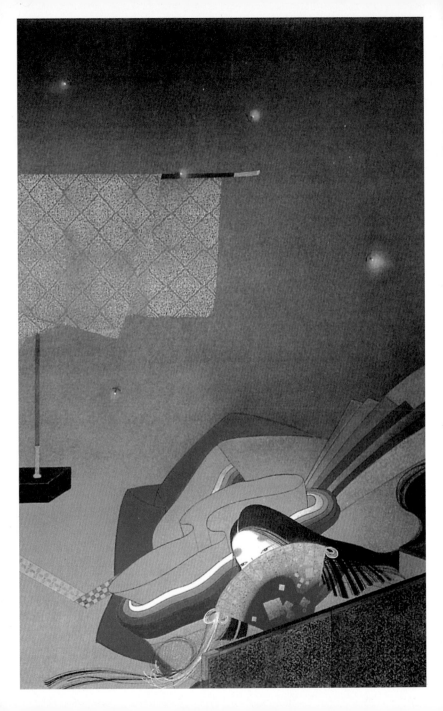

겐지이야기

5

GENJI MONOGATARI

by Murasaki-Shikibu, re-written by Jakucho Setouchi
Copyright © 1996 by Jakucho Setouchi
Original Japanese edition published by Kodansha Ltd.
Korean translation rights arranged with Jakucho Setouchi
through Japan Foreign-Rights Centre

Translated by Kim Nan-Joo
Published by Hangilsa Publishing Co., Ltd., Korea, 2007.

「이 도서의 국립중앙도서관 출판시도서목록(CIP)은
e-CIP 홈페이지(http://www.nl.go.kr/cip.php)에서 이용하실 수 있습니다.
(CIP제어번호: CIP2006002698)」

겐지이야기

5

◆ 무라사키 시키부 지음
◆ 세토우치 자쿠초 현대일본어로 옮김
◆ 김난주 한국어로 옮김
◆ 김유천 감수

한길사

源氏物語
겐
지
이
야
기
⑤

지은이 · 무라사키 시키부
현대일본어로 옮긴이 · 세토우치 자쿠초
한국어로 옮긴이 · 김난주
감수 · 김유천
펴낸이 · 김언호
펴낸곳 · (주)도서출판 한길사

등록 · 1976년 12월 24일 제74호
주소 · 10881 경기도 파주시 광인사길 37
     www.hangilsa.co.kr
     E-mail: hangilsa@hangilsa.co.kr
전화 · 031-955-2000~3   팩스 · 031-955-2005

제1판 제1쇄 2007년 1월 1일
제1판 제5쇄 2023년 3월 24일

값 15,500원
ISBN 978-89-356-5808-4 04830
ISBN 978-89-356-5814-5 (전10권)

닿을 곳 없어
바람 부는 대로 떠다니는
뱃사공처럼 허망한 나이나
마음이 없는 곳에는
닿을 수 없지요

겐지이야기 ⑤

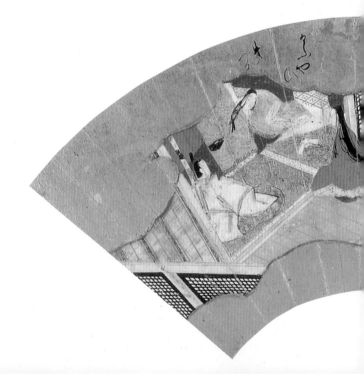

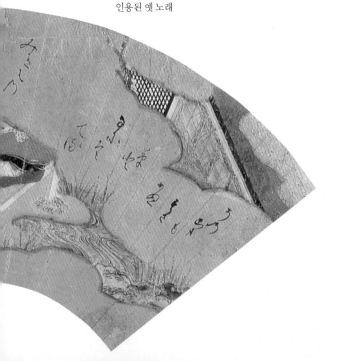

일러두기 ✿

✿ 이 책은 무라사키 시키부(紫式部)의 고전소설 『겐지 이야기』(源氏物語)를
세토우치 자쿠초(瀬戸内寂聴)가 현대일본어로 풀어쓴 것을 한국어로 옮긴 것이다.

✿ 처소명에 따라 붙여진 등장인물의 이름은 처소를 나타낼 땐 한자음으로 읽고,
인물을 가리킬 땐 소리 나는 대로 썼다. 따라서 동명이인이 많다.
예1: 장소 승향전(承香殿); 인물 쇼쿄덴(承香殿) 여어.
예2: 장소 여경전(麗景殿); 인물 레이케이덴(麗景殿) 여어.
예3: 장소 홍휘전(弘輝殿); 인물 고키덴(弘輝殿) 여어.

✿ 산, 강, 절 이름은 지명과 한글을 혼합해서 달았다.
예: 히에이 산(比叡山), 나카 강(那賀川), 기요미즈 절(清水寺).

✿ 거리, 건물, 직함명 등은 한자음 그대로 읽었다.
예: 육조대로(六条大路), 이조원(二条院), 자신전(紫宸殿), 어어(女御), 갱의(更衣),
대납언(大納言).

✿ 각 첩의 제목은 될 수 있는 대로 뜻으로 풀었다.
첩명 해설은 자료를 바탕으로 옮긴이가 정리해 붙였다.
예: 저녁 안개(夕霧), 밤나팔꽃(夕顔).

✿ 등장인물의 이름은 직함에 따라 한자음으로 읽은 경우와, 고유음 그대로를 살린
경우가 있다. 그밖에 인물의 특징을 잘 보여주는 경우에는 뜻을 살려서 달았다.
예1: 중납언, 대보 명부; 예2: 고레미쓰; 예3: 검은 턱수염 대장, 반딧불 병부경.

✿ 이 책의 말미에 붙은 부록 중 '어구 해설'과 '인용된 옛 노래'는
다카기 가즈코(高木和子)가 작성한 것을 바탕으로 필요에 따라 첨삭했다.
본문에 풀어쓴 것은 생략하고, 필요에 따라 그 내용을 옮긴이가
보완하여 정리한 것이다.

✿ 일본 고유의 개념인 미카도(帝)는 이름 뒤에 올 때는 '제'로, 단독으로 쓰일 때는
'천황'과 '폐하'를 혼용했다.

반딧불

우는 소리조차 들리지 않는
반디의 불은
사람이 지운다고
지워지지 않는 법이거늘
하물며 내 사랑의 불길이야

◆ 반딧불 병부경

우는 소리조차 내지 못하고
다만 홀로
자신의 몸을 태우는 반딧불이야말로
말로 전하는 그 누구보다
마음이 깊은 것이겠지요

◆ 다마카즈라

🏵 제25첩 반딧불(螢)

겐지가 반딧불이를 풀어놓아, 그 빛에 병부경이 다마카즈라의 모습을 볼 수 있도록 연출한다. 또 다마카즈라의 노래에도 반딧불이가 등장한다. 병부경은 이 사건 후로 '반딧불 병부경'이라 불린다.

태정대신이란 지엄한 자리에 오른 겐지는 지금 한가롭고 안정된 생활을 하고 있으니, 겐지의 신세를 지고 있는 여인들도 각기 신분에 맞게 원하는 대로 불안 없는 만족스럽고 편안한 생활을 누리고 있습니다.

안타깝게도 서쪽 별채의 다마카즈라 아씨만 예기치 않은 걱정거리가 생겨 어찌하면 좋을지 괴로워하고 있는 듯합니다.

저 대부감의 흉물스러웠던 모습과는 비교도 할 수 없지만, 설마 겐지가 딸이 된 여인에게 흑심을 품고 있으리라고는 아무도 생각지 못하고 있습니다.

아씨는 그런 일을 당할 때마다 벙어리 냉가슴 앓듯이 늘 혼자서만 괴로워하면서 겐지의 어처구니없는 처사에 염증을 느끼고 있습니다.

이제 세상사 모든 것을 알 만한 나이도 된 터라, 이런저런 세상일과 자신의 운명을 생각하면 어머니가 무상하게도 일찍이 돌아가신 것이 새삼 분하고 슬펐습니다.

겐지 역시 일단 속내를 털어놓으면 마음이 후련해질까 싶었는데 오히려 고통스럽고 괴로우니, 이목을 꺼려 사람들 앞에서는 한마디도 말을 걸지 않습니다. 애타는 마음을 품은 채 종종 서쪽 별채로 발길을 하면서 아씨 곁에 시녀들이 없어 조용할 때에만 예사롭지 않은 표정으로 아씨의 마음을 갈구하니, 그때마다 아씨는 가슴이 무너지는 듯합니다. 그렇다고 딱부러지게 거절을 하여 겐지를 난감하게 할 수도 없으니, 그저 못 들은 척 모르는 척 적당히 상대를 할 뿐입니다.

아씨는 애당초 밝고 애교도 많고 친근감을 갖기 쉬운 성품인지라 스스로 꽤나 조심하며 얌전하게 처신하고 있지만, 역시 애교가 넘치는 아름다운 매력은 숨길 수가 없습니다.

병부경은 몸이 달아 열심히 연문을 보냅니다. 연심을 품은 지 시간이 얼마 흐르지도 않았는데, 혼례를 꺼리는 장마철이 된 것을 안타까워하면서 아씨에게 편지를 보냈습니다.

"그저 가까이만 갈 수 있도록 허락하여주신다면 이 애타는 마음 다소나마 털어놓아 후련해질 수 있으련만."

겐지는 이 편지를 보고 아씨에게 문장까지 가르쳐주며 답장을 쓰라고 권합니다.

"좋은 일입니다. 이런 분이 혼담을 꺼내면 볼만하겠지요. 쌀쌀맞게 굴지 말고 간혹 답장을 써보내는 것이 좋습니다."

허나 아씨는 점점 더 겐지가 불편하고 자신이 한심하게 여겨지니 몸이 좋지 않다며 답장을 쓰지 않았습니다.

아씨를 모시는 시녀들도 딱히 집안이 좋거나 신망이 두터운 가문의 출신은 거의 없습니다. 돌아가신 어머니의 숙부로 재상이 있었는데 그 딸이 마음씨도 그런대로 고우나 집안 형편이 기울어 힘들게 사는 것을 찾아내 데려왔습니다. 아버지의 직위를 따라 재상이라 불리는 그 시녀는 글씨를 잘 쓰는데다 다른 일도 어른스럽게 척척 처리하는 다부진 사람이라, 아씨는 때로 이 재상에게 그런 분에게 보내는 답장을 쓰게 하였습니다.

겐지는 재상을 불러내 아씨를 대신하여 편지의 대필을 시키곤 합니다. 아마도 병부경이 다마카즈라에게 어떤 식의 연문을 보내는지 보고 싶어서이겠지요.

아씨는 겐지가 본의 아니게 속내를 털어놓는 일이 있어 한탄스럽고 걱정이 심해진 후로는 병부경이 애정을 담아 보낸 편지를 성의 있게 보는 일도 있습니다. 그렇다고 딱히 병부경에게 별다른 마음이 있는 것은 아닙니다. 겐지의 그 역겨운 태도를 보지 않을 수 있는 방법은 없을까 하고 세상 물정에 밝은 여자처럼 묘안을 생각하니, 병부경과의 결혼을 염두에 두고 있을 뿐이지요.

겐지는 자신과는 무관한 일인데도 괜스레 가슴까지 설레며 병부경을 기다리고 있습니다. 병부경은 겐지의 그런 태도를 꿈에도 알지 못하니 다소 긍정적인 답장이 왔다는 기쁨에 은밀히 육조원을 찾았습니다. 시녀가 나와 옆문 안쪽에 있는 차양의 방에 방석을 깔아놓고 병부경을 안내하였습니다. 병부경은 휘장 너머로 다마카즈라 아씨의 기척을 살피고 있습니다. 겐지는 나서서 온갖 일에 신경을 쓰고 방에다 은은한 향까지 피우니, 친아버지도 아닌데 정말 시시콜콜 간섭이 심하다 여겨집니다. 하지만 진상을 모르는 자는 어떻게 저렇게 세심하게 뒤를 보살필 수 있을까 하고 감탄하여 마지않습니다.

시녀 재상은 아씨가 병부경에게 보내는 편지를 어떻게 전달하면 좋을지 그저 부끄러워 움찔거리며 앉아 있습니다. 겐지는 그 모습을 답답해하며, 뭘 꾸물거리고 있느냐는 듯 소맷자락을 잡아당기고 옆구리를 툭 치기도 하니 재상은 점점 더 어쩔 줄을 모릅니다.

저녁 어둠이 짙어지면서 구름이 끼어 달그림자가 비치는 듯 마는 듯 어렴풋한데, 수심에 잠긴 듯 보이는 병부경의 모습이 참으로 우아하고 요염합니다. 침전 안에서 아련하게 풍기는 향내에 겐지의 옷자락에서 풍기는 한결 그윽한 향내가 더해지니, 사방이 온통 형용하기 어려운 향기로 그득합니다. 병부경은 상상하였던 것보다 한층 풍취가 있는 아씨의 기척에 마음을 더욱 빼앗기니, 색을 탐하기 위해서가 아니라 오직 애타게 사모하는 마음을 전하기 위해 차분하게 호소하는 말투와 분위기가 다른 이와는 매우 다릅니다. 겐지는 매우 흥미 있는 일이라 여기며 귀를 쫑긋 세우고 있습니다.

다마카즈라 아씨는 동쪽 차양의 방에 틀어박혀 쉬고 있었습

22

니다. 병부경의 말을 전하기 위해 그쪽으로 가는 재상에게 겐지가 말하였습니다.

"이렇게 대우하다니 오만하고 재치 없는 처사로구나. 모든 일은 경우에 맞게 처세하는 것이 보기에도 좋은 법이다. 어린애처럼 함부로 굴 나이도 아니고. 병부경까지 남을 대하듯 사람을 통하여 답하여서야 되겠느냐. 직접 목소리를 들려주지는 않아도 좀더 가까이 가도록 하라 이르거라."

아씨는 겐지의 이 말을 전해 듣고도 난감하여 어찌할 바를 모를 뿐입니다. 이런 의견을 빌미 삼아 방으로 불쑥 들어올지도 모르는 겐지의 성품을 생각하면 어찌하여야 하나 싶어도 뾰족한 수가 없으니, 괴로운 마음에 그 자리를 살짝 빠져나가 차양의 방과 안방을 가르는 휘장 뒤에 가서 숨었습니다.

병부경의 말은 뭐라뭐라 계속되는데 아씨는 대답도 하지 않고 주저하고 있습니다. 그런 참에 갑자기 겐지가 나타나 휘장한 자락을 걷어 올리는가 싶더니 동시에 환하게 빛나는 것이 사방으로 흩어졌습니다. 아씨는 지촉을 밝혔나 하고 화들짝 놀랍니다.

그날 저녁 겐지는 반딧불이를 잔뜩 모아 얇은 천에 싸서 빛이 새어나가지 않게 숨겨두었습니다. 그 천을 들고 아씨를 살필 일이 있는 척 방으로 들어가 휙 천을 펼친 것입니다. 아씨는 느닷없는 빛에 놀라 부채로 얼굴을 가리는데 그 옆얼굴이 숨을 삼킬 정도로 요염하고 아름답습니다.

'이 갑작스런 빛이 보이면 병부경이 무슨 일인가 싶어 엿보게 되겠지. 다마카즈라를 나의 친딸이라 여기기에 저렇듯 열심히 구애를 하는 것인데, 그 인품과 용모가 이렇게 흠잡을 데 하나 없을 줄이야 상상도 못하고 있을 게야. 여색에는 열심인 병부경의 마음을 좀 어지럽혀줘야지.'

겐지는 이렇게 생각하고 온갖 재주를 피우니 자신의 친딸이었다면 이렇게까지 공을 들이며 요란을 떨지는 않겠지요. 참으로 난감한 성품입니다.

겐지는 다른 문으로 살짝 빠져나가 돌아갔습니다.

병부경은 아씨가 저쯤에 있을까 하고 짐작하는데, 그곳이 의외로 가까워 가슴을 설레며 하늘거리는 얇은 휘장 사이로 살짝 엿보았습니다. 한 칸 건너에 방이 보이고, 무슨 빛인가 아련하게 아씨를 비추고 있는데 그 풍정이 약이 오를 정도로 아름답습니다.

시녀들이 허둥지둥 반딧불이를 잡아 감추니 빛은 사라지고 말았습니다. 허나 그 아련한 반딧불은 풍류가 넘치는 사랑의 도화선이 될터이지요. 아주 잠깐 살짝 보았을 뿐이지만, 옆으로 누워 있는 아씨의 날씬하고 아름다운 자태에 넋을 잃은 병부경은 더 볼 수 없음을 아쉬워하였습니다. 겐지가 계획한 대로 반딧불 소동은 병부경의 마음에 큰 인상을 남겼습니다.

우는 소리조차 들리지 않는

반디의 불은
사람이 지운다고
지워지지 않는 법이거늘
하물며 내 사랑의 불길이야

병부경은 이렇게 노래하고 말하였습니다.
"이 마음을 헤아리시겠는지요."
이런 노래에 뜸을 들여 답하면 좋지 않을 듯하여 아씨는 얼른
답가를 지었습니다.

우는 소리조차 내지 못하고
다만 홀로
자신의 몸을 태우는 반딧불이야말로
말로 전하는 그 누구보다
마음이 깊은 것이겠지요

이렇게 넌지시 병부경을 힐난하고는 아씨는 방 깊숙이 들어
가버리고 말았습니다. 병부경은 이렇듯 매정한 대접을 받아야
하는 괴로움을 한탄하였습니다. 날이 밝을 때까지 있자니 색을
탐하는 것이라 여겨질 듯하여, 채워지지 않는 사랑의 괴로움과
서러움을 처마 끝에서 쉴새없이 떨어지는 물방울만큼이나 가득
안고, 눈물과 비에 젖어 날이 밝기 전에 집으로 돌아갔습니다.

그때, 장마철 수심에 겨운 밤에 어울리게 소쩍새도 울었겠지요. 그 울음소리를 들으며 노래도 읊었겠으나 그런 것까지 일일이 쓰자니 성가셔 귀담아듣지 않았습니다.

병부경의 용모와 자태가 겐지와 피를 나눈 형제인 만큼 참으로 우아하다고 칭찬이 자자합니다. 어젯밤 마치 친어미처럼 아씨를 보살핀 겐지의 모습을 놓고도 참으로 친절하고 너그러운 분이라고 입이 마르도록 칭찬합니다. 그 모두가 겐지의 본심을 모르는 탓이지요.

다마카즈라 아씨는 겉으로는 아버지답게 행세하는 겐지의 모습을 볼 때마다 속이 뒤집힐 듯하니, 앉으나 서나 그 괴로움이 가시지 않습니다.

'어차피 박복한 내가 초래한 불행이겠지. 친아버지인 내대신을 만난 후에 어엿한 딸로 인정을 받고 나서 겐지 님의 사랑을 받았다면 지금처럼 괴롭고 힘들지는 않으련만. 이렇게 불안정한 처지에 있는 내 신세가 오히려 한심하고 분하구나. 결국에는 세상 사람들의 웃음거리가 되지 않을까.'

아씨의 생각은 이러하나 사실 겐지는 아버지와 딸 사이에 흉측스러운 관계를 맺고 싶지는 않았습니다. 허나 원래 성품이 다정다감한 사람인지라 아키고노무 중궁에게도 깨끗하게 미련을 떨치지는 못하는 듯 보입니다. 때로 뜬금없이 이상히 여길 말을 하여 중궁의 마음을 얻으려 하나, 상대가 신분이 고귀한 중궁이다 보니 다가가기가 수월하지 않은데다 그런 노고를 들이자니 성가시기도 하여 애써 속내를 내비치지 않고 있을 뿐입니다. 그런데 이 다마카즈라 아씨는 붙임성이 좋아 다가가기 쉬운 성품인지라 겐지는 감정을 억제하지 못하고, 시녀들이 보면 수상쩍게 여길 행동을 하는 것입니다. 그럼에도 전에는 그 예가 없었을 정도로 용케 자제를 하고 있으니, 두 사람 사이는 위태로우면서도 아직은 순수하고 깨끗합니다.

오월 오일, 겐지는 하나치루사토의 침전에 있는 마장전을 찾은 길에 다마카즈라 아씨의 서쪽 별채에도 걸음을 하였습니다.

"그래, 병부경은 어제 밤늦게까지 여기 있었습니까? 그 사람은 너무 가까이하지 않는 것이 좋겠습니다. 겉으로는 탈 없어 보여도 실은 골치 아픈 성품입니다. 여자의 마음에 상처를 내면서 외간 여자들과 정을 통하지 않는 사내는 그리 없는 법이지요."

이렇게 멋대로 병부경을 치켜올렸다가는 깎아내리면서 아씨에게 경계하라고 주의를 주는데, 그 모습이 젊은이처럼 풋풋하고 아름다웠습니다. 윤이 반지르르 나고 색깔이 고운 옷에 여름철 평상복을 가볍게 걸쳐 입으니 그 색깔의 조화가 세상 사람의 손으로 빚은 것이라 여겨지지 않으니 하늘의 조화가 아닐까 싶을 정도입니다. 색도 무늬도 여느 때와 다름이 없는데, 오월 오일 단오절이라 그런지 오늘따라 유난히 상큼하게 느껴집니다. 옷자락에 배어 있는 향내까지 그윽하니, 그 괜한 걱정거리만 없다면 얼마나 멋진 모습이랴, 하고 아씨는 바라봅니다.

병부경에게서 또 연문이 왔습니다. 하얗고 얇은 종이에 필적이 오늘따라 우아하고 멋들어집니다. 처음 보았을 때는 정말 훌륭하다 여겼는데, 이렇게 옮겨 쓰자니 딱히 훌륭한 내용은 아닌 듯합니다.

단오절인 오늘조차
뽑아주는 이 없어
깊은 물속에서
숨죽여 흐르는 창포 뿌리여
그대의 속절없는 대우에
오늘도 나는 소리내어 우니

긴 창포 뿌리로 편지를 묶어 보내니 먼 훗날까지 화젯거리가 될 듯합니다. 겐지는 그 편지를 보고 오늘 내로 답장을 쓰라 이르고는 돌아갔습니다.

시녀들도 답장을 쓰라 권하니 아씨는 무슨 생각을 하였는지 이런 노래를 지었습니다.

물 밖에서 보니
창포 뿌리란 참으로 보잘것없어라
사리분별도 못하고 소리내어
운다는 님의 마음이

이 같다는 것이겠지요

"어른답지 못한 처신입니다."

엷은 먹으로 이렇게만 씌어 있습니다. 필적에 조금만 더 풍취가 있었더라면 좋았을 것을 하면서 다소 아쉬워하니, 과연 풍류를 좋아하는 병부경다운 감상입니다.

오늘은 오월 오일 단오절, 많은 사람들이 다마카즈라 아씨에게 온갖 세공으로 멋을 부린 액막이 주머니를 선물하였습니다. 다마카즈라 아씨는 슬픈 운명에 괴로워하였던 오랜 세월의 흔적이 말끔히 가신 현재의 생활에 마음도 느긋하고 여유로워졌는데, 어차피 겐지와의 관계를 끊는다면 그 이름에 조금이라도 흠집이 나지 않도록 해야겠다는 생각을 어찌 하지 않겠는지요.

겐지는 하나치루사토의 방에 들러 이렇게 말하였습니다.

"유기리 중장이 오늘 좌근위부에서 여는 활쏘기 대회를 치른 후에 친구들을 데리고 이리로 온다 하였으니 그리 알고 계세요. 해가 기울기 전에 올 듯합니다. 참으로 이상한 일이지만, 이곳에서 은밀히 치르려는 조용한 행사도 병부경 쪽에서 어찌 알고 발길을 하니 결국 일이 커질 겝니다. 그러니 준비를 하고 계세요."

마장전은 서쪽 별채의 회랑에서도 보일 만큼 가까운 거리에 있습니다.

"젊은 시녀들은 건널복도의 문을 열어놓고 구경하라 이르세요. 요즘 좌근위부에는 제법 재치 있는 젊은이들이 많으니 어중간한 전상인 못지않을 겝니다."

겐지의 이런 말에 젊은 시녀들은 오늘의 구경거리에 큰 기대를 걸고 있습니다.

다마카즈라 아씨가 있는 서쪽 별채에서도 여동들이 구경을 하러 왔습니다. 복도 문에 시원스럽게 발을 걸어놓고 현대식으로 어릿어릿하게 물을 들인 휘장을 죽 늘어뜨렸는데, 여동과 하녀들이 그 문 언저리에 모여 어슬렁거리고 있습니다.

안팎의 색깔이 파랑, 홍매로 서로 다른 속홑옷에 남보라색 얇은 한삼을 입고 있는 귀엽고 곱상한 여동 넷은 서쪽 별채의 여동이겠지요. 하녀들은 백단향 꽃처럼 옅은 보라색에 단을 짙게 물들인 겉치마를 입고, 엷은 연두색 당의를 입고 있으니 이는 오늘이 단오절임을 뜻하는 옷차림입니다.

하나치루사토의 여동은 짙은 붉은색 홑옷에 안팎의 색깔이 홍매와 파랑인 한삼을 얌전하게 차려입고 있습니다. 이렇게 옷차림으로도 서로 경쟁을 하니 그 또한 볼거리입니다.

젊은 전상인들은 일찍부터 시녀에게 눈독을 들이며 마음이 있다는 몸짓을 보냅니다.

오후 두 시경, 마장전에 겐지가 나타나자 친왕들도 모여 들었습니다.

궁중에서 경기를 치를 때와는 달리 중장과 소장이 한데 어울려 화사하고 색다른 취향을 선보이며 날이 저물도록 놀았습니다.

여자들은 어떻게 돌아가는 것인지 전혀 모르는 경기였지만, 잔심부름을 하는 아랫것들까지 화려하게 차려입고 필사의 기술을 다한 승부에 열을 올리니 참으로 흥겨운 구경거리였습니다.

마장은 무라사키 부인이 거처하는 남쪽 침전까지 걸쳐서 있는 터라 그쪽에서도 젊은 시녀들이 구경을 하고 있습니다.

타구락과 낙존 등의 무악을 연주하는 소리에, 승부가 정해질 때마다 울려 퍼지는 난성, 젓대와 북소리까지 더하여 요란스럽기 짝이 없습니다. 이윽고 밤이 되자 어둠에 묻혀 아무것도 보이지 않았습니다.

심부름꾼들은 승패에 따라 각기 상품을 받았습니다.

밤이 깊어서야 사람들은 모두 돌아갔습니다.

겐지는 그날 밤, 하나치루사토의 침전에서 묵었습니다.

겐지는 하나치루사토에게 병부경을 이렇게 평하였습니다.

"병부경은 정말 다른 사람과는 비교도 안 될 만큼 뛰어난 사람입니다. 용모는 그다지 훌륭하지 않으나 마음씀씀이며 태도가 자상하여 사람의 마음을 부드럽게 어루만지니 참으로 매력적인 사람입니다. 그대도 살며시 보았겠지요. 사람들은 다들 좋다고 칭찬하는데, 그래도 역시 조금은 아쉬운 부분도 있습니다."

"병부경 님은 당신의 아우인데도 훨씬 나이가 들어 보였습니다. 지금까지 오랜 세월 동안 행사가 있으면 반드시 찾아오는 등 화목하게 지내신다는 얘기는 들었지만, 옛날에 궁중에서 잠시 뵌 이후로 전혀 만나 뵐 기회가 없었습니다. 아무럼 용모도 나이와 함께 훌륭해지셨겠지요. 한편 대재부 태수님은 미남이기는 하나 성품이 그에 못 미치는 듯하여 친왕이라기보다는 제왕 정도로 보였습니다."

하나치루사토가 이렇게 말하자 겐지는 한눈에 용케 사람의 성품을 알아보았다고 생각하였으나, 그저 미소만 지으며 그밖의 다른 사람에 대해서는 가타부타 말하지 않았습니다. 타인을 헐뜯고 가벼이 여기는 말을 하는 사람은 품성이 좋지 못하다고 생각하는 탓이겠지요.

겐지는 검은 턱수염 우대장조차 세상에서는 우아하고 품위 있는 사람이라고 평하는 듯한데 그 말이 과연 사실일지, 만의 하나 그 사람을 다마카즈라의 남편으로 삼아 사위로 가까이 지내게 된다면 아쉬움이 더 클 터이지, 하고 생각하면서도 말은 꺼내지 않았습니다.

겐지와 하나치루사토는 겉으로야 부부 사이로 지내지만 잠자리를 함께하지는 않습니다. 겐지는 어쩌다가 이렇게 서먹하게 되었을까, 하고 안타까워합니다. 하나치루사토는 매사에 질투를 하지도 않고 요즘은 더욱이 때에 맞춰 벌어지는 행사에 관한 소문도 사람들을 통해 듣기만 할 뿐인데, 오늘은 반갑게도 이곳에서 행사를 치렀으니 그것만 해도 더없이 기쁘고 명예로운 일이라고 만족해하고 있습니다.

　　말조차 먹지 않는 풀이라 하여

하찮게 여기는 물가의 창포처럼
보잘것없는 나를
오늘이 창포의 날이라 하여
치켜세워주셨는지요

이렇게 너그러운 마음으로 노래를 지으니, 딱히 어떻다 할 만한 노래는 아니지만 겐지는 편안한 마음으로 듣고 있습니다.

금실 좋은 논병아리처럼
늘 그대와 그림자 나란히
함께 있는 망아지인 내가
어찌 창포인 그대와
헤어질 수 있으리오

참으로 허물없는 두 사람의 솔직담백한 노래입니다.
"아침저녁으로 늘 마주보는 사이는 아니나 이렇게 만나면 마음이 아주 편안합니다."
겐지는 거의 농담 삼아 이렇게 말하는데 성품이 얌전한 하나치루사토는 분에 겹다는 말투로 나직하게 얘기합니다. 하나치루사토는 또 겐지에게 자신의 침소를 쓰라 하고, 자신은 휘장을 사이에 치고 누울 자리를 마련하였습니다. 겐지와 잠자리를 같이하는 것은 분에 넘치는 일이라 아예 체념하고 있으니, 겐지 역시 억지로 잠자리를 같이하자 권하지는 않습니다.

장맛비가 예년보다 한층 오래 추적추적 내리니, 하늘이나 마음이나 환히 개지 않고 따분하여 육조원의 여인들은 소일거리 삼아 그림 이야기책을 읽으며 지내고 있습니다.

아카시 부인은 그림 이야기책을 읽고는 갖은 멋을 부려 두루마리 그림을 만들어 딸에게 올렸습니다.

서쪽 별채의 다마카즈라 아씨는 긴 세월 그림 이야기책을 접할 기회가 없는 시골에서 지낸 터라 다른 여인들보다 한층 더 신기해하니, 그 재미에 푹 빠져 낮이나 밤이나 얘기책을 읽고 베끼는 데 열심입니다. 서쪽 별채에는 이야기를 필사하고 그림으로 그려내는 재주를 가진 젊은 시녀들도 많이 있습니다.

많고 많은 사람들의 다양한 사연을 모아놓은 이야기들 가운데, 사실인지 허구인지는 모르겠으나 자신처럼 드문 처지에 놓인 사람은 없는 듯하다고 다마카즈라 아씨는 생각합니다.

『스미요시 이야기』는 의붓딸이 피눈물 나는 운명에 직면하였던 그 당시는 물론 지금 역시 많은 사람들에게 각별한 사랑을 받고 있는 듯합니다. 이야기 가운데, 계모가 보낸 노인 주계두가 하마터면 딸을 훔쳐낼 뻔한 장면에서 다마카즈라 아씨는 자칫 잘못했으면 예의 대부감의 아내가 될 뻔했던 자신의 경험을 떠올립니다.

겐지는 어느 처소를 돌아보나 이렇게 이야기책이 널려 있는 것이 눈에 거슬리는 모양입니다.

"아아, 골치 아픈 일입니다. 여자란 사람에게 속기 위해서 이 세상에 태어난 모양입니다. 수많은 이야기책 속에 나와 있는 이야기 가운데 진정 사실은 그리 많지 않은데, 그렇다는 것을 잘 알고 있으면서도 허황된 이야기에 마음을 빼앗기고 보기 좋게 속아 넘어가, 이 무더운 장마철에 머리칼이 헝클어지는 것도 마다 않고 베끼고 있으니."

이렇게 말하고 웃으면서도 한편으로는 따분한 시기를 그렇게라도 보내지 않으면 안 될 것이라 수긍을 하기도 합니다.

"하기야 옛날 이야기책이라도 읽지 않으면 달리 따분함을 달랠 길이 없으니 어쩔 수 없는 일입니다. 허나 이 수많은 거짓 이야기 가운데, 과연 세상에는 이런 일도 있구나 싶도록 사실적으로 써서 읽는 이를 감동시키는 이야기도 있으니, 그런 이야기는 어차피 허황되게 꾸며낸 이야기라는 것을 알면서도 읽는 재미에 푹 빠져서, 등장하는 가엾은 여자가 슬픔에 잠겨 있는 장면을 읽다 보면 다소는 마음이 홀리기도 하지요. 또 이런 일은 절대 있을 수 없다 생각하면서도 읽다 보면 허풍스럽고 과장된 내용에 판단력이 흐려지다가도 새삼 차분하게 들어 보면 형편없는 이야기라서 괜스레 화가 나기도 하는데, 그런 이야기들 중에도 간혹 마음을 움직이는 장면이 절절하게 그려져 있기도 하지요. 요즘 아카시 부인이 가끔 시녀들에게 이야기를 읽어주곤 하는데, 어쩌다 들어보면 세상에는 참 재주 있는 이야기꾼도 많다 싶습니다. 이런 이야기는 거짓말이 입에 붙은 사람들의 입에서 나오는 것이라 여겨지는데, 그렇지만도 않습니까."

다마카즈라는 겐지의 말에 이렇게 대꾸합니다.

"말씀하시는 대로 늘 거짓말을 하는 데 길든 사람은 그렇게 짐작하는 것이 당연하겠지요. 허나 제게는 모든 것이 사실로 여겨집니다."

다마카즈라 아씨가 벼루와 먹을 옆으로 밀어내며 이제 그만 이야기책을 베껴 쓰려 하자, 겐지는 웃으면서 이렇게 말하였습니다.

"공연히 마음 상할 소리를 했군요. 이야기책을 폄훼할 생각은 아니었습니다. 이야기란 예로부터 이 세상이 생겨난 이치를 써서 남긴 것이라 합니다. 하지만 정사라고 하는 『일본기』에도 그 일부밖에 씌어 있지 않으니, 오히려 이야기책 안에 세세하게 쓰여 있는 경우도 있겠지요. 이야기란 또 누구누구를 등장인물로 한다 하여 있는 그대로를 쓰는 일은 없습니다. 좋은 일이든 나쁜 일이든 이 세상에 살아 있는 사람들의 다양한 모습을, 보고 또 보아도 물리지 않고 듣고 또 들어도 버릴 수 없는 사연을 훗날까지 전하고 싶어 글로 쓴 것이 이야기책의 시초라고 합니다. 자기 혼자만의 가슴에 묻어둘 수가 없어 그리된 것이지요. 작중인물을 좋은 사람으로 꾸미기 위해 애쓰다 보면 좋은 일만 골라 쓰게 되는가 하면, 읽는 이의 요구에 따라 세상에 있을 법하지 않은 나쁜 이야기를 잔뜩 모아 쓰기도 하는데, 이는 모두 세상에 실제로 있을 법한 선과 악의 이야기지요.

중국의 이야기는 그 글투가 우리나라와는 다르고, 우리나라의 이야기라 하여도 옛이야기와 지금의 이야기는 다릅니다. 내용의 깊고 얕음에는 차이가 있겠으나, 이야기를 전적으로 꾸며낸 거짓이라고 단정하는 것은 이야기의 본질을 곡해한 처사입니다.

부처님이 고매한 마음으로 설파한 경에도 방편이란 것이 있어, 깨달음을 얻지 못한 자는 오히려 경문 곳곳에 가르침에 모순이 있다고 의문을 품겠지요. 방편설은 방등경 중에 많은데, 결국은 한 가지 취지에 따른 것이므로 깨달음과 미몽의 차이란 이야기 속에 등장하는 선인과 악인의 차이와 같은 것입니다. 선의로 해석하면 모든 일에 소용없는 일이란 없게 되는 셈이지요."

겐지는 이렇게 거창하게 이야기론을 펼칩니다.

"그런데 오래된 옛날이야기 속에도 나처럼 성실하면서 여자에게는 대접을 받지 못하는 어리석은 자가 등장합니까. 어떤 이야기 속에서 인간미가 없어 세상 사람 같지 않은 여자가 등장한다 한들 그대처럼 매정하고 새침한 사람은 없을 겁니다. 그러니 우리의 이야기를 희귀한 이야기로 써서 후세에 남기기로 하지요."

겐지가 가까이 다가와 이렇게 말하니 아씨는 옷깃에 얼굴을 파묻고 말합니다.

"그렇지 않아도 이렇듯 희귀한 관계는 세상 사람들에게 소문의 씨앗이 될 터인데요."

"그대도 희귀한 일이라 여기는지요. 나는 정말 그대처럼 아비에게 매정한 딸은 둘도 없으리라 생각합니다."

아씨에게 허물없이 바싹 다가가 앉은 겐지의 모습에 장난기가 잔뜩 어려 있으니, 사리분별이고 뭐고 없습니다.

생각다 못해
옛날에 그런 사람이 있는가 싶어
옛이야기 책을 뒤져보았으나
부모를 거스른 자식은
그 예를 찾아볼 수 없더이다

"불효는 불교에서도 그 벌이 엄하답니다."

겐지가 이렇게 말하여도 다마카즈라 아씨는 얼굴조차 들지 않습니다. 겐지가 아씨의 머리칼을 쓰다듬으면서 원망을 하니 아씨는 간신히 이런 노래를 읊었습니다.

이야기책 속에서
옛사람들의 예를 찾아보았으나
실로 없더이다
딸에게 연심을 품는

한심한 아비의 예는

이런 노래를 듣자 겐지는 부끄러움에 그 이상 도에 지나치는 행동은 자제하였습니다.

상황이 이러하니 대체 이 두 사람 사이는 어떻게 될는지요.

무라사키 부인도 아카시 부인의 딸을 위해 주문을 한다는 빌미로 이야기책을 모아들이니, 한시도 손에서 떼놓지 못합니다. 그림으로 그려진 『구마노 이야기』를 참으로 그림을 잘 그렸다 감탄하면서 보고 있습니다. 어린 아씨가 천진난만한 표정으로 낮잠을 자고 있는 그림을 보면서, 그 옛날 자신의 어린시절을 떠올리기도 합니다.

"이렇게 어린아이들까지 연애를 한다는 말이오. 나는 당신이 어른이 되기를 기다려 맞았거늘, 인내심의 예로 들어도 좋을 만큼 나란 사람은 다른 이들과 달랐나 보구려."

겐지는 또 옛이야기를 꺼냅니다. 과연 세상에 둘도 없는 연애만 경험한 사람이로군요.

"아씨 앞에서 세파에 닳고 닳은 연애 이야기책은 읽어드리지 않는 것이 좋겠소이다. 남몰래 연심을 품은 여자들 이야기를 재미있지는 않다 여겨도, 세상에는 이런 일도 있다는 것을 당연하게 생각한다면 큰일이니까요."

이런 대화를 만약에 서쪽 별채의 아씨가 듣는다면 겐지가 하는 말이 자신에 대한 처신과는 매우 다르다고 언짢아하겠지요.

"정말 이야기책의 연애 이야기를 흉내내는 것은 천박해서 보아줄 수가 없지요.『우쓰호 이야기』에 나오는 후지와라의 딸은 사려 깊고 다부지고 빈틈 없는 듯 보이지만, 상대에 대한 퉁명스런 말투와 태도에 여자다움이 없으니, 그 또한 마음씨가 곱지 못한 여자와 마찬가지로 모범은 되지 못할 듯합니다."

무라사키 부인이 이렇게 말하자 겐지는 오직 아카시 아씨가 사람들에게 손가락질을 당하는 일이 없도록 마음을 쓰며 말하였습니다.

"사람 사는 세상에서도 자칫 그리 되기 쉽습니다. 사람들 각자가 남다른 주장을 갖고 있어 양보도 하지 않고 정도껏 처신을 하지 않으니 그렇지요. 번듯한 부모가 온갖 정성을 들여 키운 딸이 어린애처럼 순진하다는 것만 좋게 평가하고, 그밖의 모자란 점은 어떻게 길렀기에 그 모양이냐고 부모의 양육 방식까지 거들먹거리니, 참으로 안된 일입니다. 그러나 한편 딸을 보아 그 신분에 어울리게 잘 자랐다 싶으면 과연 키운 보람이 있다 하여 부모도 체면이 서게 마련입니다. 주위 사람들이 입이 마르도록 칭찬을 하는데, 막상 그 딸의 태도며 입에 담는 말을 보고 들어 사람들 말이 옳다 싶지 않으면 실망이 큰 법이지요. 스스로 내세울 것이 없는 사람은 딸을 칭찬하지 말아야겠지요. 사려가 깊지 못한 사람일수록 칭찬을 하려 드니 말이오."

계모의 마음이란 그런 것이라 당연시하지 않도록 겐지는 심술궂은 계모를 다룬 많은 옛이야기 가운데에서 고르고 골라 정서를 시키기도 하고 그림으로 그리게 하였습니다.

겐지는 큰아들인 유기리 중장으로 하여 무라사키 부인 근처에는 얼씬도 하지 못하도록 하고 있는데, 아카시 아씨에게는 오히려 멀리하지 않도록 지금부터 버릇을 들이고 있습니다.

자신이 살아 있는 동안은 어차피 비슷하지만, 죽은 후의 일을 생각하면 역시 평소부터 친밀하게 지내 서로의 마음을 아는 것이 형제애도 깊어지고, 장래 후견인이 되기에도 수월하리라 생각하니, 남쪽 차양의 방 발 안에는 출입을 허락하였습니다. 하지만 시녀들이 있는 대반소에는 드나들지 못하게 하였습니다.

겐지는 자식이 많지 않은지라 유기리 중장과 아카시 아씨에게 금이야 옥이야 공을 들이고 있습니다. 유기리 중장은 의젓하고 고지식한 성품이라 겐지는 안심하고 아씨를 맡기고 있습니다.

아카시의 아씨는 아직은 어린애라 인형놀이를 좋아하니, 중장은 그 옛날 구모이노카리 아씨와 놀던 시절이 그리워 견딜 수가 없습니다. 중장은 인형놀이를 하는 어린 동생을 돌보면서 때로 눈물을 머금기도 하였습니다.

그럴 만한 상대가 있으면 가볍게 농담을 걸기도 하는데, 그런 상대가 여럿 있어도 상대가 진정으로 장래를 꿈꾸도록 깊이 사귀지는 않습니다. 아내로 삼기에 모자람이 없겠다 싶을 정도로 마음이 끌리는 여자가 있어도 애써 가벼운 장난기로 여겼습니다. 역시 구모이노카리의 유모에게 고작 6위라고 멸시를 당한 것이 마음에 걸려, 어떻게든 자신을 다시 보게 하려는 마음만이 떨쳐버릴 수 없는 중대사로 머리를 떠나지 않는 까닭이겠지요.

염치 불구하고 끈질기게 따라다녔다면 내대신도 어쩔 수 없이 손을 들고 결혼을 허락했을지도 모르지요. 하지만 둘의 사이를 갈라놓아 분을 삭일 수 없었던 그 무렵, 무슨 일이 있어도 내대신의 그 처분의 옳고 그름을 밝혀 반성하게 하겠노라 결심하였던 일이 잊혀지지 않습니다. 아씨에게는 열렬한 사랑의 마음을 남김없이 편지에 써서 은밀히 전하였습니다. 그러면서도 겉으로는 전혀 초조해하지 않는 듯 시침을 떼고 있는 것입니다.

그래서 아씨의 형제들도 이 유기리 중장의 태도를 밉살스럽게 여기는 일이 많았습니다.

내대신의 큰아들 가시와기 두중장은 서쪽 별채의 다마카즈라 아씨를 흠모하여 여동 미루코를 통하여 편지를 보내곤 하였으나, 도무지 믿고 기대할 수가 없으니 결국 유기리 중장에게 울며 매달렸습니다.

"타인의 연애 사건에는 험담을 하고 싶어 입이 근질거리는 법입니다."

유기리 중장은 매몰찬 대답을 하였습니다. 두 사람 사이가 그 옛날 서로의 아버지와 닮지 않았나 싶습니다.

내대신은 정부인을 비롯하여 여러 부인에게서 많은 자식을 얻었습니다. 지금은 모두 부인의 성망과 본인의 인품에 따라, 또 내대신의 명성과 권력의 도움으로 번듯한 지위에 올라 있습니다.

딸은 그리 많지 않아 고키덴 여어가 중궁이 되어주기를 그토록 바랐건만 아키고노무 중궁에게 자리를 빼앗기고, 구모이노카리 역시 동궁비가 되게 하려 계획하였으나 뜻대로 되지 않으니 몹시 분해하고 있습니다.

한편 패랭이꽃 노래를 남긴 여인이 낳은 딸이 잊혀지지 않으니, 비 내리는 날 밤의 여인 품평회에서 그 여인 얘기를 꺼낸 것도 그 때문입니다.

'그 아이는 지금 어쩌고 있을꼬. 귀여운 아이였거늘, 그 어미의 생각이 믿음직스럽지 못하였는데, 결국은 행방이 묘연해지고 말았으니. 애당초 여식이란 무슨 일이 있어도 한시도 눈길을 떼어서는 안 되는 것이었는데. 공연히 영리한 척하며 내대신의 딸이라 떠들어 비참한 처지에 놓여 있는 것은 아닐까. 어떻게 살고 있든 내 딸이라고 어디에선가 나타나주었으면 좋겠거늘.'

내대신은 잃어버린 딸을 절절히 그리워하며 마음을 쓰고 있습니다. 자식들에게도 늘 이렇게 말합니다.

"만약에 내 자식이라고 이름을 내세우는 자가 있거든 귀담아 듣도록 하세요. 젊은 시절에 마음이 동하는 대로 불미한 짓을 많이 저지르기도 했지만 그 딸의 어미는 진정으로 사랑하였습니다. 가벼운 바람기가 아니었는데 사소한 일로 상심하여 스스로 몸을 감추고 말았으니, 몇 안 되는 딸 가운데 하나를 그렇게 잃어버린 것이 심히 안타까워 그렇습니다."

물론 한때는 잊고 지낸 탓에 이리 애타하는 마음도 없었는데, 겐지는 물론 다른 이들이 딸을 소중하게 키우는 것을 보니, 자신만이 뜻한 바대로 되지 않은 것이 실로 마음에 들지 않아 그러는 것이지요.

내대신은 묘한 꿈을 꾸고, 해몽에 능하다는 자를 불러들여 꿈풀이를 하게 하였습니다.

"혹시 주위에서 오래도록 만나지 못한 따님이 누군가의 양녀로 들어갔다는 소문을 듣지 못하셨는지요."

"딸아이가 남의 집에 양녀로 들어가는 일은 쉬이 있을 수 있는 일이 아니거늘. 대체 무슨 뜻일꼬."

이렇게 요즘은 부쩍 잃어버린 딸을 생각하고 화제로 삼는 일이 많습니다.

패랭이꽃

패랭이꽃처럼 아리따운
그대를 보면
아버지도 옛날이 그리워
어머님의 행방을 묻겠지요

◆ 겐지

❀ 제26첩 패랭이꽃(常夏)

흔히 사랑하는 아이, 사랑하는 여인을 패랭이꽃에 비유한다. 「하하키기」 첩에서 두중장(현재는 내대신)과 유가오가 주고받은 노래와 그 관계를 담고 있는 겐지의 노래에서 제목이 붙었다. 패랭이꽃처럼 아리따운 그대란 유가오의 딸인 다마카즈라를 뜻한다.

무더운 여름 어느 날, 겐지는 동쪽 연못가 건물에 나와 더위를 식히고 있습니다. 유기리 중장과 친히 지내는 전상인들도 그 자리에 함께하고 있습니다. 전상인들은 가쓰라 강에서 낚아 헌상한 은어와 가모 강에서 잡은 둑중개라는 작은 물고기들을 겐지가 보는 앞에서 요리하여 올립니다.

 늘 그러하듯 내대신 집안의 아들들이 유리기 중장을 만나기 위해 이곳을 찾았습니다.

 "따분하여서 잠이 쏟아지는 참이었는데 마침 잘들 왔습니다."

 겐지는 술을 베풀고, 물에 얼음을 띄워 오라 일러 마시기도 하고, 얼음물에 만 물밥을 흥겹게 먹고 있습니다.

 구름 한 점 없이 맑은 하늘에 긴 하루해가 서편으로 기울 무렵, 바람은 살랑살랑 불어오는데도 구성지게 울어대는 매미 소리마저 무덥게 들렸습니다.

 "오늘의 이 더위는 물가에 자리를 잡고 앉아 있어도 전혀 가시지 않습니다그려. 좀 실례를 하여야겠습니다."

겐지는 이렇게 말하며 옆으로 기대어 누웠습니다.

"이렇게 무더운 때는 맥이 좍 풀려서 음악놀이조차 하고 싶은 마음이 없으니, 그렇다고 아무것도 하지 않고 지내자니 무료하여 하루해가 길게만 느껴집니다. 궁중에서 직무에 임하는 젊은 이들은 참으로 견디기 힘들겠어요. 허리띠조차 마음대로 풀 수가 없을 터이니. 아무쪼록 이곳에서 마음 편히 쉬면서, 요즘 세상사 가운데 잠기운이 달아날 만큼 재미있는 사건이라도 있으면 들려주세요. 이제 노인네가 다 된 모양입니다. 세상 돌아가는 일에 이리도 둔해졌으니."

겐지가 이렇게 말하나, 딱히 재미있고 신기한 일이라 하여 들려줄 만한 일도 생각나지 않으니 모두들 황송하여 그저 시원한 난간에 등을 기대고 앉아 있을 뿐입니다.

"어디에서 어떻게 들었는지는 잊었지만, 내대신이 요즘 외간 여자에게서 낳은 딸자식을 찾아내어 애지중지 보살피고 있다는 소문을 들었는데, 그것이 사실입니까?"

겐지가 내대신의 차남 변소장에게 물었습니다.

"소문이 날 만큼 대단한 일은 아니옵니다. 올봄의 일이었지요. 아버님이 꿈 얘기를 하셨는데, 사람을 통해 그 얘기를 들은 어떤 여인이 전할 말이 있다면서 나타났습니다. 가시와기 형님이 찾아가 그런 관계를 증명할 만한 근거가 있으냐고 물었다고 합니다. 자세한 사정은 잘 모르오나, 아무튼 요즘 세상에 흔치 않은 일이라 사람들이 말이 많은 듯하옵니다. 하지만 이런 일은 아버님에게나 우리 집안에나 수치스러운 일이지요."

변소장이 이렇게 대답하자 겐지는 역시 소문이 사실이었다고 생각하였습니다.

"슬하에 자식이 그렇게 많거늘, 줄에서 빠져나와 혼자가 된 기러기 새끼까지 기를 쓰고 찾아내다니 욕심이 많으십니다그려. 나야말로 자식이 많지 않아 어디 그런 자식이라도 하나 있으면 찾아오고 싶은데, 아비를 찾아 나서고 싶지 않은 것인지 그런 소문이 일절 들리지 않으니. 그건 그렇고, 내대신의 자식이라 이름을 대고 나선 이상 인연이 없는 남남은 아니겠지요. 내대신도 젊은 시절에는 꽤나 여기저기 은밀한 걸음이 잦았으니까요. 저 밑바닥까지 맑지 않은 물에 어린 달그림자처럼 깨끗하지 못한 것은 당연한 일이지요."

이렇게 웃으면서 말하니 유기리 중장도 그 일에 대해 자세히 들어 알고 있는지라 빙그레 웃고 있습니다. 변소장과 동생인 도시종 두 사람은 몹시 난처한 표정입니다. 겐지는 유기리 중장을 놀리듯 이렇게 말하였습니다.

"중장, 네가 그 낙엽을 주워 오면 되겠구나. 좋아하는 여인에게 차였다는 상서롭지 못한 평판을 후세에 남기는 것보다 그 여인과 같은 핏줄에게 마음의 위로를 얻는다 하여 안 될 것이 무에 있겠느냐."

겐지와 내대신의 관계는 표면적으로야 원만해 보이지만 옛날부터 이렇게 줄다리기를 하듯 팽팽하게 틈이 벌어져 있었습니다. 하물며 지금, 유기리 중장에 구모이노카리 아씨 일로 창피를 톡톡히 당하고 마음이 상해 있으니, 내대신의 그런 매몰찬 처사를 가슴에 묻지 못하고 일부러 들으란 듯이 말하며 내대신의 부아를 돋우려는 심사인 게지요.

겐지는 이런 얘기를 들으면서 다마카즈라 아씨를 생각합니다.

'아씨와 내대신을 대면하게 하면 그야 물론 소중하게 다룰 터이지. 만사에 반듯하게 형식을 취하여 처리하는 성품이니. 선악의 구별도 분명하고, 사람을 칭찬하거나 비난하고 무시하는 것에도 유독 엄격한 분이니, 아씨를 내가 보살피고 있다는 것을 알면 무척이나 화를 낼 터. 허나 잘 키워 어엿한 여인의 모습으로 만나게 하면 절대 가벼이는 여기지 못할 것이야. 아무튼 방심하지 말고 잘 보살펴야겠군.'

날이 저물면서 바람이 시원하게 불자 젊은이들은 돌아가고 싶지 않은 표정입니다.

"나는 편안히 바람이나 쐬어야겠습니다. 이제 젊은이들이 싫어하는 노인네가 된 듯하니."

이렇게 말하고 겐지는 서쪽 별채로 걸음을 돌렸습니다. 젊은 공달들은 겐지를 배웅하기 위해 뒤를 따랐습니다. 모두들 똑같은 색의 평상복을 입고 있는 터라 어슴푸레한 저녁 어둠 속에서 누가 누구인지 구별이 가지 않습니다.

겐지는 다마카즈라 아씨에게 다가가 소곤거렸습니다.

"좀더 이 끝으로 나와 앉으세요. 변소장과 도 시종을 데리고 왔습니다. 이 사람들은 언제든 달려서라도 이곳에 오고 싶어하는데, 유기리 중장이 고지식하고 눈치가 없어 데리고 오지 않는 것도 매정한 일입니다. 이 젊은이들은 모두 그대에게 마음을 두고 있습니다. 하찮은 신분의 여인이라도 집안 깊숙이 숨어 있는 동안에는 뭇 사내들의 마음을 사로잡는 법이니까요. 더구나 세상 사람들은 우리 집안을 실제보다 거창하게 여겨 과장되게 상상하고 소문을 내고 있는 듯합니다. 이 육조원에도 각기 여인들이 있지만, 젊은이들이 연심을 품고 모여들 상대로는 걸맞지 않지요. 그대가 이 집에 살게 된 후로 사랑에 빠진 젊은이들의 마음이 얼마나 깊은지 보고 싶다 생각하였는데, 마침 따분하던 차에 그 바람이 이루어진 것 같습니다."

앞뜰에는 갖가지 색깔이 요란한 들꽃을 심지 않고 패랭이꽃만 가지런히 심어놓았습니다. 술패랭이, 각시패랭이 등 흐드러지게 핀 귀여운 꽃들이 울타리를 이루어 저녁 어둠 속에 떠 있는 정경이 참으로 아름답습니다.

젊은이들은 꽃밭 주변에 모여 뜻대로 꺾이지 않는 것을 아쉬워하고 있습니다.

"저 젊은이들은 모두 교양도 있고 식견도 있는 사람들입니다. 심성도 훌륭하고요. 특히 내대신의 큰아들 가시와기 두중장은 침착하고 내가 부끄러울 만큼 성품도 좋은 사람입니다. 그래, 그 중장에게서는 편지가 오지 않았던가요. 너무 쌀쌀맞게 굴지 마세요. 상대의 기분을 언짢게 하여서는 아니 됩니다."

유기리 중장은 훌륭한 젊은이들 가운데에서도 눈에 띄게 우아하고 아름다운 자태를 뽐내고 있습니다.

"우리 중장을 꺼리다니 내대신도 참 이상한 사람입니다. 일가가 후지와라 성씨를 가진 사람들로만 이루어져 있어 명문가로서 손색이 없는데, 이쪽이 황족의 핏줄이라 못마땅하게 여기는 것일까요."

겐지가 이렇게 말하자 다마카즈라 아씨가 말하였습니다.

"사이바라에는 '황족 분도 오세요 우리 딸을 드리죠'라는 구절도 있사온데."

"맞습니다. 허나 그 사이바라에 있는 '안주는 무엇이 좋을까'처럼 융숭한 대접을 받고 싶다는 것이 아닙니다. 그저 긴 세월 두 사람 사이를 갈라놓아, 어렸을 적에 하였던 약속을 이루지 못하게 하는 내대신의 심사가 못마땅할 따름이지요. 중장의 신분이 낮아 체면이 서지 않는다면야 그냥 모른 척하고 만사를 내게 맡겨주셨다면 걱정 끼칠 일도 없을 터였는데."

겐지는 이렇게 말하고는 긴 한숨을 내쉬었습니다.

다마카즈라 아씨는 그 말을 듣고 이런 사정이 있어 두 사람 사이가 원만하지 않다는 것을 알았습니다. 그렇다면 겐지가 과연 언제 친아버지에게 자신의 존재를 알려줄지 알 수 없으니, 스스로의 처지가 한스러울 따름입니다.

달도 뜨지 않아 처마 끝에 있는 등롱에 불을 밝혔습니다.

"등롱은 불이 너무 가까이 있어 오히려 덥지 않느냐. 화톳불을 밝히는 것이 좋겠다."

겐지는 하인을 불러 화톳불을 피우라 일렀습니다.

옆에 놓여 있는 고상한 육현금을 가까이 끌어당겨 줄을 퉁겨 보니 정확한 율조로 조율이 되어 있었습니다. 음색도 고르게 울려 퍼지는 터라 몇 소절 연주를 하고는 다마카즈라 아씨에게 말하였습니다.

"음악에는 취미가 없는 줄로만 알았습니다. 내가 잘못 보았군요. 달빛이 청명하게 쏟아지는 가을밤에, 그리 깊지 않은 방에서 들려오는 풀벌레 소리에 맞춰 육현금을 뜯으면 다감하고 세련된 소리가 나지요. 다른 악기에 비해 육현금은 특별한 율도 없으니 그 성격이 모호합니다. 하지만 많은 악기의 음색과 박자에 맞춰 연주할 수 있는 점이 실로 장점이라 할 수 있지요.

육현금은 야마토 금이란 다른 이름 탓에 대단한 악기가 아닌 듯 보이지만 실은 더없이 정교하게 만들어진 악기입니다. 외국음악을 잘 모르는 여인네들을 위하여 만든 것이겠지요. 이왕 배우는 것 열심히 다른 악기에 맞춰 연습을 하세요. 어려운 주법이라 하여도 그리 터득하기 어려운 기술은 아닙니다. 그러나 정말 멋들어지게 연주하기는 어렵겠지요. 오늘날 육현금의 명인으로는 내대신에 견줄 자가 없습니다. 다만 가볍게 살짝 퉁기는 소리에도 육현금에는 온갖 악기의 소리가 담겨 있으니, 형용할 길이 없으리만큼 아름답게 울려 퍼집니다."

다마카즈라 아씨는 요즘 육현금을 막 배우기 시작하여 어떻게 하면 좀더 잘 할 수 있을까 하고 궁리하고 있는 터라, 내대신이 연주하는 육현금 소리가 듣고 싶었습니다.

"이 댁에서 음악놀이가 있을 때 제게도 들려주실 수 있겠는지요. 시골에도 육현금을 다룰 줄 아는 사람은 많아 지금까지 누구나 손쉽게 탈 수 있는 악기라고 생각했는데, 명인이 연주하는 소리는 각별하겠지요."

이렇게 말하는 다마카즈라 아씨의 표정에 정말 내대신이 연주하는 육현금 소리를 듣고 싶어하는 간절함이 묻어납니다.

"그야 물론이지요. 육현금을 아즈마 금이라고도 하는데, 그 이름 탓에 시골 사람들이나 켜는 악기로 알 수 있으나, 폐하 앞에서 음악놀이를 할 때도 폐하께서 제일 먼저 육현금을 연주하라 하는 것은 다른 나라는 몰라도 우리나라에서는 육현금을 악기의 근본이라 여기며 소중히 여기기 때문입니다. 이 나라에서 내로라하는 명수인 내대신에게 직접 배울 수 있다면 실력도 단박에 늘겠지요. 허나 내대신이 이 집에 발길을 자주 한다 하지만 비장의 기술을 다하여 육현금을 연주하는 일은 거의 없습니다. 명인이란 어떤 분야의 사람이든 그리 쉽게 솜씨를 드러내지 않는 법이니까요. 하지만 언젠가 반드시 내대신의 육현금 소리를 들을 수 있는 날이 오겠지요."

겐지는 이렇게 말하면서 육현금을 잠시 연주하였는데, 그 음색이 더할 나위 없이 신선하고 화려하였습니다.

'아버님은 이보다 더 멋진 소리를 내실까.'

육현금 한 가지만 가지고도 다마카즈라 아씨는 친아버지를 만나고 싶은 마음에, 언제나 마주 앉아 아버지가 연주하는 육현금 소리를 들을 수 있을까 하고 시름에 잠깁니다.

누키 강 얕은 내에 돋은 사초처럼
부드러운 내 팔을 베개 삼아
다정히 보내는 밤도 없이

겐지는 사이바라 한 곡을 부드러운 목소리로 노래합니다.

어머니가 당신과 나 사이를 무정하게 떼어놓으니

이 부분에서는 슬며시 웃으면서 힘을 들이지 않고 퉁기니 그 모습과 소리에 흥겨움이 넘칩니다.

"자 어디 한번 켜보세요. 악기든 무엇이든 부끄러워하면 숙달되지 않는 법입니다. 다만 상부련만큼은 켜고 싶어도 곡명 때문에 부끄러워 마음에 묻어두고 켜지 않는 사람도 있겠지요. 그 밖의 다른 곡은 사양치 말고 누구든 함께 합주를 하는 것이 좋습니다."

겐지가 이렇게 열심히 권하는데도 다마카즈라 아씨는 그런 시골구석에서, 도읍에서 태어났으며 왕족의 후손이라 자처하는 늙은 여인에게 잠시 배웠을 뿐이라 틀리면 어쩌나 싶은 마음에 육현금에 손도 대지 않습니다.

'조금 더 들려주시면 좋으련만. 그리하면 소리를 듣고 배울 수도 있지 않을까.'

아씨는 이렇게 생각하고 오직 육현금을 배우고 싶은 마음에 겐지 곁으로 다가갑니다.

"어떤 신비로운 바람이 불어 이렇듯 아름다운 소리가 나는 것일까요."

화톳불의 불빛 속에서 고개를 갸웃하고 있는 아씨의 모습이 정말 사랑스럽습니다.

"육현금 소리에만 관심을 보이는 그대 때문에 내게는 이 바람이 몸을 저미는 듯합니다."

겐지는 이렇게 말하고는 육현금을 밀어냈습니다. 그 말을 들은 아씨는 기분이 몹시 나빠졌습니다.

겐지는 시녀들이 가까이에 대기하고 있어 늘 하던 농담도 하지 못합니다.

"젊은이들이 패랭이꽃을 한껏 바라보지도 않고 가버렸군요. 어떻게든 내대신에게도 이 화원을 보여드려야 할 터인데. 세상사가 다 무상하다 하는데, 옛날에 무슨 얘기를 하다가 내대신이 그대 얘기를 꺼낸 때가 바로 엊그제 같습니다."

그때 일을 생각하며 잠시 얘기를 꺼내니 아씨는 슬픔에 가슴이 아리는 듯하였습니다.

패랭이꽃처럼 아리따운
그대를 보면
아버지도 옛날이 그리워
어머니의 행방을 묻겠지요

"그럴까봐 성가셔 그대를 이렇듯 감춰놓고 있기는 하지만, 역시 안된 일이라고는 생각하고 있습니다."
다마카즈라 아씨는 눈물을 흘리며 노래를 읊었습니다.

비천한 시골집에서 자란 나
그 어미를
그 누가 기억하여
행방을 물으리오

이렇게 속내를 내색하지 않고 답가를 읊으니 그 풋풋한 모습이 정말 아리땁기도하고 가련하기도 합니다.
"그대가 오지 않았던들 마음이 이리 어지럽지 않았을 것을."
겐지는 이렇게 중얼거리며 날이 갈수록 애가 타는 연심에 괴로워하면서, 이대로는 역시 이 벅찬 감정을 억누를 수 없을 것이라 생각합니다.
서쪽 별채에 자주 드나들다가 시녀들의 눈에 띄어 불미한 일이 벌어질까 싶어 겐지는 스스로 발길을 자제합니다. 그럴 때는 일거리를 만들어 편지를 보내니, 요즘은 앉으나 서나 다마카즈라 아씨의 모습만 눈앞에 어른거릴 지경입니다.

'어쩌다 이리도 해서는 아니 될 어처구니없는 사랑을 하여 마음 편할 날이 없다는 말인가. 더 이상은 괴롭고 싶지 않다 하여 아씨를 내 것으로 만들면 세상이 나를 경박하다 가만 놔두지 않겠지. 나의 체면은 둘째 치고 이 아씨에게도 안쓰러운 일이지. 또 그 사람을 한없이 사랑한다 하여 무라사키 부인에 대한 애정과 같이 여길 수는 없다는 것을 나도 잘 알고 있으니, 아내로 삼는다 한들 무라사키 부인에 미치지 못하는 처지에 놓인다면 행복할 리도 만무하니. 스스로 각별한 입장이라고 위로한다 해봐야 그 많은 처첩들 가운데 끝자리로 들어간다면 그다지 칭찬받을 일도 아니니, 그렇다면 평범한 납언 정도의 신분으로 한 남정네에게만 사랑을 받고 소중히 여겨지는 것이 행복한 일일 터이지.'

겐지는 이렇듯 상황을 잘 파악하고 있으니 아씨가 더더욱 가여웠습니다.

'차라리 그 반딧불 소동에 마음을 완전히 빼앗긴 병부경이나 열심히 혼담을 건네오는 우대장과 혼인을 시켜버릴까. 그렇게 하여 내 곁을 떠나 남편 집으로 가면 이 애틋한 마음도 단념할 수 있을 터인데. 그 사람들과 혼인을 시키자니 탐탁지는 않으나, 과감하게 그리 일을 치러버릴까.'

이렇게 생각할 때도 있으나 서쪽 별채에 걸음을 하여 다마카즈라 아씨의 아름다운 모습을 보면 마음이 달라지니, 지금은 육현금을 가르쳐준다는 구실로 아씨에게 더욱 친밀히 다가가 그 곁을 떠나려 하지 않습니다.

다마카즈라 아씨 역시 처음에는 징그럽고 성가시게 여겼으나 이렇게 가까이 있어도 아무 일이 없는지라, 걱정할 정도로 이상한 마음을 품고 있는 것은 아니었다고 안심하고 점차 겐지에게 익숙해져, 이제는 그렇게 싫지도 않았습니다. 지금은 겐지의 말에 대답할 때도 지나치게 격의 없지 않게 공손하게 합니다.

아씨는 날로 사랑스러운 매력이 더해가고 모습도 하루가 다르게 아름다워지니, 겐지는 역시 이대로는 안 되겠다고 그 마음이 원점으로 돌아가고 말았습니다.

'차라리 이 육조원에 그대로 있을 때 사위를 맞아들이고 적당한 기회를 봐서 사람들의 눈을 피해 만나는 것이 좋지 않을까. 그리하여 이 애틋한 심정을 호소하고 그 마음을 달래보는 것은 어떨까. 지금은 아직 사내를 모르는 처녀이니 말을 듣게 하는 것이 수월치 않고 가엾기도 하지만, 일단 결혼을 하면 자연히 남녀의 정을 알게 될 터인즉, 서방이 제아무리 눈을 부라리고 지키고 있다 한들 내 쪽은 오히려 죄스런 마음이 덜하지 않을까. 연심을 마음껏 호소한 후에 상대에게 그것이 통하면, 사람 눈이 아무리 무섭다 한들 몰래 만나는 데 지장은 없을 터이지.'

이런 흉측한 생각까지 하니 참으로 어처구니없는 아비 마음입니다.

'허나 결혼을 시킨 연후에도 사랑이 깊어져 밤낮으로 그리워하게 된다면 그 또한 괴로운 일. 그렇다 하여 연심을 적당히 달래기란 아무리 생각하여도 어려운 일.'

이렇듯 생각이 오락가락하니 참으로 알 수 없는 두 사람의 관계입니다.

내대신은 지난번에 거두어들인 딸의 일로 근심 걱정이 말이 아닙니다. 댁내 사람들은 딸로 인정하지 않고 경멸하고 무시하는데다 세상 사람들까지 어리석은 짓이었다고 험담을 한다는 소리가 들립니다. 변소장이 무슨 얘기를 하다가, 겐지가 그런 일이 정말 있었더냐고 묻더라는 얘기를 하였습니다.

"겐지 대신야말로 지금까지 소문 하나 나지 않았던 시골 처녀를 데리고 와 딸이라 하며 애지중지 키우고 있지 않느냐. 좀처럼 남의 험담을 하지 않는 겐지 대신이 우리 집안일이라면 금방 귀를 곤두세우고 험담을 하여대니. 그렇게 마음을 쓰고 있다니 참으로 황공한 일이로구나."

내대신이 이렇게 분해하자 변소장은 다마카즈라 아씨 얘기를 하였습니다.

"육조원 서쪽 별채에 사는 아씨는 흠잡을 데가 없는 훌륭한 분이라 합니다. 병부경이 열심히 구애를 하고 있다는데 일이 잘 풀리지 않아 마음고생이 크다 들었습니다. 보통 여인이 아닐 것

60

이라고 세상에서도 평판이 자자합니다."

"글쎄, 과연. 겐지 대신의 딸이라고 그리 야단들을 하는 게지. 세상 인심이란 다 그런 것이다. 그 딸이라고 별 수가 있겠느냐. 그렇게 용모가 뛰어나다면 지금까지 소문 하나 없었을 리 없지. 겐지 대신은 털끝만큼도 세상 사람들의 손가락질을 당하지 않고, 이 세상 누구도 미치지 않을 만큼 대단한 성망과 지위를 얻었음에도 아쉽게도 자식운은 없는 사람이다. 정부인이 어엿하게 딸을 낳아 금이야 옥이야 키워 나무랄 데 없는 딸로 성장하였다면 온 세상이 다 부러워할 터이지만, 그런 딸은 없으니 참으로 안된 일이지. 안 그래도 후사가 많지 않으니 허전할 게야. 어미의 신분은 낮으나 아카시 부인이 그나마 딸아이를 하나 낳아주었으니, 그 아이가 행운을 타고난 게지. 그것도 아마 희한한 인연이 있었을 터. 그런데 그 평판이 자자하다는 딸은 어쩌면 친딸이 아닐지도 모르겠구나. 겐지 대신은 특이한 성품이니 속사정이 있는 것이 분명할 게야."

내대신은 이렇게 겐지를 폄하합니다.

"그런데 그 아씨의 혼담은 어떻게 할 작정인지 모르겠구나. 그래봐야 병부경이 주위를 맴돌다가 수중에 넣을 터이지만. 병부경은 겐지 대신과는 각별히 사이가 좋은 형제간인데다 성품도 훌륭하니, 어울리는 한 쌍이 되겠지."

내대신은 이렇게 말하면서도 자신의 딸 구모이노카리 일이 유감스러워 견딜 수가 없습니다. 내대신 역시 딸을 애지중지 키워, 과연 누구를 사위로 맞을 것인가 하여 뭇 사내들의 가슴을 설레게 하고 싶었으나 뜻한 대로 되지 않으니 못마땅한 것입니다. 유기리 중장이 승진을 하지 않는 한 결혼을 허락할 수 없다고 생각하는 한편, 그래도 겐지 대신이 정중하게 거듭거듭 간청을 하면 어쩔 수 없이 손을 든다는 식으로 결혼을 시키려 하였는데, 중장은 전혀 초조해하는 기색도 없는데다 다시금 청혼할 기미도 보이지 않습니다. 상황이 그러하니 내대신은 심경이 영 편치 못합니다.

이런저런 생각을 하다가 내대신은 문득 생각이 나서 구모이 노카리 아씨의 방으로 걸음을 하였습니다. 변소장이 그 뒤를 따랐습니다.

마침 아씨는 낮잠을 자고 있었습니다. 얇은 홑옷을 입고 누워 있는 모습이 귀엽고 가냘프고 시원해 보입니다. 얇은 홑옷 아래로 비쳐 보이는 피부 또한 매끄러우니 참으로 아름답습니다. 오동통한 손으로 부채를 쥔 채 팔베개를 하고 잠들어 있는데, 좍 펼쳐진 머리칼이 그리 길고 숱이 많지는 않아도 나름의 풍정이 있습니다.

시녀들도 휘장과 병풍 뒤에 누워 쉬고 있는데, 아씨는 금방 잠에서 깨어날 것 같지 않았습니다.

내대신이 부채를 치자 아씨가 번쩍 눈을 뜨고는 잠이 덜 깬 눈으로 올려다보는데, 그 사랑스러운 눈매와 발갛게 달아오른 볼이 아버지의 눈에도 무척이나 귀엽게 보이나 말은 이렇게 합니다.

"낮잠을 자서는 안 된다고 그렇게 일렀거늘, 어찌 그리도 단정치 못한 모습으로 자고 있는 겝니까. 시녀들도 가까이에 없으니 어찌 된 일입니까. 여자란 모름지기 늘 몸가짐에 신경을 쓰고 자신을 지켜야 합니다. 아무렇게나 해이해져 있는 것은 품위 없는 일. 그렇다고 하여 늘 바짝 긴장하여 부동명왕이 다라니를 읊고 손을 모아 자세를 취하듯 근엄한 것도 보기 흉한 일. 사귀고 있는 사람에게도 지나치게 서먹한 태도를 취하거나 거리를 두고 있는 것처럼 보이면 마치 품위 있는 듯하여도 보기 흉하고 귀엽지 않은 법입니다.

겐지는 아카시의 딸을 장래 황후감이라 여기며 소양을 가르칠 때, 딱히 한 가지 재주만 뛰어나지 않도록 모든 방면을 두루 터득케 한다고 합니다. 그렇다고 하여 만사가 미숙하여 불안해하지는 않도록 융통성 있게 교육을 한다고 들었습니다. 물론 그런 방침에 일리가 있기는 하나, 사람이란 생각에든 행동에든 각별히 좋아하는 취향이란 것이 있으니, 아카시 아씨는 성장하면서 나름대로 개성을 발휘하게 될 터이지요. 궁에 들어갈 즈음 그 기량이 어떠할지 참으로 궁금합니다.

"그대를 폐하께 드리고 싶어한 내 뜻은 이루지 못하였으나, 어떻게든 세상 사람들의 웃음거리는 되게 하지 않으려 하니 사람들의 얘기를 들을 때도 그대 일이 걱정스러워 견딜 수가 없습니다. 그러니 가까이 다가와 친밀한 척 말을 건네는 사내가 있

어도 한동안은 절대 그 말에 귀를 기울이지 마세요. 이 아비도
다 생각하는 바가 있으니."

아씨는 옛날에는 생각하는 것이 어려 신중하게 따져보지도 않
고 유기리 중장에게 그런 수모를 겪게 하여놓고도 오히려 부끄
러운 줄을 모르고 아버지의 얼굴을 태연하게 보았으나, 지금 생
각하면 염치가 없고 부끄러운 일이라 가슴이 메이는 듯합니다.

할머니에게서는 손녀딸을 종종 만날 수 없어 불안하고 원망
스럽다는 편지가 수시로 오는데, 아버지가 이렇게 말하니 조심
스러워 할머니를 뵈러 찾아가지도 못합니다.

내대신은 북쪽 별채로 거두어들인 오미 아씨 때문에 골머리
를 썩고 있습니다.

'어찌하면 좋을꼬. 공연히 데리고 와놓고서, 사람들이 뭐라
뭐라 험담을 한다 하여 다시 돌려보낸다면 경솔하고 어리석은
짓이었다고 말들이 많을 터. 그렇다고 지금처럼 집안에 두자니,
정말 뒤를 보살필 요량인가 보다고 세상이 떠들어대니 그 또한
귀가 간지럽구나. 고키덴 여어에게 부탁하여 곁에 두게 하여 웃
음거리나 되게 할까나. 시녀들이 용모가 수려하지 못하다고 수
군덕거리는 모양인데, 그 정도로 볼품없지는 않으니.'

이렇게 생각하고 고키덴 여어에게 넌지시 말을 꺼냈습니다.

"오미 아씨를 곁에 두고 부리도록 하세요. 어리숙한 점이 있
으면 노련한 시녀들을 시켜 단단히 혼을 내어 가르치라 하시고,

아무튼 뒤를 좀 보살펴주세요. 젊은 시녀들이 입방아를 찧으며 웃음거리로 삼는 일만 없도록 하시고 말입니다. 경솔하고 예의 없는 아이이니."

"그렇듯 유난한 사람일 수 있을까요. 가시와기 두중장이 세상에 둘도 없이 훌륭한 아이라 말하고 다녔는데, 실제로는 그 정도가 아니었을 뿐이겠지요. 아버님이 이렇게 성가셔하고 야단을 떠시니 본인은 더욱 어색하고 부끄러워 운신을 못하는 것이 아닐까요."

여어는 말을 꺼낸 내대신이 오히려 황송할 정도로 너그럽게 말합니다. 이 여어의 용모는 잔잔하게 아름다운 것이 아니라 의연하고 청초한 느낌인데, 부드러운 인간미까지 겸비하고 있어 풍취 있는 매화꽃잎이 벌어지기 시작한 새벽녘처럼 밝은 인상입니다. 여어는 아직 하고 싶은 말이 많다는 듯 미소를 지으니, 여느 여자와는 다른 아름다움을 지니고 있다고 내대신은 생각합니다.

"가시와기 두중장은 아직 세상 물정을 모르는데다 생각도 깊지 못하니, 일이 이렇게 된 것이 다 뒷조사를 제대로 하지 않은 탓입니다."

이렇게 말을 하니, 아무튼 오미 아씨의 평판이 좋지 않은 것은 안타까운 일이지요.

내대신은 잠시 사가에 나와 있는 고키덴 여어를 찾은 김에 오미 아씨의 방을 찾았습니다. 오미 아씨는 방 끝에 나와 앉아 고세치란 어여쁘고 젊은 시녀와 쌍륙을 하며 놀고 있었습니다. 아씨는 열심히 손을 비비며 상대에게 주사위 숫자가 작은 눈이 나오도록 빌고 있는데, 그 말투가 상스러울 정도로 빠릅니다.

"작은 눈, 작은 눈."

내대신은 정나미가 뚝 떨어져, 내대신의 방문을 알리려는 수행원을 제지하며 살짝 열린 옆문 틈으로 마침 장지문이 열려 있는 방을 들여다봅니다. 고세치 역시 이기고 싶어 안달하는 마음에 죽통을 흔들면서도 얼른 주사위를 꺼내지는 않습니다.

마음속으로야 이런저런 생각이 많겠으나 겉보기에는 두 사람다 그저 경박하기만 할 따름입니다.

오미 아씨의 얼굴은 팽팽하고 활기가 있고, 친근감도 있고 애교도 있습니다. 머리카락도 볼만하여 결점이 별로 없어 보이는데, 이마가 유독 좁고 목소리가 높아 좋은 점이 반감되는 것이겠지요. 뛰어난 미인은 아니어도 거울 속의 자신과 과연 닮았다는 것을 인정하니 전혀 남이라고 할 수도 없어, 내대신은 이 무슨 운명의 장난일까 하고 진저리를 칩니다.

"이 집에 있으면서 불편하고 내키지 않는 일이 없지는 않은지 모르겠습니다. 나는 공사에 바빠 자주 찾아보지도 못하니."

내대신이 이렇게 말하자 오미 아씨는 예의 빠른 말투로 대답하였습니다.

"아버님 댁에 있는데 불편한 일이 있겠습니까. 오랜 세월 뵈올 수가 없어 어떤 분일까 하고 늘 보고 싶어하였는데, 아버님 댁에 있으면서도 보고 싶은 얼굴을 자주 뵐 수 없는 것이 쌍륙놀이를 하며 좋은 눈이 나오지 않을 때처럼 답답할 따름입니다."

"나는 시중을 들어주는 시녀도 별로 없으니, 그대에게 그 역할을 부탁하여 곁에 두고 싶었는데 그리하기도 쉽지가 않군요. 보통 시중을 드는 하녀 같으면야 어떤 사람이든 많은 사람들 속에 절로 섞여 그 행동이 일일이 드러나지 않고 주의도 끌지 않으니, 본인도 마음이 편할 겝니다. 허나 그런 경우에도 누구누구의 딸이니 어느 집안의 자식이니, 이름 있는 가문의 태생이라 도리어 친형제의 면목을 해치는 일도 적지 않은데, 하물며."

이렇게 말하고는 입을 다물어버린 내대신의 모습이 얼마나 훌륭하고 그윽한지 가늠조차 하지 못하고, 오미 아씨는 경망스럽게 말합니다.

"천만의 말씀입니다. 그런 걱정은 하지 마세요. 남들보다 훌륭하게 보이고 싶은 욕심으로 시중을 든다면야 이런저런 불편이 있겠지만, 이 몸은 변기 청소든 무엇이든 하겠습니다."

내대신은 웃음을 참지 못합니다.

"그것은 격에 맞지 않는 일이지요. 이렇게 뜻하지 않게 만난 아비에게 효도를 하고 싶으면 그 말투부터 고치세요. 좀더 천천히 말하면 내 목숨이 조금은 오래갈 듯합니다."

장난기가 있는 내대신은 싱글거리며 이렇게 말합니다.

"제 말투가 빠른 것은 그런 혀를 갖고 태어났기 때문입니다. 어렸을 때부터 돌아가신 어머니가 늘 마음을 써 주의를 주었습니다. 오미에 있는 묘호 절의 주지 스님이 제가 태어날 때 산실에서 순산을 기원하여 기도를 올렸는데, 어머니는 그 말투를 물려받은 모양이라며 늘 한탄을 하였습니다. 하지만 어떻게든 이 빠른 말투를 고치도록 하겠습니다."

오미 아씨가 이렇게 말하며 몹시 걱정을 하니, 지극한 효심에서 나오는 감탄할 일이라며 내대신은 흐뭇해합니다.

"산실까지 들어갔다는 그 스님이야말로 큰 죄를 지었군요. 그 스님이야말로 전생의 업으로 말투가 빨라진 것이겠지요. 말을 하지 못하는 것과 말을 더듬는 것은 『법화경』의 가르침을 허술히 여긴 죗값이라고 하니까."

이렇게 말하며 내대신은 자기 딸이지만 주눅이 들 정도로 인품이 훌륭한 고키덴 여어에게 오미 아씨를 보이자니, 한심하고 수치스러운 일이라 생각합니다.

'대체 어쩌자고 이렇게 망측한 딸을 뒷조사도 제대로 해보지 않고 거두어들였을꼬. 시녀들도 이 아이를 보면 험담을 늘어놓을 것이 뻔한데.'

내대신은 이렇게 생각하며 궁중으로 들이려는 마음을 바꾸고는 오미 아씨에게 말하였습니다.

"지금 여어께서 사가에 나와 계시니 간혹 찾아 뵙고 시녀들의 몸가짐을 배우도록 하세요. 이렇다 하게 잘난 점이 없는 사람이라도 사람들 틈에 섞여 그런 입장이 되면 저절로 헤쳐나가게 되는 법이니, 그런 다짐으로 여어를 뵙도록 하세요."

"정말 잘되었습니다. 오직 남들처럼 인정을 받게 해달라고 자나 깨나 그러기만을 바라며 오랜 세월을 지내왔습니다. 궁중으로 들어오라는 허락만 내린다면 물을 길어 머리에 이고 오라 한들 이 한 몸 바쳐 시중을 들겠습니다."

이렇게 흥분하여 더욱 빠르게 말을 해대니, 내대신은 그렇게 주의를 주었는데 아무 소용이 없어 실망하였습니다.

"그렇다고 땔나무를 주워 오지는 마세요. 아무튼 여어를 찾아 뵙도록 하고. 그 말투를 물려받았다는 스님만 가까이하지 않으면 되겠습니다."

농담을 하듯 놀리는데도 오미 아씨는 눈치를 채지 못합니다. 또 같은 대신이라도 내대신은 특별히 용모도 아름답고 풍채도 위풍당당하여, 다른 사람들은 두 눈을 똑바로 뜨고 보지 못할 정도의 어른이라는 것도 전혀 모르는 듯합니다.

"헌데 여어를 언제 찾아 뵐까요?"

"좋은 날을 골라 찾아 뵈면 되겠지요. 아니, 그렇게 거창하게 할 것 없고. 마음이 있으면 오늘이라도 찾아가 뵈세요."

내대신은 이렇게 말하고 돌아갔습니다.

4위와 5위의 훌륭한 분들이 공손하게 뒤를 따르고, 잠시 바깥 출입을 할 때도 그 위세가 당당한 내대신을 배웅한 후 오미 아씨는 혼자 이렇게 중얼거립니다.

"아, 참으로 훌륭하신 아버님이야. 이런 분의 딸자식인 것을, 내가 왜 그 험하고 비좁은 집에서 자랐는지 모르겠군."

"하지만 너무 훌륭하셔서 오히려 주눅이 듭니다. 적당한 지위에 적당히 훌륭한 부모 밑에서 귀여움을 받으며 자랄 수 있었으면 더욱 좋았을 터인데."

고세치가 그 말을 듣고 이렇게 대꾸하니 이 또한 무리가 아닙니다.

"어머, 너는 어찌하여 사람이 하는 말을 무시하느냐. 정말 무례하구나. 내대신의 딸로 인정을 받은 이상 내가 하는 말에 친구인 양 나서지 좀 말거라. 나는 이제 조금만 있으면 운수가 대통할 사람이니까."

이렇게 화를 내는 표정에 친근감과 애교가 있고, 흥분해서 조잘거리는 모습이 나름대로 흥미로워 너그럽게 봐줄 수 있습니다. 다만 다소 촌스럽고, 신분이 낮은 사람들 사이에서 자란 탓에 딱히 깊은 뜻이 없는 말이라도 목소리를 낮추고 천천히 말하면 좋게 들린다는 것을 알지 못하니, 고상한 말씨와 말투를 배우지 못한 까닭이겠지요. 이야기를 노래로 읊을 때도 노래에 어울리는 목소리로 여운이 남도록 읊은 후, 듣는 이가 그다음을 듣고 싶어하도록 노래의 처음과 끝에는 잘 들리지 않을 정도로 조그맣게 읊조려야 듣는 재미도 있습니다. 노래의 깊은 뜻을 음미하지 않아도 되는 경우에는 더욱이 그렇지요.

그런데 오미 아씨의 경우는 내용이 심각하고 매우 유서 깊은 이야기라 한들 그 빠른 말투로 얘기하면 내용이 훌륭하다 여겨지지 않을 듯합니다. 그런데다 조심성 없이 경박하고 들뜬 목소리로 조잘거리는 말투라니, 투박한 사투리가 섞인데다 제멋대로 잘난 척하는 유모 품에서 자란 버릇이 그대로 남아 있어 태도까지 몹시 무례하니, 그 때문에 품위가 떨어지는 것이지요. 그렇다 하여 아무 짝에도 쓸모없는 것은 아니니 윗구와 아랫구가 제대로 맞지 않는 5·7조의 단가를 단숨에 몇 수나 지었습니다.

"아버님께서 여어를 찾아 뵈라고 하셨는데, 마음이 내키지 않는 것처럼 보이면 여어께서 언짢아하시겠지. 오늘 밤에라도 찾아 뵈어야겠어. 아버님이 하늘 아래 둘도 없는 딸이라며 귀여워해준다 한들 언니가 쌀쌀맞게 굴면 이 댁에 내가 있을 곳이 없어질 터이니."

오미 아씨가 이렇게 말하는 것을 보면 댁내에서 평판이 나쁘다는 것을 그나마 눈치채고 마음이 불안한 모양입니다.

그래서 우선은 여어에게 문안 편지를 보내기로 하였습니다.

"'가까워도 만날 길이 없네'라는 노래처럼 바로 가까이에 있으면서도 지금까지 그 모습을 뵙지 못하고 있는 것은 그쪽에서 오지 말라는 뜻으로 관문을 만들어놓은 탓이라 여겨집니다.

'모르는 곳이나 무사시노라 하면'이라는 옛 노래의 '지치풀'처럼 아직 뵙지도 못하였는데 한 핏줄이라 말씀드리기는 황송합니다만 아아 참으로, 참으로."

되풀이되는 점이 유난히 눈에 띄는 투박한 글씨체입니다. 종이 뒤에도 뭐라뭐라 쓰고, 또 끝에다가는 이런 말도 덧붙였습니다.

"아 참, 실은 오늘 밤에 찾아 뵈올까 하는데, 그 심정 '이상하게도 상대가 싫어하면 할수록 그리움이 더해지니'라 할 수 있을까요. 아아, 이 망측한 글자는 '서투른 글씨이나 잘 썼다고 봐주시길'이라는 옛 노래를 보아 용서해주시기를."

나는 시골에서 자란
여린 풀의 딸
히타치의 해변과 가와치의 이카가사키
그리고 스루가의 다고 해변
어떻게든 뵙고 싶어

지명만 줄줄이 늘어놓은 지리멸렬한 노래 끝에 "'요시노 강가에 큰 파도처럼 피어 있는 등꽃'처럼 그리운 마음 한이 없습니다"라고 한 줄 씌어 있는 파란 종이를 둘로 접어, 누구의 서풍인지 초서체 가나를 함부로 사용하여 구불구불한 필체로 썼습니다. 글자는 아래쪽 절반이 길게 늘어져 공연한 멋을 부린 듯 보입니다. 그런데도 본인은 만족스러운 표정으로 흐뭇해하며 바라보고 있습니다. 그리고 과연 여인은 여인인지 가늘고 조그맣게 접고 묶어서 패랭이꽃을 달았습니다.

편지를 쥐어 심부름을 보낸 여동은 변기를 청소하는 아이인데, 옷차림이 상큼하고 몸놀림도 가뿐하지만 새로 온 아이입니다.

여동이 여어의 시녀들이 모여 있는 대반소를 찾아가 편지를 전하였습니다.

"이 편지를 여어께 올려주세요."

"북쪽 별채의 오미 아씨 시중 들고 있는 여동이 아니냐."

시녀가 여동을 알아보고 편지를 받아들고 안으로 들어갔습니다. 대보란 시녀가 그 편지를 여어에게 전하였습니다. 여어는 편지를 펼쳐보고 피식 웃고는 옆에다 내려놓았습니다. 시녀 중 납언이 옆에 대기하고 있다가 힐끔 편지를 훔쳐보고는 말하였습니다.

"꽤나 멋을 부린 편지로군요."

"내가 초서체 가나를 잘 모르는 탓인가 봅니다. 이 편지는 시작이 어디이고 끝이 어디인지 도통 이어지지가 않는군요."

여어는 이렇게 말하며 시녀에게 편지를 건넸습니다.

"답장은 비슷하게 써야겠지요. 유서가 깊지 못하게 쓰면 솜씨가 없다고 코웃음을 칠 터이니까요. 그대가 얼른 답장을 쓰도록 하세요."

여어가 답장을 중납언에게 쓰라 이르니 젊은 시녀들은 터져 나오는 웃음을 참지 못하여 키득키득거립니다.

심부름 온 여동이 답장을 재촉하자 중납언은 여어가 직접 쓴 글인 양 글씨체를 흉내냅니다.

"풍류에 넘치는 노래들만 인용하여 답장 쓰기가 어렵습니다. 허나 대필로 보이면 안쓰러운 일이겠지요."

"바로 가까이에 있는 보람도 없이 뵐 수 없다면 한스러운 일이라 여겨집니다."

히타치에 있는
스루가 바다의
스마 해변에
이른 파도가 일듯
하코자키의 소나무

중납언도 질세라 지명만 줄줄이 늘어놓고는, 이리로 오라는 뜻의 노래를 써서 여어에게 들려드리니 여어는 걱정스러운 표정을 짓습니다.

"좀 심하군요. 정말 내가 쓴 편지라 여기고 떠들어대면 어쩌려고요."

"듣는 사람은 금방 알 수 있을 것입니다."

중납언은 그렇게 대답하고는 편지를 봉투에 담아 여동에게 건넸습니다.

오미 아씨는 답장을 보고는 이렇게 말합니다.

"격이 있고 재미있는 노래로군. 이 소나무는 한결같은 마음으로 기다린다는 뜻이야."

그러고는 달짝지근한 향을 피워 몇 번이나 옷에 향내를 배
이게 합니다. 볼에는 연지를 붉게 칠하고, 머리도 빗어 내리고
몸단장을 합니다. 나름대로 밝고 명랑하고 애교가 있는 사람입
니다.

허나 여어와 대면하는 장면에서는 보나마나 분수를 모르는
태도를 취하겠지요.

화톳불

저 화톳불의 불길을 따라
피어오르는 연기야말로
언제까지나 꺼지지 않을
내 사랑의 뜨거운 불꽃입니다

◆ 겐지

드넓은 하늘로
아무쪼록 사라져버리세요
화톳불을 따라 피어오르는
사랑의 연기라 하시니
연기란 끝내는 하늘로 사라져버리는 것을

◆ 다마카즈라

✿ 제27첩 화톳불(篝火)

겐지와 다마카즈라가 주고받은 노래에서 '화톳불'이라는 제목이 붙었다.

그 무렵 세상 사람들은 내대신의 딸을 종종 화젯거리로 삼았습니다.

"내대신의 딸이."

겐지는 무슨 얘기가 나왔다 싶으면 내대신의 딸이 입방아에 오르는 터라 참으로 가엾은 일이라고 여겼습니다.

"무슨 사정이 있었든지 지금까지 사람들 눈에 띄지 않는 곳에 숨어 있었던 여식을, 내대신의 딸이라는 이야기를 듣고 그리도 요란하게 데리고 와 출사까지 시키더니, 이제 와서 사람들의 조롱거리로 만들다니 납득할 수 없는 일이로구나. 내대신은 매사를 분명하게 처리하기를 좋아하는 성품인지라 깊은 내막도 알아보지 않고 데려와놓고는, 마음에 들지 않아 그렇듯 형편없는 취급을 하고 있는 것일 터. 무슨 일이든 어떻게 다루느냐에 따라 온건해질 수도 있는 것을."

다마카즈라 아씨 역시 그런 소문이 귀에 들리니 오히려 자신의 행운을 다행스러워합니다.

"내가 육조원에 온 것이 얼마나 다행인지 모르겠구나. 친아버지라고 하여야 어떤 성품인지도 모르는데, 공연히 만났다가 큰 창피를 당할 뻔하였구나."

우근도 겐지의 보살핌을 받고 있는 아씨는 얼마나 행운인지 깨우쳐주었습니다. 겐지의 친절에는 어처구니없는 연심도 포함되어 있지만, 그렇다고 억지로 뜻을 이루고자 하지는 않는 한편 애정만 깊어가니 다마카즈라 아씨도 점차 마음을 여는 듯합니다.

가을이 되었습니다. 서늘한 바람이 불어오니 옛 노래에 '바람 불어 내 님의 옷자락 뒤집어놓으니'처럼, 가을바람에 쓸쓸함이 더하는 계절이라 겐지도 적적한 마음을 어찌지 못하는 탓에 서쪽 별채를 쉴 새 없이 드나들면서 종일 아씨에게 육현금을 가르치곤 합니다.

오륙일경, 해가 일찌감치 서편으로 기울자 엷게 구름 낀 하늘과 바람에 흔들리는 물억새 소리가 몸을 저미어옵니다. 겐지는 육현금을 베개 삼아 다마카즈라 아씨와 함께 나란히 누워 있습니다. 이렇게 친근하게 지내면서도 여전히 순수함을 지키고 있으니 참으로 이상한 남녀 관계도 있다 싶어, 자칫 새어나올 듯한 한숨을 참으면서 밤을 지새우다가 시녀들이 수상쩍게 여기면 어쩌나 하고 그만 돌아가려고 합니다.

정원에 피운 화톳불이 꺼져가고 있는지라 우근위 대부를 불러 불을 더 지피라 일렀습니다.

시원하게 흐르는 물가에 나뭇가지가 땅을 기듯 멋들어지게 늘어진 참빗살나무가 있습니다. 그 아래에 쪼갠 소나무를 적당히 쌓아놓고 방 앞을 피하여 불을 돋우니, 방 쪽은 시원하면서도 정취 있는 불빛이 어려 아씨의 모습이 한결 도드라져 보입니다.

겐지는 손바닥으로 아씨의 머리칼을 쓰다듬고 있습니다. 그 감촉이 소름이 돋도록 서늘하고 형용할 길 없이 기품이 있습니다. 부끄러워 어쩔 줄을 모르겠다는 듯 어색하게 굳어 있는 아씨의 조심스러운 태도가 더없이 사랑스러우니, 겐지는 발길이 떨어지지 않아 주저하고 있습니다.

"누가 지켜 서서 계속 불을 지피거라. 달이 뜨지 않은 여름밤에 마당에 불빛이 없으면 불길하여 마음이 불안하니."

겐지는 이렇게 말합니다.

저 화톳불의 불길을 따라
피어오르는 연기야말로
언제까지나 꺼지지 않을
내 사랑의 뜨거운 불꽃입니다

"언제까지 기다리라는 것입니까. 모깃불은 아니지만 사람들 눈에 띄지 않게 소리 없이 피어오르는 이 사랑의 불길, 괴로운 내 마음속에서 하염없이 타오르고 있습니다."

아씨는 겐지의 수상쩍은 태도에 어쩔 줄을 모릅니다.

드넓은 하늘로

아무쪼록 사라져버리세요

화톳불을 따라 피어오르는

사랑의 연기라 하시니

연기란 끝내는 하늘로 사라져버리는 것을

"사람들이 이상히 여기겠습니다."

"이거 보세요."

이렇게 얌전히 돌아가지 않느냐는 듯 자리에서 일어나는데, 마침 그때 하나치루사토가 있는 동쪽 별채에서 피리와 쟁의 합주 소리가 들려왔습니다.

"유기리 중장이 친구들과 놀고 있는 모양이로구나. 저 피리 소리는 가시와기 두중장의 솜씨이니 들으라는 뜻일 터이지. 참으로 훌륭한 솜씨다. 정말 아름다운 음색이야."

겐지는 이렇게 중얼거리며 그 자리에 멈추어 서서는 심부름꾼을 보내어 이곳에 있다는 것을 알렸습니다.

"지금 이쪽에 있습니다. 시원한 화톳불 불빛에 발이 묶여."

그러자 유기리 중장을 비롯한 세 명이 이쪽으로 건너왔습니다.

"추풍락의 피리 소리가 가을이 되었다는 것을 알려주니 가만히 있을 수가 없습니다그려."

겐지는 육현금을 꺼내어 마음을 휘감듯 부드럽게 현을 퉁겼습니다. 유기리 중장은 반섭조로 흥겹게 피리를 불었습니다.

아씨에게 마음을 빼앗긴 가시와기 두중장은 가슴이 설레어 노래를 부르기가 껄끄러운 듯이 우물쭈물거리고 있습니다.

겐지가 어서 하라고 채근을 하자, 동생 변소장이 홀로 박자를 치면서 작은 소리로 노래하는데, 방울벌레 소리인가 싶을 정도로 목소리가 고왔습니다. 두 번을 거푸 노래하자 겐지는 육현금을 가시와기 두중장에게 건넸습니다. 과연 육현금의 명인 내대신에 조금도 뒤지지 않는 화려하고 빼어난 음색입니다.

"저 발 안에 음악을 아는 분이 있습니다. 오늘 밤에는 술도 삼가기로 하지요. 나 같은 늙은이가 자칫 술에 취해 눈물을 흘리면 해서는 아니 될 말까지 할 수도 있을 터이니."

겐지가 이렇게 말하는 목소리를 다마카즈라 아씨는 발 안에서 애틋하고 벅찬 마음으로 듣고 있습니다.

끊으려야 끊을 수 없는 오누이의 인연을 소홀히 할 수 없는 게지요. 아씨는 가시와기 두중장의 모습과 목소리를 마음 깊이 새기고 있는데, 동생은 아씨가 친누나인 줄을 꿈에도 모르고 있습니다. 가시와기 두중장은 있는 마음을 다하여 아씨를 흠모하고 있으니 끓어오르는 감정을 억누르기가 쉽지 않습니다. 그런데도 겉으로는 태연하게 굴면서 퉁기는 현에 마음을 싣지는 않았습니다.

태풍

어지럽게 부는 바람에
마타리는 당장이라도 시들어버릴 듯하고
나는 당신의
한심한 태도에
당장이라도 숨이 끊어질 듯하니

◆다마카즈라

사람 눈에 띄지 않는
나무 그늘에서 나부꼈으면
모진 바람에 쓰러지지 않아도 될 것을
그대 역시 내 품에 은밀히
나부끼면 좋을 것을

◆겐지

✿ 제28첩 태풍(野分)

태풍이 휘몰아친 밤, 유기리는 육조원에 있는 겐지의 부인들을 엿보고 무라사키 부인을 흠모하게 된다. 그리고 겐지와 겐지의 양녀인 다마카즈라가 마치 연인처럼 사이가 좋은 것을 보고 의심을 품는다.

아키고노무 중궁의 정원에 핀 가을꽃이 예년보다 한결 아름답게 돋보입니다. 다양한 풀꽃이 옹기종기 모여 있는 사이사이로 껍질을 벗긴 나무와 벗기지 않은 나무를 섞어 낮은 울타리를 운치 있게 배치해놓았습니다. 같은 꽃인데도 가지 모양이며 자태가 고우니 그 위에 맺힌 아침이슬과 밤이슬의 빛마저 마치 구슬인가 싶을 정도로 반짝입니다.

가을 들판처럼 꾸며놓은 드넓은 경치를 바라보면 무라사키 부인이 꾸며놓은 봄동산의 아름다움이 저 멀리 잊혀질 듯하니, 이 정원의 상쾌한 정취에 넋마저 혼곤하게 빠져드는 듯합니다.

계절 중에서 봄과 가을의 우열을 가릴 때 예로부터 가을을 편드는 사람들이 많았는데, 육조원의 그 유명한 봄의 화원에 감명을 받은 사람들이 지금은 또 손바닥을 뒤집듯 마음을 바꿔 가을 정원의 아름다움을 극찬하니, 시류에 따라 변하는 세상 사람들의 인심을 보는 듯합니다.

아키고노무 중궁은 정원의 경치가 마음에 들어 육조원에 계속 머물고 있습니다. 사가에 머무는 동안 관현놀이를 베풀고 싶으나, 팔월은 돌아가신 아버지 전 동궁의 기월에 해당하는지라 삼가고 있습니다.

그러다 가을꽃이 한창 아름다울 때가 지나는 것은 아닐까 하고 걱정하는데, 꽃의 빛깔은 날로 아름다움을 더하여 어느 꽃 한 송이 눈길을 빼앗지 않는 것이 없습니다.

그러던 어느 날, 예년보다 심한 바람이 몰아치면서 하늘빛이 단박에 어두워졌습니다. 꽃들이 거센 바람에 꺾이고 쓰러지는 것을 보면서 가을 정원에 그리 애착을 품지 않았던 사람들까지 애를 태우니, 하물며 중궁은 꽃잎에 맺힌 이슬이 바람에 흩날리는 것을 보고도 불안하여 안절부절못하고 걱정을 합니다. '큰 소맷자락 있었으면 좋겠구나 드넓은 하늘에서 불어오는 바람 막아줄'이라는 옛 노래는 봄꽃보다 가을 하늘에 어울리는 내용인 듯합니다.

날이 저물면서 사물조차 구분이 되지 않을 정도로 날씨가 험악해지니, 말할 수 없이 불길한 마음에 격자문까지 내리자 중궁은 보이지 않는 꽃들이 염려되어 탄식하고 있습니다.

무라사키 부인이 있는 남쪽 침전에서도 하필이면 정원의 꽃나무를 손질하고 있는 참에 이렇듯 모진 태풍이 몰아치니, '어린 싸리가 잎에 맺힌 이슬이 무거워 바람 불어 털어주기를 기다리니'라는 옛 노래의 풍정은커녕 잎은 떨어지고 뿌리까지 드러난 어린 싸리에게는 견디기에 너무 심한 바람입니다. 무라사키 부인은 마루 끝에 나와 앉아 불어대는 바람에 가지가 꺾여 이슬이 맺힐 틈조차 없이 흩어지는 참담한 광경을 바라보고 있습니다.

유기리 중장이 아카시 아씨의 처소로 걸음하는 겐지와 동행하였습니다. 그때, 동쪽 건널복도의 가리개 너머에 살짝 열려 있는 옆문 틈 사이로 별 생각 없이 방을 들여다보게 되었습니다. 여러 시녀의 모습이 보여 그 자리에 선 채로 살며시 안을 살피고 있는데, 바람이 너무 심해 병풍까지 접어 한쪽에 세워놓은 터라 방 안이 훤히 들여다 보였습니다.

차양의 방에 앉아 있는 분은 다름 아닌 무라사키 부인이었습니다. 향내가 은은하게 풍기는 듯 기품 있고 아름다운 자태로 보아 다른 사람일 리가 없지요. 마치 봄의 새벽안개 사이로 소담스럽게 핀 산벚꽃을 바라보는 듯한 느낌입니다.

몰래 엿보고 있는 유기리 중장은 자신의 얼굴마저 그 화사함에 전염되는 것 같았습니다. 무라사키 부인의 아름다운 매력이 사방에 넘치도록 가득하니, 참으로 그 빼어남이란 세상에 둘도 없을 것 같습니다.

시녀들이 바람에 날리는 발을 누르면서 어떻게 했는지, 무라사키 부인이 방긋이 미소를 지었습니다. 그 모습이 또 뭐라 형용할 길 없을 만큼 아름답습니다.

무라사키 부인은 바람에 시달릴 꽃들이 마음에 걸려 모르는 척 안으로 들어가지도 못합니다. 주위에 대기하고 있는 시녀들도 곱게 몸단장을 하고 있는데, 무라사키 부인의 아름다움에는 도저히 미치지 못합니다.

'아버님이 나를 무라사키 부인 곁에 다가가지 못하게, 애써 멀리하도록 단속을 하신 까닭을 이제야 알겠구나. 이렇게 한번 보고도 그 아름다움에 넋을 잃을 정도이니, 만의 하나 엿보았다가 마음을 빼앗기는 일이 있으면 곤란할 듯하여 노파심에 미리 주의를 주신 것이었어.'

이렇게 겐지의 속마음을 알고 보니 왠지 그 자리에 있기가 두려워 물러나려고 하는데, 겐지가 아카시 아씨의 처소가 있는 서쪽에서 안쪽 장지문을 열고 돌아왔습니다.

"이 무슨 성질 급한 바람인지 모르겠구려. 격자문을 내리도록 하세요. 이런 날에는 남자들이 주위에 있을지도 모르는데, 이러고 있어서야 안이 훤히 보이지 않겠소이까."

겐지가 무라사키 부인에게 이렇게 말하는 소리를 듣고 더 가까이 다가가 들여다보니, 무라사키 부인이 뭐라고 말을 하고 겐지도 미소를 지으면서 부인의 얼굴을 쳐다보고 있었습니다. 그런 겐지의 모습이 자신의 아버지라 여겨지지 않을 만큼 젊고 말쑥한 가운데 요염함마저 깃들여 있으니 지금이 한창 무르익을 때입니다.

무라사키 부인 역시 무르익은 여자의 색향을 한껏 풍기니, 더할 나위 없는 두 사람의 모습에 유기리 중장은 오금이 저리는 듯하였습니다. 건널복도의 격자문이 바람에 덜커덩거리니, 서 있는 자신이 그대로 보일 듯하여 유기리 중장은 두려움에 얼른 그 자리를 떠났습니다.

겐지는 지금 막 온 것처럼 일부러 헛기침을 하면서 툇마루 쪽으로 걸어갔습니다.

"이런, 내가 말하지 않았소. 밖에서 다 들여다보였을 것이오."

겐지는 열려 있는 동쪽 옆문을 보고는 유기리가 엿보았을지도 모르겠다고 이제야 의심을 합니다.

'지금까지 긴긴 세월 무라사키 부인의 얼굴을 볼 수 있으리라고는 꿈도 꾸지 않았는데, 바람이란 참으로 큰 바위도 움직일 만큼 그 힘이 대단하구나. 이 바람이 그토록 조심성이 많은 분들의 마음을 움직여 내게 이런 행운을 가져다주었으니.'

유기리 중장은 무라사키 부인의 얼굴을 본 기쁨에 이렇게 생각하였습니다.

그때 가신들이 달려왔습니다.

"한바탕 태풍이 휘몰고 갈 모양이옵니다."

"동북쪽에서 바람이 불어오니 아직 이 침전은 조용한 것이옵니다."

"마장전과 하나치루사토 님 침전의 연못가 건물은 동북쪽이온지라 상황이 아주 급박하옵니다."

이렇게 보고를 하며 바람의 피해를 막으려고 소동을 피우고 있습니다.

겐지가 유기리 중장에게 물었습니다.

"중장은 어디에서 오는 겝니까?"

"삼조의 할머님 댁에 있다가 사람들이 바람이 심해진다 하기에 이쪽이 걱정이 되어 왔습니다. 그쪽은 상황이 이쪽보다 불안하고 할머님은 바람소리에도 어린아이처럼 무서워 떨고 계십니다. 딱한 일이니 다시 그쪽으로 가보겠습니다."

"그렇다면 어서 가보세요. 나이를 먹으면 다시 어린아이로 돌아간다고 공연한 소리들을 하는데, 정말 노인이 되면 다 그렇게 되는 모양입니다."

겐지는 장모를 염려하여 유기리 편에 문안 인사를 전하였습니다.

"바람이 몹시 불고 날씨가 험악하오나 중장이 곁에 있으면 안심일 터이니 중장에게 모든 것을 맡기겠습니다."

삼조의 할머니 댁으로 향하는 길, 바람이 날뛰듯 이리저리 휘몰아치는데 유기리 중장은 아랑곳하지 않고 길을 서둘렀습니다. 원래 중장은 만사에 꼼꼼하고 성실한 성품이라, 하루도 빠짐없이 삼조의 댁과 육조원을 찾아 할머니와 겐지에게 문안인사를 올리고 있습니다.

궁중의 근신기간이라 어쩔 수 없이 궁중에서 숙직을 하는 날이 아니면 분주한 정무나 절회 등으로 여유가 없을 때에도 어떻게든 짬을 내어 육조원을 찾아 문안을 드리고 삼조의 댁에 들른 후에 다시 궁중으로 돌아갑니다. 하물며 오늘 같은 날 날씨가 험악하여 부는 바람보다 빨리 걸음을 서둘러 이쪽저쪽 문안을 드리러 오가니, 참으로 갸륵하지 않을 수 없습니다.

할머니는 듬직한 유기리 중장이 찾아와주기를 애타게 기다리고 있었습니다.

"이 나이가 되도록 이렇게 심한 태풍은 한번도 보지를 못했습니다."

할머니는 몸을 부들부들 떨면서 이렇게 말하였습니다. 정원에 있는 굵직한 나뭇가지가 부러지는 소리가 들리니 그 또한 무섭고 두려운 일입니다.

"지붕의 기왓장까지 날려갈 듯 바람이 휘몰아치는데 용케 찾아주었습니다."

할머니는 떨면서도 유기리 중장을 반갑게 맞았습니다.

전에는 그 위세가 하늘을 찌를 듯하였건만 지금은 쇠퇴하여 오직 유기리 중장만을 의지하고 있으니, 세상사란 참으로 무상한 것입니다. 그렇다고는 하나 아직도 세상 사람들의 성망은 여전합니다. 다만 아들인 내대신의 태도가 손자인 유기리 중장에 미치지 못하는 듯 보입니다.

유기리 중장은 밤새워 불어대는 바람 소리를 들으면서 왠지 모르게 마음이 울적하였습니다. 한시도 잊지 않고 그리워하는 구모이노카리는 그렇다 치고, 오늘 처음으로 엿본 무라사키 부인의 모습이 눈앞에 어른거리는 것입니다.

'이 무슨 심사란 말인가. 행여 도리에 어긋나는 연심이라도 품는다면 끔찍한 일이 벌어질 터인데.'

유기리 중장은 스스로 마음을 다른 곳으로 돌리기 위해 온갖 생각을 해보지만, 문득문득 떠오르는 무라사키 부인의 모습을 지울 수가 없습니다.

'이 세상에 그토록 고운 분이 계시다니. 부부 사이가 그렇듯 애틋한데, 하나치루사토 님 같은 분이 어떻게 부인이 되었는지 모르겠군. 비교도 되지 않는 하나치루사토 님이 딱하구나.'

유기리 중장은 이렇게 생각하며, 매력도 없는 분을 버리지 않고 거두는 겐지의 자상함에 탄복하였습니다.

유기리 중장은 성품이 곧은 사람이라 양모에게 연심을 품는 도리에 어긋나는 일은 절대 있을 수 없다고 생각하는 한편, 그리운 마음으로 동경하지 않을 수 없었습니다.

'이왕이면 그렇게 아름다운 분을 아내로 맞아 밤낮으로 함께 하고 싶구나. 그리하면 정해진 수명도 조금은 늘어날 터인데.'

새벽이 되면서 바람이 다소 잠잠해지더니 세찬 소나기가 한 차례 쏟아졌습니다.

"육조원에서 별채 건물이 몇 채 무너졌습니다."

사람들이 이렇게 말하며 술렁거렸습니다.

'아버님이 계시는 어전에는 호위병들이 많이 있어 안심일 것이나 동북쪽 침전에는 사람도 별반 없으니 하나치루사토 님이

얼마나 불안해하실까.'

　유기리 중장은 태풍이 휘몰아치는 동안 광대한 건물이 처마를 맞대고 솟아 있는 육조원에서 불안에 떨고 있을 하나치루사토가 불현듯 떠올라 아직 날이 채 밝지 않았는데도 육조원으로 걸음을 서둘렀습니다. 가는 길, 싸늘한 빗발이 수레 안으로 뿌리쳤습니다. 황량한 날씨 때문에 몸이 곤한데 마음마저 허공을 헤매는 듯한 느낌이 들었습니다.

　'대체 어찌 된 일일까. 아니 그래도 수심이 많은데 근심거리가 하나 더 는 것일까. 무라사키 님에게 연심을 품는 따위 내게는 도저히 용납되지 않을 일인데. 아아, 새삼스럽게 이런 망상을 품게 되다니. 이 무슨 당치 않은 짓이란 말인가.'

　유기리 중장은 이런저런 생각으로 괴로워하면서 동북쪽 침전을 찾았습니다.

　어젯밤의 폭풍우에 겁에 질린 나머지 진이 빠져 있는 하나치루사토를 위로하고, 사람을 불러 부서지고 깨진 곳을 수리하라 지시를 한 후에 유기리 중장은 다시 남쪽 침전을 찾았습니다.

　남쪽 침전은 아직 격자문도 올리지 않은 상태였습니다. 유기리 중장이 무라사키 부인의 침소 앞 난간에 기대어 정원을 바라보니 동산의 나무들은 쓰러지고 가지가 꺾여 있습니다. 수풀이 무참하게 휩쓸려간 것은 물론 여기저기 지붕에 얹혀 있던 노송나무 껍질과 기왓장, 가리개와 성긴 울타리들이 널려 있습니다.

아침 햇살이 희미하게 비치기 시작하는데, 폭풍우가 훑고 지나간 후의 참담한 정원에는 이슬이 반짝반짝 빛나고 하늘에는 호젓한 아침 안개가 자욱하게 끼어 있습니다.

그런 경치를 바라보고 있자니 유기리 중장은 마음이 울적해지면서 자기도 모르게 눈물이 흘러 남몰래 닦으면서 공연히 헛기침을 합니다.

"중장이 온 모양이로군. 아직 아침이 되려면 먼 것 같은데."

겐지가 이렇게 중얼거리며 자리에서 일어나는 듯합니다.

무라사키 부인도 뭐라고 하는 것 같은데 목소리는 들리지 않고, 겐지의 드높은 웃음소리와 함께 잠시 농담과 얘기를 주고받는 두 사람의 기척이 느껴집니다.

"젊었을 때도 이렇게 새벽에 헤어진 일이 없었는데. 지금 이나이가 되어 새삼스레 경험을 하다니 괴롭겠구려."

이렇게 부부 사이가 다감하니 더욱더 호기심을 자극합니다. 무라사키 부인의 목소리는 들리지 않으나 농담을 하는 말투의 느낌이 어렴풋하게 전해지니, 물샐 틈 하나 없는 부부의 금실이 느껴져 유기리 중장은 그만 귀가 솔깃해지고 말았습니다.

겐지가 직접 격자문을 올리니, 중장은 너무 가까이 있는 것이 마음에 걸려 얼른 물러나 대기하였습니다.

"그래 그쪽 상황은 어떠하였습니까. 어젯밤 할머님께서 중장을 무척 반기셨겠지요."

"네, 그렇습니다. 사소한 일에도 눈물을 흘리시니 무척 안되었습니다."

유기리 중장의 말에 겐지는 미소를 지으며 이렇게 말하였습니다.

"사실 날이 얼마 오래지 않을 것입니다. 마음에 새기고 정성스럽게 보살펴드리세요, 내대신은 자잘한 신경을 써주지 않는다고 할머님께서 불평을 하셨으니. 내대신은 화려한 것을 좋아하는 사내다운 성품이라 눈에 띄지 않는 자잘한 일에는 그다지 마음을 쓰지 않으니, 부모에게 효행을 할 때도 겉보기에 훌륭한 것을 중시하여 사람들을 놀래게 하는 습성이 있습니다. 애틋한 정은 없는 분이나 사려 깊고 현명하고 이 말세에 아까울 정도로 학문과 재능에 뛰어난 분이지요. 견줄 자가 없으리만큼 탁월하니 벌어진 입이 다물어지지 않을 정도입니다. 같은 사람으로서 그리도 결점이 없는 사람은 많지 않을 것입니다."

이렇게 말하고 이어 중궁의 침전을 걱정합니다.

"그것은 그렇고, 어젯밤 그 끔찍했던 비바람에 중궁의 침전은 무사하였는지 모르겠습니다. 궁사들이 잘 받들어 모셨는지 그대가 가봐야겠습니다."

겐지는 문안 편지와 함께 유기리 중장을 중궁의 침전으로 보냈습니다.

"어젯밤의 그 거센 비바람 어떤 마음으로 듣고 계셨는지요. 바람이 세차게 몰아치는데 이 몸은 하필 감기에 걸려 곤욕을 치르고 있습니다. 그리하여 지금은 정양을 하고 있는 터라."

유기리 중장은 겐지 앞에서 물러나와 중간 복도의 문을 지나 중궁의 침전으로 향하였습니다. 새벽녘의 어스름한 하늘 아래 나타난 중장의 모습이 참으로 훌륭하고 우아합니다.

동쪽 별채의 남쪽에 서서 중궁의 침전을 살피니, 격자문을 두 칸 올려놓고 그 안에 쳐놓은 발도 올려져 있는데, 젊은 시녀들이 이른 아침의 햇살을 받으며 툇마루 앞 난간에 기대앉아 있습니다.

편하게 앉아 있는 시녀들의 옷차림이 과연 어떠할지, 아직 날이 완전히 밝지 않아 어슴푸레한 가운데 갖가지 색 옷을 차려입은 모습이 하나같이 운치가 있습니다.

여동 네댓은 정원에서 벌레 바구니를 들고 다니며 풀벌레에게 이슬을 주고 있습니다. 여동들은 짙고 옅은 보라색 속옷 위에 마타리 한삼을 입었는데, 계절에 어울리는 차림입니다.

이쪽저쪽 수풀을 헤치고 다니면서 바람에 쓰러진 패랭이꽃을 꺾어 오는 여동들의 모습이 아침 안개 속에 떠올랐다 사라지곤 하니, 그윽한 멋이 있습니다.

중궁의 침전에서 유기리 중장이 서 있는 곳으로 바람이 불어와 향기가 별로 없는 개미취마저 있는 향을 다 뿜어내는 듯하니, 은은한 훈향이 중궁의 소맷자락에서 묻어나온 향이 아닐까 하고 상상만 하여도 가슴이 짜릿짜릿한 느낌이 들어 중궁 앞에 나서기가 망설여질 정도였습니다.

유기리 중장이 헛기침을 하며 나아가자 시녀들은 놀란 표정은 보이지 않았으나 모두 안으로 들어가버렸습니다.

중궁이 궁중으로 들어갔을 때는 유기리 중장이 아직 어렸던 터라 발 안까지 들어가 친근하게 지냈습니다. 그런 탓에 시녀들도 그리 거북한 태도를 보이지는 않습니다.

겐지의 문안 인사를 중궁에게 여쭈라 이르니, 발 안쪽에 얼굴을 아는 재상과 내시 등의 시녀가 있는 듯하여 그 시녀들과 잠시 담소를 나누었습니다.

중궁 역시 나름대로 품위 있게 나날을 보내고 있는 듯하니, 중장은 생각나는 일이 많았습니다.

남쪽 침전에서는 겐지와 무라사키 부인이 격자문을 전부 올리고 어젯밤 걱정하였던 꽃들이 볼품없이 무참하게 쓰러져 있는 모습을 바라보고 있습니다. 유기리 중장은 계단에 앉아 중궁의 답변을 겐지에게 전해올렸습니다.

"혹여 이쪽으로 오셔서 거센 비바람을 막아주시지는 않을까 어린아이처럼 불안한 마음으로 기다렸는데, 이렇게 문안 인사를 받으니 이제야 마음이 놓입니다."

"중궁은 마음이 여린 구석이 있으니. 여자들끼리 있어 어젯밤의 그 폭풍우에 소름이 끼치도록 무서웠을 터인데 문안조차 드리지 않은 나를 불친절한 사람이라 여겼겠습니다."

겐지는 이렇게 말하고는 곧바로 중궁의 침전으로 걸음을 옮겼습니다.

겐지가 옷을 갈아입기 위해 발을 올리고 안으로 들어갈 때 키 낮은 휘장이 가까이로 당겨졌는데, 그 뒤로 언뜻 내비친 소맷자락이 무라사키 부인의 것이 틀림없다 여겨지니 유기리 중장은 가슴이 두근두근 방망이질 치는 듯하였습니다. 허나 한편 그런 자신이 한심하여 다른 쪽으로 눈길을 돌렸습니다.

겐지는 거울을 보면서 작은 소리로 무라사키 부인에게 말하였습니다.

"새벽녘 중장의 모습이 참으로 아름답더이다. 아직 어린 나이인데 그렇듯 어여쁘게 보이니 내 자식이라 그런 것 아닌가 모르겠소."

겐지는 자신의 얼굴은 영원히 늙지 않고 아름다우리라 여기는 듯하니, 평소보다 각별히 외모에 신경을 씁니다.

"중궁을 뵈면 늘 기가 죽어요. 딱히 눈에 띌 만큼 품격이나 풍류를 갖추고 있는 것도 아니련만, 좀더 깊이 알고 싶은 마음에 상대를 긴장하게 하는 분입니다. 무척이나 얌전하고 여자다운 분이면서도 어딘가 남다르고, 꿋꿋한 심지를 품고 계세요."

이렇게 말하며 발 밖으로 나가자 그곳에 넋을 잃고 앉아 있는 유기리 중장이 눈에 들어왔습니다. 과연 눈치가 빠른 겐지입니다. 어떻게 알아차렸는지 되돌아와 무라사키 부인에게 이렇게 말하는 것이었습니다.

"어젯밤 태풍 때문에 소란을 피우는 틈에 중장이 당신을 보지 않았나 모르겠구려. 옆문이 열려 있었으니."

무라사키 부인은 얼굴을 붉히며 말하였습니다.

"그럴 리가요. 건널복도 쪽에서는 사람의 발소리도 나지 않았는데요."

"아무래도 좀 이상합니다."

겐지는 혼자 중얼거리며 중궁의 침전으로 향하였습니다.

겐지가 중궁의 처소로 들어가자 유기리 중장은 시녀들이 모여 있는 건널복도 입구에서 시녀들과 농담을 나누고 있었습니다. 허나 수심 거리가 많아 앞날이 어떻게 될지 한탄스러우니 여느 때보다 우울한 표정입니다.

겐지는 중궁의 침전에서 물러나오자 곧바로 아카시 부인이 거처하는 북쪽으로 걸음을 옮겼습니다. 이곳에는 번듯한 가사 한 명 보이지 않고 시녀들이 정원을 살펴보고 있었습니다. 아카시의 부인이 손수 심어놓은 용담과 나팔꽃이 엉켜 있는 울타리가 여기저기 무너지고 쓰러져 있는데, 고운 속옷에 한삼도 입지 않은 편안한 차림의 여동들이 이리저리 살피며 일으켜 세우고 손질을 하고 있습니다.

아카시의 부인은 마침 적적함을 달래려 단정하게 앉아 쟁을 뜯고 있었습니다.

겐지의 헛기침 소리가 들리자 아카시 부인은 얼른 옷고리에서 소례복을 꺼내 풀기가 없는 평상복 위에 걸치고 예의를 갖추니, 참으로 용의주도하고 몸가짐이 바르다 여겨집니다.

겐지는 툇마루 끝에 살짝 걸터앉아 태풍에 별일 없었느냐고 안부를 묻고는 그대로 슬며시 돌아가버렸습니다. 아카시 부인은 겐지의 소원함이 아쉬워 슬픔에 젖어 한숨을 쉬며 노래를 읊었습니다.

묵지도 않고 돌아가는 당신
억새풀 위로 스치는
바람소리조차
적적한 내 마음을 에이는데

서쪽 별채의 다마카즈라 아씨는 어젯밤 폭풍우에 겁에 질려 뜬눈으로 밤을 지새운 터라, 아침에는 늦잠을 자고 이제야 거울을 향해 앉았습니다.

"요란하게 기척할 것 없다."

겐지는 이렇게 말하고 조용히 안으로 들어갔습니다.

병풍은 접힌 채 한쪽에 놓여 있고 가재도구까지 이리저리 널려 있는 방에 아침 햇살이 화사하게 비치니 아씨의 모습이 눈이 반짝 뜨일 정도로 아름답습니다.

겐지가 아씨 곁에 바짝 다가가 앉아 늘 하듯 문안 인사를 하면서 예의 성가신 사랑 타령을 농담처럼 늘어놓으니, 아씨는 듣기가 거북하고 한심한 기분이 들었습니다.

"차라리 어젯밤 비바람에 어디론가 날아가버렸으면 좋았을 것을."

아씨가 투정을 부리자 겐지는 재미있다는 듯이 웃으면서 말합니다.

"바람과 함께 어디론가 사라지다니 경솔한 말씀을 다하는군요. 어디 갈 만한 곳이 있는 겝니까. 점점 더 나를 싫어하니 하기야 당연한 일이기도 하지요."

다마카즈라 아씨 역시 문득 생각난 대로 말을 내뱉은 자신이 실로 어처구니가 없어 미소를 지으니, 그 얼굴빛이며 모습이 실로 아름다웠습니다.

늘어뜨린 머리카락 사이로 보이는 볼이 꽈리처럼 탱글탱글하고 귀엽습니다. 눈가에 화사한 애교가 넘치는 것이 다소 기품 없어 보이는 결점이기는 하나, 그것만 빼고는 한 군데 나무랄 곳이 없습니다.

유기리 중장은 오래전부터 다마카즈라 아씨를 동경하여 그 모습을 한 번만이라도 보고 싶어하였습니다. 지금 쳐져 있는 발 옆 구석에서 살며시 휘장을 들어올리고, 겐지와 친밀하게 얘기를 나누고 있는 아씨의 모습을 엿보고 있으니, 시야를 가리는 가재도구도 치워져 있는지라 안까지 다 들여다보입니다. 겐지가 아씨에게 농을 걸고 있는 모습이 속속들이 보입니다.

'참으로 이상한 일도 있군. 부모 자식이라고는 하나 저렇게 아버지 품에 안겨 있을 나이가 아닌데.'

유기리 중장은 빨려들어갈 듯 쳐다보고 있습니다. 이렇게 엿보는 모습이 겐지에게 발각되어 꾸중을 듣지는 않을까 염려스럽지만, 뜻하지 않은 광경에 마음이 동요되어 그만 뚫어져라 쳐다보고 있는 것입니다.

다마카즈라 아씨는 기둥에 기대어 약간 옆을 향하고 있는데 겐지가 자기 쪽으로 끌어안습니다. 그때 아씨의 머리카락이 얼굴 위로 넘쳐흐를 듯 나부꼈습니다. 아씨는 난감하고 싫은 표정을 지으면서도 저항은 하지 않고 순순히 겐지에게 몸을 맡기고 있습니다. 그런 광경을 보면서 유기리 중장은 두 사람이 예사 사이가 아닌 모양이라고 짐작합니다.

'이거 참으로 민망한 일이로군. 대체 어찌 된 일일까. 아버님은 남녀 관계에 대해서는 빈틈이 없는 성품인데. 태어날 때부터 가까이에서 키우지 않은 탓에 친딸인데도 저렇듯 연심을 품은 것일까. 저런 일이 예사로 있을 수 있는 일일까. 아아, 아무튼 어처구니없는 일이다.'

유기리 중장은 이런 생각을 하는 자신이 오히려 부끄러웠습니다.

다마카즈라 아씨의 모습은 피를 나눈 친형제라지만, 다소 거리가 있는 배다른 형제라 생각하면 자칫 도리에 어긋나는 연심을 품을 수 있을 정도로 매력적입니다. 어젯밤 은밀하게 엿본 무라사키 부인의 자태에는 미치지 못하나, 보는 이를 흐뭇하게 하는 사랑스럽고 귀여운 면에서는 충분히 견줄 수 있을 것처럼 보입니다.

문득 자욱한 안개 사이로 저녁 햇살이 비치는 정경 속에 만발한 겹황매화의 아름다움이 떠올랐습니다. 계절에 어울리는 비유는 아니지만, 다마카즈라 아씨를 본 유기리 중장의 인상은 그러하였습니다. 꽃의 아름다움에는 한계가 있어 개중에는 뒤엉킨 꽃술도 섞여 있으나 아씨의 아리따운 용모는 형용하기가 어려웠습니다.

다마카즈라 아씨 주위에는 시녀도 나와 앉아 있지 않으니 겐지는 무척이나 친근하게 작은 소리로 귀엣말을 하는데, 무슨 일이 있는지 갑자기 진지한 표정으로 자리에서 일어났습니다.

어지럽게 부는 바람에
마타리는 당장이라도 시들어버릴 듯하고
나는 당신의
한심한 태도에
당장이라도 숨이 끊어질 듯하니

아씨가 이렇게 읊조리나 유기리 중장의 귀에는 잘 들리지 않았습니다. 겐지가 다시 한 번 그 노래를 읊조리는 소리가 희미하게 들리니 조마조마하면서도 호기심이 일어 사태가 어찌 될 것인지 끝까지 보고 싶었습니다. 하지만 가까이 있었다는 것이 겐지에게 알려질까봐 두려워 유기리 중장은 얼른 그 자리를 피하였습니다.

사람 눈에 띄지 않는
나무 그늘에서 나부꼈으면
모진 바람에 쓰러지지 않아도 될 것을
그대 역시 내 품에 은밀히
나부끼면 좋을 것을

"여린 대를 보세요."

겐지가 이렇게 말하였다는데 잘못 들은 것은 아닐는지요, 아무튼 남 듣기에 좋은 말은 아닌 듯합니다.

겐지는 그다음에는 동쪽에 있는 하나치루사토의 처소를 찾았습니다. 태풍이 몰아친 후, 아침나절이 되자 갑자기 서늘해진 탓인가 늙은 시녀들이 하나치루사토 앞에 모여 바느질을 하고 있습니다.

작은 궤 같은 것에 풀솜을 걸어놓고 손질하는 젊은 시녀도 있습니다. 적황색의 곱고 얇은 비단이며 다듬질을 하여 광택을 낸 짙은 홍매색 비단 등이 어지럽게 널려 있습니다.

"유기리 중장의 속옷입니까. 이렇게 애써 마련을 해도 궁중 연회는 아마도 중지가 될 터인데요. 심한 태풍이 분 뒤라 아무것도 할 수가 없을 것이니 가을을 보내기가 따분해질 듯싶소이다."

겐지는 이렇게 말하고, 다양하고 고운 빛깔의 감을 보면서 생각하였습니다.

'어떤 옷으로 완성이 될까. 감에 물을 들이고 바느질을 하는 솜씨는 무라사키 부인에게 뒤지지 않겠군.'

겐지의 평상복은 꽃무늬가 들어 있는 능직물을 근자에 채취한 꽃으로 엷게 물들인 감으로 지었는데, 그 빛깔의 조화가 말할 수 없이 훌륭합니다.

"이런 물을 들인 옷은 나보다 중장에게 입히는 것이 좋겠습니다. 이 남보라색은 젊은 사람에게 어울릴 듯하군요."

겐지는 이렇게 말하고 하나치루사토의 처소를 떠났습니다.

유기리 중장은 겐지와 동행하여 조심스런 분들을 잇달아 만난 탓인지 기분이 울적하여 쓰고 싶은 편지도 쓰지 못한 채 시간만 보내고 말았습니다. 한낮이 되어서야 부랴부랴 아카시 아씨의 방으로 찾아갔습니다.

"아씨는 아직 무라사키 부인 곁에 있습니다. 어젯밤의 비바람에 겁을 먹어 아직 일어나지도 못하고 있습니다."

유모가 유기리 중장에게 말하였습니다.

"비바람이 몹시 심하여 어젯밤 이곳을 지키려 하였으나 할머님 역시 안쓰러운지라 올 수가 없었습니다. 인형의 집은 무사한지요."

유기리 중장이 묻자 시녀들은 웃으면서 대답하였습니다.

"소슬바람만 불어도 큰 걱정인데, 어젯밤에는 그렇듯 폭풍우가 몰아쳤으니 인형의 집을 지키느라 고생이 말이 아니었습니다."

"종이 한 장 주겠습니까, 대단치 않은 것이라도 상관없으니. 그리고 방에 있는 벼루도."

유기리 중장이 부탁하자 시녀는 아씨의 문갑에서 종이 한 두루마리를 꺼내 벼루 뚜껑에 담아 중장에게 건넸습니다.

"이거, 고맙습니다."

유기리 중장은 말은 그렇게 하였으나 아카시 부인의 격을 생각하면 그리 조심할 일도 없을 듯하다 여기면서 글을 써내려갔습니다. 정성껏 먹을 갈아 엷은 보라색 종이에 붓끝을 주의하면서 성의를 다해 쓰다가 잠시 붓을 멈추고 뭐라 표현하면 좋을까 고민하는 모습이 정말 훌륭합니다. 하지만 노래는 판에 박힌 듯 진부하니 그리 훌륭하다 할 수는 없을 듯합니다.

바람이 휘몰아쳐
떼구름 어지러이 요동하는 저녁나절
잊으려 해도 나는
한시도 그대를 잊지 못하니

그 편지를 바람에 꺾인 솔새에 묶으니 시녀들은 이렇게 말합니다.

"그 호색가로 유명한 가타노의 소장은 꽃과 풀의 색을 종이와 맞추었다 하는데."

"색깔을 그렇게 맞추는 줄은 미처 몰랐군요. 어느 들판에 핀 어떤 꽃이 어울릴는지."

중장은 시녀들에게도 말을 아끼며 상대가 친근하게 가까이할 수 있는 틈을 보이지 않으니 기품 있고 성실할 따름입니다.

유기리 중장은 편지를 한 통 더 써서 우마료의 차관 마조에게 내리니, 마조는 귀여운 동자와 즐겨 부리는 수신에게 소곤소곤 귓속말을 하며 편지를 건넸습니다. 젊은 시녀들은 마음을 졸이 며 편지를 받을 분이 과연 누구일지 궁금해합니다.

아카시 아씨가 이쪽으로 온다는 연락이 들어오자 시녀들이 바지런히 움직이며 휘장을 반듯하게 쳤습니다. 벚꽃에 비유한 무라사키 부인과 겹황매를 연상케 하는 다마카즈라 아씨, 그리 고 아카시 아씨의 자태를 비교해보고 싶은 유기리 중장은 평소 에는 엿볼 엄두도 내지 않는데, 지금은 옆문에 걸려 있는 발을 들어올리고 휘장 사이로 들여다보고 있습니다. 마침 휘장과 병 풍이 있는 쪽에서 지나가는 아카시 아씨의 모습이 언뜻 보였습 니다. 시녀들이 우왕좌왕하여 제대로 보이지 않으니 중장은 답 답한 심정입니다.

연보라색 옷에 아직 발끝까지 자라지 않은 머리채가 부채처 럼 펼쳐져 하늘거립니다. 가늘고 조그만 몸집이 정말 가련하고 사랑스럽습니다.

'재작년까지만 해도 가끔은 그 모습을 볼 수 있었는데, 나이 가 들면서 정말 미인으로 성장한 듯하구나. 한창나이가 되면 얼마나 아름다울까. 전에 보았던 무라사키 님을 벚꽃, 다마카즈라 아씨를 황매라고 한다면 저 아씨는 등꽃이라고나 할까. 아씨의 아름다움이 키 큰 나무에 피어 늘어진 꽃송이가 바람에 흔들리는 등꽃의 아름다움 같구나.'

유기리 중장은 이렇게 세 여인을 비교하니, 샌님 같은 중장의 마음이 왠지 뒤숭숭하기만 합니다.

'이렇게 아름다운 분들을 밤낮으로 볼 수 있다면 좋겠구나. 내게는 어머니와 남매에 해당하는 사람들인 것을. 당연히 그렇게 하여도 무방할 터인데 아버님이 일일이 단속을 하시고 가까이하지 못하게 하시니 한스럽구나.'

유기리 중장이 할머니 댁을 찾아가자 할머니는 조용히 근행에 임하고 있었습니다. 이 삼조의 댁에서는 젊은 시녀들도 시중을 들고 있는데, 몸짓이며 태도, 옷차림 등 모든 것이 전성기를 누리고 있는 육조원의 시녀들에는 비교할 바가 못 됩니다. 허나 이런 집에는 아리따운 여승이 먹빛으로 물들인 승복을 단아하게 차려입은 모습이 오히려 어울리고 나름의 운치가 있는 법이지요.

마침 내대신도 삼조 댁을 찾아왔습니다. 방에 등불을 밝히고 조용히 말씀을 나눕니다.

"손녀딸의 얼굴을 본 지가 얼마나 오래되었는지 모르겠습니다. 너무하신 처사가 아닌지."

내대신의 어머니는 이렇게 말하며 눈물짓습니다.

"근일 중에 데리고 찾아 뵙겠습니다. 요즘은 늘 울적하게 지내니 야위고 초췌하기 이를 데 없습니다. 딸자식은 낳는 게 아니었습니다. 만사에 걱정만 끼치니 말입니다."

내대신은 지금도 그 일을 마음에 새기고 있는지 못마땅하다는 투로 얘기합니다. 어머니도 기분이 언짢으니 손녀딸을 꼭 만나게 해달라는 뜻은 내비치지도 않습니다. 또 내대신은 오미 아씨 얘기를 꺼내며 실소를 터뜨립니다.

"참으로 부족한 딸을 얻어 마음고생이 이만저만이 아닙니다."

"그것 참 이상한 일이로군요. 그대의 딸이라 하면 그리 부족할 리가 없을 터인데."

어머니가 이렇게 비아냥거리자 내대신은 이렇게 말했다고 하는군요.

"정말이지 형편없는 딸입니다. 언젠가 보여드리지요."

행차

아침 안개 자욱한데
구름 낀 하늘에는 눈발까지 날려
어제의 행차에서는
하늘의 빛도 폐하의 얼굴도
어렴풋하기만 하더이다

◆ 다마카즈라

구름 한 점 없는 하늘에
아름다운 아침 햇살 비쳤거늘
어찌 눈발에 눈길을 빼앗겨
아리따운 폐하의 얼굴을
보지 못하였을꼬

◆ 겐지

🏵 제29첩 행차(行幸)

12월에 있었던 레이제이 제의 오하라노 행차. 다마카즈라는 레이제이 제의 아름다운 모습에 넋을 잃는데, 겐지는 그런 다마카즈라의 심리를 꼬집는다.

겐지는 다마카즈라 아씨를 위해서 한 치의 빈틈도 없이 마음을 쓰며 아씨의 장래를 위해 좋은 방법은 없을까 하고 이리저리 궁리를 하지만, 마음속에는 아씨를 향한 연모의 정이 '소리 없는 폭포'처럼 흐르고 있습니다. 허나 아씨에게는 그것이 오히려 성가시고 안된 일입니다. 사태가 이래서야 무라사키 부인이 짐작하는 바대로 신분에 어울리지 않는 경박스러운 소문이 날 듯합니다.

'내대신은 매사에 분명하고 조금이라도 애매한 일은 참지 못하는 성품이거늘. 만의 하나 이 일을 알고 나를 주저없이 사위로 삼으려 한다면 그야말로 세상의 웃음거리가 될 터이니.'

겐지는 이렇게 반성하고 있습니다.

그해 십이월에 오하라노 천황의 행차가 있다 하여 사람들은 저마다 행차를 구경하려고 아우성입니다. 육조원에서도 부인들이 우차를 타고 구경차 나섰습니다.

행렬은 아침 여섯 시에 출발하여 주작대로에서 서쪽으로 돌아 오조 대로로 나아갔습니다. 구경하러 나온 수레와 인파가 가쓰라 강기슭을 가득 메워 발 디딜 틈도 없습니다. 행차라고 하여 늘 성대한 것은 아니나, 오늘은 친왕과 상달부 들까지 각별하게 차려입고 말과 안장까지 단장한 모습입니다. 수신과 마부도 용모가 수려하고 훤칠한 자들을 골라 아름다운 의상으로 치장을 시켰으니, 이런 광경은 흔한 구경거리가 아니지요.

좌우대신, 내대신, 납언을 비롯하여 그 이하 관료들이 빠짐없이 폐하의 뒤를 따르고 있습니다. 전상인은 물론 5위, 6위 관리들까지 청색 포에 자줏빛으로 물들인 속옷을 입고 있습니다.

눈발이 희끗희끗 날리는 가운데 하늘 빛깔마저 형용할 길 없이 우아합니다. 친왕들과 상달부 등 사냥에 합류할 자들은 평소에는 보기 드문 사냥복 차림입니다. 근위부의 매 부리는 자들 또한 색색이 진귀한 옷을 걸쳐 입으니 그 또한 보기 드문 장관이었습니다.

사람들은 이 성대한 구경거리에 앞을 다투어 집을 나섰습니다. 신분이 그리 높지 않은 자들은 허술한 수레를 끌고 나오는 바람에 바퀴가 망가져 안타까운 풍경을 빚기도 하였습니다.

가쓰라 강의 배다리 부근에도 아직 장소를 정하지 못하여 우왕좌왕하는 여인네들의 수레가 많습니다.

서쪽 별채의 다마카즈라 아씨도 구경에 나서게 되었습니다. 내로라 치장한 수많은 사람 가운데, 적색 포를 입은 단정한 모습으로 정면을 향한 채 꼼짝도 하지 않는 폐하의 모습을 뵈니 누구에 비할 바가 못 되었습니다.

다마카즈라 아씨는 남몰래 아버지인 내대신의 모습을 바라보고 있습니다.

내대신은 한창나이에 번듯하고 아름다운 분이지만, 역시 친왕들과는 격이 다릅니다. 신하의 신분으로는 가장 뛰어난 분이라는 생각만 들 뿐, 아씨는 오로지 가마 안에 앉아 있는 폐하에게서 눈길을 떼지 못합니다. 미남이다, 아름다운 분이다 하면서 젊은 여인들이 애가 타도록 그리워하는 중장이나 소장, 전상인들은 시야에 들어오지도 않으니, 아무리 둘러보아도 폐하를 앞설 자가 없는 것은 그만큼 빼어나기 때문입니다.

겐지의 얼굴은 다른 사람이라 여겨지지 않을 만큼 폐하와 꼭 닮았습니다. 허나 아씨가 마음을 두어 그런 탓인지 폐하께서 훨씬 더 위엄 있어 보이고, 황송할 정도로 훌륭합니다. 이렇게 보니 폐하처럼 빼어난 분은 이 세상에 둘도 없는 듯합니다.

아씨는 신분이 높은 분들은 이렇듯 아름답고 태도 역시 진중하다고만 알고 있으니, 겐지와 유기리 중장의 아름다운 모습만 봐왔기 때문인지도 모르겠습니다. 모처럼 차려입은 다른 사람은 성에 차지 않아 같은 눈과 코를 지닌 사람이다 싶지 않을 정도로 한심하게 보이니, 오로지 폐하와 겐지에게만 압도되어 있습니다.

행렬 가운데에는 반딧불 병부경도 있습니다. 검은 턱수염 우대장은 평소에는 그토록 점잔을 떨더니 오늘은 화려한 차림에 화살통을 메고 동행하고 있습니다. 피부가 검은데다 턱수염까지 텁수룩하여 아씨로서는 조금도 마음에 들지 않았습니다.

어떤 남자의 얼굴이 화장한 여자의 미색을 따를 수 있을는지요. 그런 것은 억지스런 주문인데, 아직 젊은 아씨는 검은 턱수염 우대장을 너무도 깔보고 있는 듯싶습니다.

다마카즈라 아씨는 겐지가 생각다 못해 권한 예의 입궁 건을 다시 생각하여보았습니다.

'어찌하면 좋을꼬. 입궁하기는 영 내키지 않는데. 그렇게 하였다가 흉한 꼴을 당하는 것은 아닐지.'

이렇게 걱정하면서도 한편으로는 폐하의 총애와는 상관없이 그저 곁에서 모시고 뵈올 수만 있다면 그 또한 기쁜 일일 것이라고, 마음이 조금씩 기울었습니다.

천황의 행차가 드디어 오하라노에 당도하였습니다. 수레가 자리를 잡자, 상달부들은 천막을 친 임시 거처에서 식사를 하고 평상복과 사냥복 차림으로 옷을 갈아입었습니다. 그때 마침 육조원에서 보낸 술과 과일도 도착하여 폐하 앞에 올려졌습니다. 폐하께서는 이전부터 이날은 반드시 겐지도 동행하도록 전갈을 보냈으나, 겐지는 몸조심을 해야 하는 날이라 동행할 수 없다고 말씀을 올린 터였습니다. 폐하께서는 장인인 좌위문위를 칙사로 하여 꿩을 나뭇가지에 묶어 겐지 대신에게 보냈습니다. 그때 폐하께서 보낸 편지에는 과연 무슨 말이 씌어 있었을까요. 그런 것까지 일일이 쓰자니 또한 성가신 일이라.

눈 쌓인 오시오 산에

꿩이 날아오르니

그 옛날 대신이 왔던 예에 따라

오늘 나와 동행해주기를

그토록 바랐건만

태정대신이 새 사냥을 위한 행차에 동행한 전례가 있었던 것일까요. 겐지 대신은 그저 황송하여 칙사를 대접하였습니다.

오시오 산의 솔밭에

눈이 쌓이듯

행차는 몇 번이고 있었지만

오늘만큼 성대함은

그 예가 없었겠지요

당시 들은 얘기는 군데군데만 더러 생각날 정도이니, 잘못 쓴 내용이 있을지도 모르겠군요.

그 다음날 겐지는 다마카즈라 아씨에게 편지를 보냈습니다.

"어제는 폐하를 뵈었는지요. 입궁하는 건에 대해서는 마음이 솔깃한지 궁금합니다."

하얀 종이에 친근한 말투로 씌어 있기는 하나, 평소처럼 연심을 절절하게 드러내지는 않으니 아씨는 그 점이 오히려 흥미로웠습니다.

'이상한 말씀도 다 하시네. 나와는 아무 관계도 없는 일인 것을.'

아씨는 그렇게 생각하며 웃었지만, 자신의 심중을 이렇듯 헤아리고 있는가 싶기도 하였습니다.

아침 안개가 자욱한데
구름 낀 하늘에는 눈발까지 날려
어제의 행차에서는
하늘의 빛도 폐하의 얼굴도
어렴풋하기만 하더이다

"어제는 모든 것이 어렴풋하게만 보여."

다마카즈라 아씨가 이렇게 답장을 보낸 것을 무라사키 부인과 함께 펼쳐 보며 겐지가 말하였습니다.

"입궁을 권하기는 하였으나, 중궁도 저러고 계시는데 마냥 내 딸로 놔두기에는 상황이 좋지 않은 듯싶구려. 그렇다고 내대신에게 진상을 알린다 한들 그쪽에는 또 고키덴 여어가 계시니 본인도 이래저래 괴로운 듯합니다. 젊은 여자가 폐하를 측근에서 모시기에 합당한 신분이라면 폐하를 한 번 뵙고 입궁을 마다하지 않을 터인데 말입니다."

"무슨 말씀을요. 아무리 폐하께서 훌륭한 분이라 한들 제 입으로 입궁하고 싶다고 나서는 것은 과한 일이지요."

무라사키 부인은 이렇게 말하며 웃습니다.

"아니지요, 그러는 당신이야말로 흠모하여 따를 터이거늘."

겐지는 이렇게 놀리고는 다마카즈라 아씨에게 다시 답장을 보내어 입궁을 거듭 권하였습니다.

구름 한 점 없는 하늘에
아름다운 아침 햇살 비쳤거늘
어찌 눈발에 눈길을 빼앗겨
아리따운 폐하의 얼굴을
보지 못하였을꼬

"역시 입궁을 결심하는 것이 좋겠습니다."

아무튼 우선은 다마카즈라 아씨의 성인식을 치러야겠다고 생각하고, 겐지는 의식에 필요한 세간을 정성 들여 새로이 마련하도록 일렀습니다. 어떤 의식이든 겐지 자신은 그리 대단하게 여기지 않더라도 육조원에서는 자연히 일이 성대하고 장중해지게 마련입니다. 하물며 이번 일을 기회로 내대신에게 사실을 있는 그대로 털어놓을까 하는 터이니, 준비하는 품목마다 빼어나고 훌륭한데다 놓을 곳이 마땅치 않을 정도로 그 수도 많았습니다.

겐지는 해가 바뀌고 새봄이 되는 이월에 다마카즈라 아씨의 성인식을 치르자고 생각하고 있습니다.

'여인이란 세간의 평판이 높아지고 그 이름을 더 이상 숨길 수 없는 나이가 되어도 누군가의 딸로 집안 깊숙한 곳에서 보호를 받는 동안에는 조상신에 대한 참례를 드러나게 하지 않아도 되기에 지금까지 아씨를 내 딸로 여기며 성씨도 애매한 채로 세월을 보낼 수 있었으나. 만의 하나 입궁을 마음에 두고 있다면 겐지의 딸이라 속이는 것은 후지와라 씨족의 조상신인 가스가 묘진의 뜻에 어긋나는 바이고, 끝까지 사실을 숨길 수도 없을 터. 그냥 이대로 내버려두었다가 훗날, 일부러 무슨 일을 꾸미려 그러했다는 소문이라도 나면 불쾌하기 짝이 없는 일이니. 범상한 신분이었다면 양녀로 삼아 성씨를 바꾸어도 요즘 세상에는 상관없는 일일 터인데.'

이렇게 여러 가지로 생각은 많으나, 역시 부모 자식의 인연이란 끊으려야 끊을 수 없는 것이니 이왕이면 내 입으로 내대신에게 사실을 알리자고 결심하였습니다. 그리하여 겐지는 다마카즈라 아씨의 성인식에서 허리끈을 묶어주는 역할을 내대신이 맡아주십사 하는 서한을 보냈습니다.

허나 내대신으로부터는, 작년 겨울부터 어머니가 자리 보존을 하였는데 조금도 병환이 좋아지지 않으니 그 일은 맡을 수 없다는 답장이 왔습니다.

유기리 중장까지 삼조 댁에서 밤낮으로 할머니 간병에 여념이 없는 터라 정말 모든 것이 여의치 않은 때입니다. 겐지는 이 일을 어찌하면 좋을지 걱정하며 날을 보냈습니다.

'세상이란 실로 무상한 것. 만의 하나 내대신의 모친이 돌아가시기라도 하면 아씨는 당연히 친할머니의 상을 치러야 할 터인즉. 모르는 척 시치미를 떼고 지나면 큰 죄가 될 터인데. 역시 내대신의 모친이 살아 계실 때 진실을 밝히도록 해야겠구나.'

겐지는 그렇게 마음을 먹고 병문안도 할 겸 삼조 댁을 찾아갔습니다.

태정대신이 된 지금 겐지는 전과 달리 애써 소박하게 외출을 하려고 하는데, 어쩔 수 없이 만사가 천황의 행차 못지않게 장중하게 치러집니다. 용모는 날로 아름답게 빛나니 이 세상 사람이라 여겨지지 않을 정도입니다.

오랜만에 뵙는 내대신의 어머니는 겐지의 걸음에 기쁜 나머지 언짢았던 기분이 싹 가셔 병석에서 일어나 앉아 있었습니다. 사방침에 기대어 있는 모습이 병약해진 듯 보이나 말씀은 곧잘 하였습니다.

겐지는 이렇게 말하였습니다.

"그리 건강이 쇠하셔 보이지는 않는데 유기리 중장이 어찌 허둥대며 허풍스럽게 슬퍼하는지 용태가 위중하신 것은 아닌가 하여 걱정이 컸습니다. 요즘은 특별한 일이 없으면 궁중 출입도 하지 않고, 조정에 몸담은 사람답지 않게 집에만 틀어박혀 있는 터라 만사가 어떻게 돌아가는지 알지 못하고, 성가시기도 합니다. 예나 지금이나 저보다 나이 많은 사람들이 허리가 꼬부라지도록 궁중에 출사하여 일하는 예가 많은데, 저는 태생이 어리석고 둔한데다 게으른 탓인 듯합니다."

겐지의 말에 내대신의 어머니는 눈물을 흘리며 떨리는 목소리로 이렇게 답하였습니다.

"노환이라는 것은 알고 있으나 병든 몸으로 그저 세월만 보내고 있는데, 해가 바뀌어서는 끝내 회복될 기미도 보이지 않아, 이제는 두 번 다시 보지 못하고 얘기할 기회도 없이 생을 마감하는 것은 아닐까 하여 불안하였습니다. 그런데 이렇게 찾아와주시다니 나는 오늘 이날을 맞아 목숨이 길어진 기분입니다. 지금 당장 죽어도 여한이 없는 나이이나, 남편과 딸을 저세상으로 먼저 보내고 혼자 살아남아 늙어가는 예를 보는 것은 남의 일이라 하여도 기껍지 않은 터였는지라, 저세상으로 떠날 채비에 절로 마음이 조급해졌습니다. 유기리 중장이 정성껏 보살피고 간병을 하며 걱정하는 것을 보면서 미련이 남아 지금까지 목숨을 부지하고 있는 듯합니다."

보기 민망하게 여겨지나 그 또한 어쩔 수 없는 일이라 정말 안됐다고 생각합니다.

겐지는 옛이야기와 요즘 얘기를 두서없이 하면서 넌지시 내대신 얘기를 비쳤습니다.

"내대신이 날마다 병문안을 드리러 오는 듯한데, 이렇게 찾아온 길에 만날 수 있다면 얼마나 좋겠습니까. 긴히 할 얘기가 있는데, 이렇다 할 기회가 없는 한 서로의 입장상 만나기가 쉽지 않으니 아직 얘기를 못하고 있습니다."

"정무가 바쁜 탓인지 아니면 효심이 부족한 탓인지 그 사람은 병문안조차 뜸합니다. 그 이야기란 것이 무엇인지요. 유기리 중장이 아쉬워한 예의 건도 있으나 일이 어찌하여 그리되었는지 경위는 알 수 없습니다. 나도 무자비하게 사이를 갈라놓아보아야 이미 퍼진 소문을 지울 수는 없는 일이고, 세상 사람들도 어리석은 짓이라고 벌써부터 수군덕거리는 모양이라고 말은 하고 있으나, 내대신이란 사람은 예로부터 일단 마음먹은 일은 절대 양보하지 않는 성품이니, 설득하여도 별 소용은 없을 듯합니다."

유기리 중장에 관한 얘기인 줄로만 알고 있는 듯합니다. 겐지는 웃으면서 이렇게 말하였습니다.

"새삼스레 말해봐야 소용없는 일이니 두 사람을 용서할지도 모른다는 얘기를 들은 터라, 저 역시 넌지시 말을 곁들인 일이 있으나 내대신은 엄하게 두 사람을 꾸짖었다고 하는지라 괜한 말을 했다고 후회하였습니다. 매우 겸연쩍은 일이었지요. 만사에 '더러움'이 있으면 '씻김'도 있는 법, 이 경우에도 어찌하여 소문으로 더럽혀진 것을 원래대로 깨끗이 씻어주지 않을까 하고 여겼는데, 실로 이렇듯 탁해진 후에는 깊은 속까지 깨끗하게 씻어줄 물을 기대할 수 없는 것이 세상살이겠지요. 무슨 일이든 후세가 될수록 점차 나빠지기 쉬운 듯합니다. 내대신의 처신을 저로서는 딱하게 여기고 있습니다.

　그리고 실은 내대신이 보살펴야 마땅한 관계의 사람을 제가 잠시 잘못 생각하여 거두고 있습니다. 그러한 잘못을 당사자들도 가르쳐주지 않았고, 나 또한 굳이 진상을 밝혀내려 하지 않은데다 마침 자식도 많지 않아 아쉬워하고 있던 터라, 설령 상대가 부모자식을 구실로 내세운다 한들 별 상관은 없으리라는 마음으로 지금까지 키워왔으나, 부모로서 이렇다 할 보살핌은 베풀지 못한 채 세월만 흘렀습니다. 그런데 어떻게 그런 얘기가 흘러들어갔는지 폐하께서 말씀이 계셨습니다. '상시로 입궁하여 일할 자가 없어 내시사에 질서가 잡히지 않고 정무가 어지러우니, 시녀들도 공무를 집행하는데 어찌할 바를 몰라 일이 제대로 진행되지 않는 모양입니다. 현재 궁에서 일하고 있는 늙은 전시 두 사람과 그밖에도 그 위치에 오르고 싶어하는 자들이 있는데, 그 가운데에서 고르자 하니 적당한 자가 없습니다. 역시 집안도 좋고 당사자도 세간의 성망이 높아야 하는데다 자기 집안일을 걱정하지 않아도 좋을 사람이 예로부터 상시가 되곤 하였는데, 반듯하고 총명한 인물이란 조건으로 고른다면 굳이 명문가의 출신이 아니더라도 연공승진의 예는 있으니, 지금 당장 적임자가 없다면 세상의 인망으로 고르는 것이 어떠하겠습니까' 하며 은밀히 이 딸을 상시로 삼고 싶다 하는 말씀이 계셨습니다.

내대신도 이 말씀에 어찌 귀가 솔깃하지 않겠는지요. 폐하를 섬기는 일이란 신분의 높고 낮음을 막론하고 폐하의 총애를 바라여 나름의 기대를 품고 출사하는 것이거늘, 그것이 바로 이상이 높다는 것이겠지요.

한편 대외적인 직함으로 내시사 같은 곳에서 사무를 다루고 정리하는 일을 쓸모없고 가벼운 일이라 여기는 듯하나, 반드시 그렇지만은 않습니다. 다만 모든 것은 본인의 성품으로 결정되는 것입니다. 그리 생각하고 입궁시킬 마음으로 나이 등을 묻던 차에 내대신이 찾아내어 맡아야 할 사람이란 것을 알게 되었습니다. 상황이 그러하니, 어찌하면 좋을지 내대신과 의논하여 앞일을 분명히 하고 싶은 것입니다. 어떤 기회가 없으면 만날 수 있을 것 같지 않아, 어떻게든 이 일을 알릴 수 있는 방법을 이리저리 궁리하다가 성인식에서 허리끈을 묶어주는 역할을 부탁하려고 편지를 보냈습니다. 허나 어머님의 병환을 구실로 내키지 않는다며 고사하였습니다. 때가 때인지라 어쩔 수 없이 부탁은 취소하였으나, 오늘 이렇게 장모님을 뵈오니 다행히 병세가 호전된 듯하여 역시 마음먹었을 때 추진하는 것이 좋지 않을까 생각합니다. 내대신에게 그런 사정을 전해주실 수 있는지요?"

"그것 참, 대체 어찌 된 일인지요. 내대신은 자식이라 나서는 이들을 마다않고 일일이 거둬들이고 있는 것으로 알고 있는데, 어찌하여 그런 실수를 하여 그대의 신세를 지게 되었는지 모르겠습니다. 지난 몇 년 동안 그대를 아비라 들어 그렇게 알고 있었던 것인가요?"

"그럴 만한 사연이 있었습니다. 자세한 사정은 내대신도 언젠가는 듣게 되겠지요. 신분이 낮은 자들 사이에서 쉬이 있을 법한 복잡하고 성가신 얘기인지라 내대신에게 밝혀봐야 세상 사람들 입에 행실이 좋지 못한 소문으로 오르내릴까 두려워 유기리 중장에게도 전후 사정을 말하지 않았습니다. 아무쪼록 이 말은 아무에게도 흘리지 마시기를 바랍니다."

겐지는 이렇게 입단속을 부탁하였습니다.

내대신은 겐지가 삼조 댁을 찾아 뵈었다는 소식을 들었습니다.

"어머님은 부리는 사람도 몇 없이 조용하게 지내고 계시거늘, 수행인을 다수 거느린 겐지의 성대한 행차를 어찌 맞이하셨을꼬. 수행원들을 대접하고, 겐지 대신의 자리를 준비할 눈치 빠른 자들이 그곳에는 없을 터인데. 유기리 중장도 오늘은 겐지 대신을 모시고 있을 터."

내대신은 이렇게 놀라며 자식들과 친근하게 들고나는 전상인들을 급거 삼조 댁으로 보냈습니다.

"과자와 술 등 대접에 부족함이 없도록 정성을 다하거라. 나역시 찾아 뵈어야 마땅하나 그리되면 일이 공연히 시끄러워질 터이니."

그러는 참에 어머니가 보낸 편지가 도착했습니다.

"육조원 대신께서 병문안을 오셨는데, 이곳에는 사람도 많지 않아 쓸쓸한데다 세상사람 보기가 어떨까 싶기도 하고 또 황송하기도 합니다. 이 몸이 이렇듯 부탁하였다 처신하지 말고 넌지시 들러주시면 어떨는지요. 직접 그대를 만나 할 말이 있으신 듯합니다.'

편지에는 그렇게 씌어 있었습니다.

'대체 무슨 일일까. 구모이노카리 일로 유기리 중장이 실연한 원망을 어머님에게 읍소하기라도 했다는 말인가.'

내대신은 이런저런 생각 끝에 이렇게 마음먹었습니다.

'어머님도 사실 날이 그리 오래지 않은 듯한데다 유기리 중장과 구모이노카리의 일만은, 이라며 애가 타도록 말씀하시니, 겐지 대신이 원망의 말이나마 온화하게 한마디 한다면 무턱대고 반대는 할 수 없을 터이지. 유기리 중장이 혼담을 거절당하고도 태연하게 아씨를 대하는 꼴을 보는 것도 짜증스럽고 하니, 이참에 그럴듯한 기회가 있으면 어머님과 겐지 대신의 말을 따르는 척 둘의 혼인을 허락하는 것이 좋겠어.'

내대신은 어머니와 겐지가 의논하고 싶어하는 일이 혼담에 관한 것이라고 생각하니 더더욱 반대할 구실이 없었습니다. 그러나 한편 어찌 바로 승낙하리 하며 주저하니, 실로 난감하고 고집스런 성품이 아닐 수 없습니다.

'어머님도 말씀하시고 겐지 대신도 나를 만나기 위해 기다리고 있다 하니 아무튼 황송한 일. 일단은 찾아 뵌 후에 그쪽의 의

향을 알아보고 따르도록 하자.'

내대신은 마음을 굳히고, 차림새에 각별히 신경을 쓴 연후에
수행원 몇을 거느리고 길을 나섰습니다.

자식들과 전상인들을 대거 거느리고 내대신이 삼조 댁으로
들어서니 위풍당당한 그 위세가 참으로 듬직합니다.

내대신은 키가 큰데다 살집도 보기 좋게 붙어 관록과 위엄을
두루 갖추고 있습니다. 그 얼굴 생김이며 걸음걸이가 사뭇 대신
다운 풍모입니다. 보랏빛 바지에 짙은 빨간색 속옷 자락을 길게
늘어뜨린 모습으로 느긋하고 장중하게 거동하는 모습이 실로
화려하고 훌륭하다 여기지 않을 수 없습니다.

반면 육조원의 겐지는 중국에서 건너온 연분홍빛 비단 평상
복에 짙은 홍매색 겉옷을 겹쳐 입은 황자다운 편안한 모습인
데, 무엇에 비할 바 없이 훌륭하고 빛날 듯 아름다우니, 아름다
움에 있어서는 겐지가 한결 빼어납니다. 내대신이 이렇듯 화려
하게 꾸미고 나타났다 한들 겐지의 아름다움에는 견줄 바가 못
되지요.

동행한 내대신의 자식들 역시 사뭇 아름다운 형제들입니다.
지금은 승진하여 도 대납언, 동궁대부로 불리는 이복형제들도
훌륭한 모습으로 내대신과 동행하였습니다. 부르지도 않았거
늘, 세간에 평이 자자한 고귀한 집안의 전상인인 장인두와 오위
장인, 근위 중장, 소장과 변관 등 인품이 온화하고 훌륭한 사람

들도 열 명 남짓 절로 모여드니, 실로 성대한 느낌이 듭니다. 또 그 뒤를 이어 평범한 귀족들도 여럿 모여 들었습니다.

술잔이 돌고 돌아 모두 취기가 돌면서 입을 모아 그 누구보다 복이 많은 내대신 모친의 생애를 화제로 삼았습니다.

내대신은 오랜만에 겐지를 마주 보니 옛일이 절로 떠올랐습니다. 떨어져 있어야 사소한 일에도 경쟁심이 생기는 법, 이렇게 마주 앉아 있으니 서로가 젊었던 시절이 그립고 잊지 못할 많은 일들에 가슴이 벅차오릅니다. 어느새 격조함이 사라지고 옛날처럼 반가운 사이가 되니, 오랜 세월에 걸친 옛이야기와 오늘날 이야기로 얘기꽃을 피우고 있습니다.

그러는 사이에 날이 저물었습니다. 내대신은 겐지에게 술잔을 권하며 말하였습니다.

"제 쪽에서 먼저 찾아 뵈어야 하는데 오라는 부름이 없어서 사양하고 있었지요. 오늘 이렇게 삼조 댁에 걸음한 것을 알고도 찾아보지 않았다면 한층 불쾌함이 더하였을 터이지요."

"꾸지람을 들어야 마땅한 것은 오히려 제 쪽이지요. 노여워할 일이 많은 터이니."

겐지는 이렇듯 의미심장하게 답하였습니다. 역시 그 일인가 하고 내대신은 짐작하나, 일이 성가시게 될 것 같아 황송하다는 표정을 지으며 잠자코 있었습니다.

"옛날부터 그대와 나는 공사를 막론하고, 또 일의 크고 작음을 막론하고 마음을 터놓고 얘기를 나누는 사이였습니다. 어깨

나란히 힘을 합하여 조정을 보필하고자 하였는데 세월이 흐르면서 옛날에는 생각지 못했던 본의 아닌 일들이 때로 생기기도 하였지요. 하기야 그런 것들도 우리만의 사적인 일이기는 하나. 그러나 나로서는 그 옛날의 마음에 변함이 없습니다. 이렇다 일도 하지 않으면서 나이만 먹으니, 옛날이 한없이 그리운데 요즘은 통 뵐 수조차 없었습니다. 신분이 그러하니, 위엄을 부려 마땅하다고는 여기나 나 같은 옛 친구에게는 그 권세를 대충 죽이고, 편한 마음으로 찾아주어도 좋은 것을 하고 원망한 적도 있었습니다."

겐지가 이렇게 말하자 내대신은 사과하였습니다.

"과연 옛날에는 친근한 만남을 자주 가져, 무례하다 싶을 정도로 함께 지내곤 하였지요. 마음을 툭 터놓고 얘기하는 사이였으나 조정에 출사한 당초에는 어깨를 나란히 하는 따위의 생각은 도저히 품지 못하였습니다. 하찮은 몸으로 그저 은혜를 입었지요. 덕분에 이렇듯 높은 지위에 올라 폐하를 모시고 있으니 그 은혜를 어찌 잊으리오만은. 나이 탓에 말씀하신 대로 게을러만 지니 무례한 일이 많았으리라 생각합니다."

겐지는 말이 나온 김에 다마카즈라 아씨의 일을 넌지시 내비쳤습니다.

내대신은 눈물에 목이 메어 이렇게 말하였습니다.

"이런, 뜻밖입니다. 실로 신기하고 감동적인 얘기를 듣습니다. 그 당시부터 그 아이가 어떻게 되었을까 걱정하여 행방을 찾았다는 얘기를, 무슨 얘기 끝에 설움에 북받쳐 언뜻 비친 듯한 기억이 납니다. 지금 이렇게 사람 구실을 하는 몸이 되고 보니, 여기저기에서 시원치 않은 자식들이 나타나 체면은 서지 않으나 떠도는 그들을 거둬들였는데, 그런 자식들도 여럿 있고 보면 나름대로 애정이 솟아 사랑스럽습니다. 그런 때면 늘 그 딸아이를 떠올렸거늘."

이렇게 얘기하면서 그 옛날 비 내리는 날 밤에 남녀 사이를 논하고 여인을 품평하였던 일이 생각나니, 두 사람은 울고 웃으면서 옛날처럼 마음을 터놓고 얘기하는 사이가 되었습니다.

밤이 깊어 두 분 모두 돌아갔습니다.

"이렇게 만난 덕분에 멀어져 간 그 옛날 추억들이 되살아나 그리움에 견딜 수 없으니, 돌아가기가 섭섭합니다."

이렇게 말하는 겐지는, 마음이 약한 것은 절대 아닌데 술이 취하면 우는 버릇이 있는지 옛이야기에 취해 눈물에 젖어 있습니다.

내대신의 어머니는 또 어머니대로 죽은 딸이 생각나니, 옛날보다 한결 화사한 겐지의 모습과 위세를 보면서 앞서 죽은 딸이 못 견디게 그리워 눈물이 그칠 줄을 모릅니다. 흘리는 그 눈물에 젖은 승복을 입은 모습이 또한 각별한 풍취를 자아냅니다.

이렇듯 좋은 기회에 겐지는 끝내 유기리 중장 얘기는 꺼내지 않았습니다. 내대신의 처사에 신중함이 부족하다 여겨지는 구석이 있으니, 새삼스럽게 말을 꺼내봐야 소문이 나빠질 뿐이라 생각하여 굳이 하지 않은 것입니다. 내대신 또한 겐지가 언급을 하지 않으니 먼저 말을 꺼내기가 어색하여 그만 말을 하지 못하였습니다. 그것이 못내 응어리로 남아 있으니 내대신은 속이 후련하지 못하였습니다.

"오늘 밤 육조원까지 배웅을 하여야 마땅하나 갑작스럽게 소란을 피우는 것도 그렇고 하니 사양할까 합니다. 오늘의 답례로 날을 달리하여 찾아뵐까 합니다."

"그렇다면 장모님의 병환도 그리 중하지 않게 여겨지니, 전에 말씀드린 성인식 날에 부디 걸음하여주셨으면 좋겠습니다."

두 사람은 이렇게 약속을 나누고 기분 좋게 헤어졌습니다.

수행원들과 수레 소리가 와자지껄하고 위풍당당합니다.

"무슨 일이 있었기에 좀처럼 마주하는 일이 없는 두 사람이 이렇듯 화기애애한 모습일까. 겐지 님께서 어떤 지위를 물리시기라도 한 것일까."

수행원들은 이렇게 엉뚱한 상상을 하고 있습니다. 설마 다마카즈라 아씨에 관한 일 때문이라고는 아무도 생각지 못하였습니다.

내대신은 겐지로부터 갑작스럽게 얘기를 들은 터라 아무래도 수상쩍다 여기니, 사정을 자세히 알고 싶어하는 한편 불안하기도 합니다.

'겐지의 말을 그대로 받아들여 지금 당장 딸을 거둬들이고 아비 행세를 하자니 체면이 서지 않는 일. 겐지 대신이 딸을 찾아내어 맡은 그간의 사정을 짐작해보면 필시 손을 대지 않고 가만히 나뒀을 리가 없는데. 다른 부인들을 생각하여 공공연하게 같은 서열로 취급하지는 못하고, 그렇다 하여 정인으로 그냥 놔두는 것도 성가신 일이 많으니, 세상의 이목을 꺼려 내게 털어놓은 것이겠지.'

내대신은 이렇게 생각하나 딸이 그런 취급을 받는 것 또한 승복할 수 없는 일이었습니다.

'그 일로 딸에게 큰 흠집이 잡히지는 않을 것이고, 내가 나서서 겐지 곁에 두게 해달라 한들 세간의 평이 나쁘지는 않을 터인데. 그러나 만약 딸이 입궁을 하게 된다면 고키덴 여어가 어찌 생각할지 그 또한 걱정스럽구나. 아무튼 겐지 대신이 생각하여 정한 일이니 거역할 수는 없겠지.'

내대신은 이렇게 생각이 많았습니다.

이 얘기가 있었던 날은 이월 초순이었습니다. 이월 이십육일은 피안이 시작되는 길일이었습니다. 그 전후로는 달리 길일이 없다고 음양사가 점을 쳤고, 내대신의 어머니의 병세도 그럭저럭 호전되어 겐지는 성인식 채비를 서둘렀습니다.

겐지는 평소처럼 다마카즈라 아씨의 방을 찾아가 내대신에게 사실을 알렸을 때의 상황을 자세하고 일러주고, 또 성인식 날에 대비한 마음가짐을 이것저것 가르쳐주었습니다. 아씨는 겐지의 빈틈 없는 마음씀씀이에 친아버지라 한들 이 정도는 아닐 것이

라 고마워하면서도, 역시 친아버지를 만날 수 있다 하니 기쁘기
하염없었습니다.

그 후 겐지는 유기리 중장에게도 은밀하게 사실을 알렸습
니다.

'이상한 일이 참으로 많았는데, 사정을 알고 보니 그럴 만도
하였구나.'

유기리 중장은 여러 가지로 짐작이 가는 바가 있어 겐지의 말
을 그대로 수긍하였습니다. 그런 한편 자신에게 그리도 매정한
구모이노카리의 얼굴보다 다마카즈라 아씨의 아름다움이 각별
하게 떠오르니, 전혀 눈치를 채지 못한 자신의 우둔함이 어리석
게 느껴졌습니다. 그렇다고 아씨에게로 마음이 옮아 가는 것은
얼토당토아니한 잘못이라고 반성하니 그 성실함이 세상에 보기
드문 것이었습니다.

드디어 성인식 당일이 되었습니다. 삼조 댁에서 보낸 사자가
도착하였습니다. 서둘러 마련한 것이기는 하나 빗을 담는 함 등
정성껏 준비를 하여 보내니, 편지에는 이렇게 씌어 있었습니다.

"자리를 같이하여 축하하고 싶으나 출가를 한 불길한 몸, 오
늘은 참고 집에 얌전히 있기로 하였으니 용서를 바랍니다. 다만
장수한 나의 예를 본받기 바랍니다. 그대의 신변에 관하여 모든
얘기를 듣고 감동에 북받쳤으나, 그렇다면 내 손녀에 해당한다
고 명언하는 것은 겐지의 체면을 보아 꺼려지니. 아무튼 그대의

마음에 맡기겠습니다."

> 겐지와 내대신
> 뉘 핏줄이든
> 그대는 나와 깊은 인연
> 빗과 빗함을
> 떼놓을 수 없듯

떨리는 손으로 쓴 글씨가 매우 고풍스럽습니다. 마침 그때 겐지도 서쪽 별채에서 성인식에 관하여 이런저런 지시를 하며 차례를 정하고 있었던 터라 그 편지를 보았습니다.

"참으로 고풍스런 필적이기는 하나 마음이 아프구나. 옛날에는 훌륭한 솜씨였는데, 나이가 드시니 글씨마저 나이를 먹은 듯하구나. 손을 떠시는 듯하니 참으로 안된 일이로다."

그러고는 몇 번이나 편지를 되읽고는 이렇게 감탄하며 웃었습니다.

"빗을 실마리로 이렇듯 훌륭한 노래를 지으시다니. 서른한 글자 중에 빗과 관련이 없는 단어가 몇 자 없으니 참으로 대담한 솜씨로다."

아키고노무 중궁은 하얀 겉치마와 당의와 다른 옷가지들을 비롯하여 머리를 올릴 때 쓰는 도구 등 세상에 둘도 없는 아름다운 것들을 보냈고, 예를 좇아 중국에서 온 훈향 가운데에서도 각별히 향이 좋은 것을 골라 향호에 담아 보냈습니다. 육조원의 부인들은 아씨의 옷가지와 시녀들의 것으로는 빗과 부채에 이르기까지 갖가지 선물을 장만하니, 그 품목에 덜하고 더함이 없습니다. 취미가 고상한 분들이 취향을 다하여 경쟁하듯 마련한 것이라 하나같이 멋들어진 것들뿐이었습니다.

이조 동원에서도 이런 선물을 장만한다는 소식은 들었으나, 축하를 드릴 만한 신분이 아니기에 흘려듣고 말았는데, 히타치의 스에쓰무하나만은 도리에 어긋나는 일은 하지 않는 예스런 성품인지라 축하 인사를 거를 수 없어 형식에 맞춰 축하의 물품을 준비하여 보냈습니다.

"어찌 이런 일을 남의 일이라 모른 척할 수 있으리."

그러하니 참으로 기특한 마음씀씀이가 아닐 수 없습니다. 그런데 하필이면 쥐색 평상복 한 벌과 칙칙하고 짙은 빨간색 겹바지 한 벌, 보라색이 허옇게 바랜 격자무늬 소례복을 근사한 의류함에 담아 단정하게 보자기로 싸서 격식을 갖춰 보냈습니다.

"알아줄 처지도 되지 않아 심히 꺼려지나, 이렇게 경하스러운 때에 가만히 있을 수만은 없어 변변치 못한 물건이나마 보내니 누구에게든 내려주세요."

편지에는 그렇게 씌어 있었습니다. 겐지는 그 편지를 보고 그만 어이가 없으니, 스에쓰무하나는 예나 지금이나 변함이 없다 여기면서 얼굴을 붉혔습니다.

"격식에 얽매인 난감한 사람이로고. 이렇듯 소심한 사람은 그냥 나서지 않고 얌전히 있어주는 것이 좋을 터인데 나까지 수치스럽게 만드는구나. 하지만 답장은 써서 보내세요. 답장을 보내지 않으면 거북해할 터인즉. 돌아가신 아버님이 그토록 귀여워하였던 분이라 생각하면 다른 사람처럼 모욕감을 주어서는 안 되느니. 참으로 안타까운 사람이로다."

겐지는 이렇게 다마카즈라 아씨에게 말하였습니다. 스에쓰무하나가 선물로 보낸 소례복의 소맷자락에는 예의 독특한 노래가 들어 있었습니다.

이 몸이야말로 진정
한스러워 견딜 수 없으니
그대 곁에 있을 수 없음을
생각하면

필적이 옛날에도 그러하였는데 지금은 더욱 움츠러들어 꾹꾹 눌러 새긴 듯 억세고 딱딱합니다. 겐지는 볼품없다 여기면서도 웃음을 참을 수가 없는 한편, 가엾다는 생각이 들었습니다.

"이 노래를 짓느라 얼마나 고심하였으랴. 또한 지금은 옛날처럼 도움을 주는 시녀도 곁에 없으니, 이 노래 한 수를 짓기에 등골이 휘지 않았을까. 어디, 황망하기는 하나 답장은 내가 쓰기로 하지요."

"아무도 생각지 못할 묘한 배려는 하지 않는 편이 좋을 듯하오."

당의 또 당의
당의
그대는 언제고 늘
당의 당의뿐

"그 사람이 늘 좋아하여 '당의'를 즐겨 사용하니, 나 또한 그 흉내를 내어 진지하게 읊어보았습니다."

겐지가 이렇게 말하며 편지를 보여주자 다마카즈라 아씨는 아름답고 향그런 미소를 지으며 당혹스럽게 말하였습니다.

"아이 참, 안되었습니다. 이런 글을 보내시면 놀리는 듯하여."

아니 이런, 쓰잘데없는 얘기를 장황하게 늘어놓았군요.

내대신은 처음에는 그다지 마음이 동하지 않았는데 뜻밖의 얘기를 듣고부터는 딸을 하루빨리 만나고 싶다 안달하였던 터라, 당일에는 일찌감치 육조원으로 걸음을 하였습니다.

성인식은 예법에 넘칠 만큼 새로운 것으로 준비되어 있었습니다. 겐지가 각별한 정성을 기울여 마련한 성대한 의식이다 싶으니 내대신은 과분하다고 여기면서도 이렇듯 정성을 다하는 것을 이상하게 여기기도 하였습니다.

밤 열 시경, 내대신을 발 안으로 들였습니다. 의식의 절차에 따른 치장은 말할 것도 없고, 발 안에 마련된 자리도 나무랄 데 없이 훌륭합니다. 술안주가 들어왔습니다. 등불은 관례보다 다소 밝게 밝혀 얼굴이 보이도록 하니, 무엇 하나 부족함이 없는 대접입니다.

내대신은 딸의 얼굴을 한시라도 빨리 보고 싶으나, 오늘 밤 당장 보자 하면 너무도 성급하다 여겨질 듯하니 허리끈을 묶는 동안에도 참을 수가 없어 안절부절못하는 모습이었습니다.

"오늘 밤은 옛일에 대해서는 한마디도 언급하지 않을 것이니 내대신 역시 아무것도 모르는 것으로 처신하세요. 전후 사정을 전혀 모르는 사람을 고려하여 예법에 맞게 부탁합니다."

겐지는 내대신에게 이렇게 주의를 주었습니다.

"실제로 무슨 말을 어떻게 해야 할지."

내대신은 이렇게 말하고는 겐지가 술잔을 권할 때에 다시 말을 이었습니다.

"더없는 친절과 은혜를 뭐라 감사할 길이 없다 생각하면서도, 어찌하여 지금까지 숨기고 있었는지 그 원망도 함께 말씀드려야 할 것 같습니다."

아, 원망스럽구나
바닷물에 숨어든 어부처럼
성인식을 치르는 오늘까지

다른 곳에 숨어 있었던
내 딸의 심중이

내대신은 눈물을 감추지 못하고 고개를 툭 떨어뜨리고 있습니다.

다마카즈라 아씨는 주눅이 들 정도로 훌륭한 풍모의 대신이 두 분이나 나란히 있는 터라 너무도 부끄러운 나머지 답가를 지을 엄두도 내지 못합니다. 그래서 겐지가 대신하여 노래를 지었습니다.

의지할 곳 없이 떠다니다가
이런 바닷가에 당도한 터라
어부조차 돌아보지 않는
해초처럼 가엾은 신세라
여겼습니다

"참으로 뜻밖의 억지스런 원망입니다."
"과연 옳은 말입니다."
내대신은 답가를 보고 이렇게만 말하고는 더 이상 할 말이 없어 그만 발 밖으로 물러났습니다.

친왕을 비롯하여 많은 사람들이 잇달아 모여들었습니다. 그 가운데는 아씨에게 마음을 두고 있는 젊은이들도 많은지라 내대신이 발 안으로 들어간 채 언제까지고 나오지 않는 것을 어찌 된 일인가 하여 수상히 여겼습니다. 내대신의 아들 중에서 장남인 가시와기 두중장과 차남인 변소장은 사정을 어렴풋이 알고 있었습니다. 은밀히 아씨에게 연모의 정을 품고 있었는데 친누나라고 하니 사랑의 대상이 될 수 없음은 괴롭고 아쉬운 일이나, 아름다운 누나가 생겼다 하여 기뻐하기도 합니다.

"속내를 드러내지 않기를 참으로 잘하였구나."

변소장은 이렇게 작은 소리로 중얼거렸습니다.

"이 또한 취향이 남다른 겐지 대신이 탐내는 용모인 듯하더라."

"아키고노무 중궁처럼 입궁을 시킬 속셈인가."

이렇게 저마다 얘기하는 소리가 겐지 대신의 귀에도 전해졌습니다.

"당분간은 세상에서 나쁜 소리를 하지 못하도록 조심조심 아씨를 다뤄야겠습니다. 신분이 낮아 마음이 편한 사람 같으면야 신중하지 못한 일이 있다 한들 세상이 눈을 감아 줄 터이지만, 나나 그대나 세상눈이 따갑고 시끄러워 평범한 사람들보다 불편한 일이 생기기 쉬우니, 조금씩 세상의 눈과 입에 길들여 만사가 불거지지 않도록 순조롭게 일을 처리하는 것이 바람직하겠소이다."

겐지는 내대신과 이런 말을 나누었습니다.

"모든 것을 말씀대로 따르겠습니다. 정성스럽게 보살피고 지켜준 것은 전생에 각별한 인연이 있었기 때문이겠지요."

내대신에게 드리는 선물은 물론 답례품과 축의품 등, 모두 신분에 상응하는 규정이 있으나 겐지는 그에 덧붙여 예가 없을 정도로 풍성하게 하사하였습니다.

일전에 내대신 어머니의 병환을 빌미로 한번 거절한 경위도 있는지라 대대적인 관현놀이는 피하였습니다.

예의 반딧불 병부경은 다마카즈라 아씨를 마음에 품고 간절하게 구혼하였습니다.

"성인식도 치른 지금 안 된다 거절할 구실이 있는지요. 아무 지장도 없지 않을까요."

"폐하께서 상시로 삼겠다는 뜻을 비치신 터라 일단은 사양을 하고 거듭 그 뜻을 내비치시면 다른 얘기는 그 후로 미루고 어떻게든 결정하기로 하겠습니다."

겐지는 이렇게 답변하였습니다.

"성인식을 치르며 등불에 어렴풋 본 딸의 얼굴을 다시 한 번 똑똑하게 보고 싶구나. 용모에 부족함이 있다면 겐지 대신이 이렇듯 애지중지 보살필 리가 없으니."

내대신은 답답해하며 딸을 보고 싶어합니다. 그리고 이제야 언젠가 꾼 그 꿈이 미래를 예견한 것이었다고 수긍이 갔습니다.

그리고 내대신은 고키덴 여어에게는 다마카즈라 아씨에 관해 밝혀진 모든 것을 알렸습니다.

세간에 소문이 퍼지지 않도록 한동안 조심하려고 그토록 애를 써 숨겨왔는데, 없는 말도 천리를 가는 것이 세상살이입니다. 얘기가 입에서 입으로 퍼져 평판이 자자해지니 오미 아씨의 귀에도 들어가고 말았습니다. 가시와기 두중장과 변소장이 고키덴 여어를 모시고 있는 앞에 오미 아씨가 나타났습니다.

"아버님께 또 딸이 생겼다고 들었습니다. 참으로 복도 많은 분이십니다. 과연 어떤 사람이 두 대신께 애지중지 사랑받고 있는지. 소문을 듣자 하니, 그 사람도 미천한 신분의 여인네가 낳았다고 하더군요."

오미 아씨가 이렇듯 천박하게 말하자 여어는 듣기가 몹시 거북하여 대꾸도 하지 않았습니다.

"그 아씨에게는 두 분이 그렇듯 소중히 여길 사연이 있는 게지요. 그건 그렇다 하고 누구에게 들은 소리를 이렇게 함부로 말하는 것이오. 말 많은 시녀들이 들으면 곤란하지 않습니까."

가시와기 두중장이 꾸짖자 오미 아씨는 오히려 원망을 늘어놓았습니다.

"거 참 시끄럽습니다. 다 들었습니다, 상시가 된다더군요. 내가 서둘러 온 것은 그렇게 하여주십사 도움을 청하려는바. 여느 시녀들도 좀처럼 하지 않는 궂은일까지 해가면서 열심히 모셨거늘 여어님은 너무하십니다."

오미 아씨의 말에 모두 한 마디씩 하며 비웃었습니다.

"상시에 빈자리가 생기면 나야말로 부탁을 드리려 하였는데."

"어쩌면 저리도 몰상식한 소원을 품고 있다니."

오미 아씨는 그런 말을 듣고는 더욱 화가 났습니다.

"훌륭하신 그대들 같은 형제 사이에 내가 끼어드는 것이 아니었습니다. 가시와기 두중장은 참으로 너무합니다. 스스로 나를 맞으러 왔으면서, 데려다 놓고는 나를 멸시하고 웃음거리로 삼다니요. 이곳은 어중간한 사람은 도저히 견딜 수 없는 곳입니다. 아아, 무서워. 무서워."

이렇게 말하며 뒤로 물러나 이쪽을 노려보니 밉살스럽지는 않으나 정말 화가 난 듯 눈꼬리를 치켜올리고 있습니다.

가시와기 두중장은 오미 아씨가 이렇듯 화를 내는 것 또한 자신의 실책 때문이라 생각하니 반론은 못하고 듣고만 있습니다.

"그대가 심신을 다하여 여어를 모시고 있다는 것을 어찌 모르겠습니까. 여어도 허술히 여기고 있지 않습니다. 아무튼 진정하세요. '단단한 돌도 녹일 듯 그대의 소망이 간절하니' 반드시 소원을 이룰 날이 있을 겝니다."

변소장이 유들유들 이렇게 말하였습니다.

"'하늘의 바위문을 닫고' 안에 얌전히 틀어박혀 있는 것이 무난하겠지요."

가시와기 두중장도 이렇게 말하고 그 자리를 뜨니 오미 아씨는 눈물을 뚝뚝 흘렸습니다.

"형제들마저 나를 이렇듯 쌀쌀맞게 대하니, 이 몸에게는 오직 여어님만이 따뜻하게 대하여줄 뿐입니다. 그러니 제가 여어님을 모시는 게지요."

오미 아씨는 이렇게 말하고 그 후에도 실로 바지런히 몸을 움직여, 아랫일을 하는 시녀나 여동들이 꺼리는 잡일까지 도맡아 열심히 일하였습니다. 그러면서 일이 있을 때마다 상시로 나를 추천하여달라며 여어를 채근하니, 여어는 어이가 없어서 대체 무슨 생각으로 저런 말을 하는 것일까 싶어하며 대답을 하지 못하였습니다.

내대신은 오미 아씨의 소망을 듣고는 껄껄 웃으며 고키덴 여어를 찾아 뵈었습니다.

"어디에 있습니까. 이리 나와보세요."

"네."

버릇없다 여겨질 정도로 분명하게 대답하면서 오미 아씨가 모습을 보였습니다.

"정말 부지런히 일하고 있군요. 정히 그렇다면 조정의 공무를 맡는 것이 적합하지 않겠습니까. 상시 건을 내게 좀더 빨리 말하지 그랬습니까."

내대신은 정색하며 말하였습니다. 그러자 오미 아씨는 매우 기뻐하며 재기발랄하게 답하였습니다.

"의논을 드리고 의향을 여쭙고 싶었으나, 때가 되면 여어님께서 제 마음을 자연스럽게 전해주실 것이라 믿고 있었습니다. 그런데 다른 분이 되신다 하니, 꿈속에서 부자가 된 것처럼 허망한 마음에 저도 모르게 속마음을 털어놓고 말았습니다."

내대신은 터져나오는 웃음을 꾹 참고 돌려서 말하였습니다.

"저런 저런, 그것 참 답답하였겠습니다. 무슨 일이든 속 시원히 애기하면 좋았을 것을. 그런 바람이 있는 줄 알았다면 가장 먼저 그대를 추천하였을 터인데. 태정대신 겐지의 따님이 아무리 신분이 높다 한들 이 내가 청을 넣으면 폐하께서 들어주지 않을 리 없었을 터. 지금이라도 늦지 않았으니, 정중하고 정성스럽게 청원서를 써서 올리세요. 장가를 짓는 등 재주가 있는 것을 보시면 폐하께서도 버리시지는 않을 겝니다. 풍류를 아시는 분이니."

딸을 우롱하다니 아비다운 처사는 아니고 보기에도 민망할 따름입니다.

"노래는 서툴기는 하나 아무튼 지어보겠습니다. 그러나 청원서는 쓰기가 어려우니 아버님께서 저를 대신하여 쓰시고, 저는 한마디 덧붙이는 것으로 하면 어떨는지요. 은혜를 베풀어주시면 감사하겠습니다."

오미 아씨는 두 손을 비벼대며 이렇게 말하였습니다. 휘장 뒤에서 듣고 있는 시녀들은 우스워서 어쩔 줄을 모릅니다. 터져나오는 웃음을 참지 못하는 시녀는 그 자리를 슬며시 피하여 간신히 숨을 내쉬었습니다.

여어도 얼굴을 붉히며 참으로 민망한 일이라고 생각합니다.

"기분이 언짢을 때는 그대를 보면 후련해지겠습니다."

내대신은 오미 아씨를 이렇게 웃음거리로 삼고 있을 뿐이니 세상 사람들도 수군덕수군덕 말이 많았습니다.

"제게 허물이 있어 부끄러운 것을 감추려고 저렇듯 딸에게 창피를 주다니."

등골나물

같은 색 상복을 입고

할머님의 죽음을 같이 슬퍼하는

그대와 나

같은 들에 핀 등골나물의 인연으로

다소나마 마음에 품어주었으면

◆ 유기리

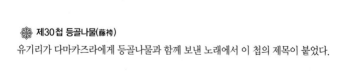

제30첩 등골나물(藤袴)

유기리가 다마카즈라에게 등골나물과 함께 보낸 노래에서 이 첩의 제목이 붙었다.

모두 다마카즈라 아씨에게 상시로 입궁을 하라고 권합니다.

'어찌하면 좋을꼬. 아비라 여기고 의지하고 있는 겐지 님조차 마음을 놓을 수 없는 세상인데, 하물며 폐하의 시중을 드는 몸이 되었다가 혹여 폐하의 총애를 받기라도 하면 성가신 일이 벌어지지 않을까. 그 일로 중궁이나 여어가 나를 멀리하면 거북한 입장에 놓일 터이지. 의지할 곳 없는 내 신세, 겐지 님이나 내대신 모두 친아비라 여기기에는 정도 깊지 않은데다, 이상한 소문이나 나서 웃음거리가 되고 사람들에게 멸시나 당하라고 저주하는 예도 많으니 마음고생만 심할 것이 불을 보듯 뻔하니.'

다마카즈라 아씨는 이미 분별력이 있는 나이라 이런저런 고뇌에 시달리며 남몰래 속을 썩고 있습니다.

'지금처럼 육조원에 신세를 지고 있는 것도 불편함은 없으나 겐지 님의 저러한 마음이 귀찮고 성가시니, 어떻게든 이곳을 떠나 세상이 억측하는 관계를 깨끗하게 청산하고 결백을 관철할 수 있으면 좋으련만. 친아버지인 내대신도 겐지 님의 의향을 고려하여 나를 친자식으로 거둬들이지도 못하고 일을 딱 부러지게 매듭짓지도 못하시니, 폐하를 모시게 되든 이곳에 남아 있게 되든 결국 내 꼴은 한심하기 짝이 없을 터. 마음고생이 이렇듯 끊이지 않는데, 남자들은 호기심 어린 눈으로 쳐다보며 이러쿵저러쿵 말들이 많을 터이지.'

이렇게 괴로워하는데, 겐지는 친아버지에게 사실을 알린 후로는 오히려 노골적으로 애정을 드러내고 더 친근한 태도로 대하는지라 상심이 더욱 깊어졌습니다.

그 고통을 다소나마 털어놓을 수 있는 어머니가 있는 것도 아니고, 양쪽 아버지는 공히 높고 훌륭한 분이라 주눅이 들어 무슨 일이 있을 때마다 일일이 의논할 수도 없습니다. 허나 툇마루에 나와 앉아 저녁 노을이 진 하늘을 바라보면서 뭇사람들과는 아주 다른 자신의 운명을 한탄하는 아씨의 모습은 말할 수 없이 아리따웠습니다.

다마카즈라 아씨는 할머니의 상을 당하여 엷은 쥐색 상복을 곱게 차려입고 있습니다. 평소와는 다른 소박한 색상 탓에 오히려 아리따움이 돋보이니, 아씨를 모시는 시녀들은 넋을 잃은 표정으로 흐뭇하게 미소짓고 있습니다.

유기리 중장 역시 할머니의 상중이라 약간 짙은 쥐색 평상복을 입고, 상중이라는 표시로 관의 꼬리장식을 감아 올린 모습으로 육조원을 찾았는데, 그 모습 또한 참으로 우아하고 아름답습니다.

유기리 중장은 애당초 다마카즈라 아씨를 같은 핏줄이라 여기고 순수하게 호의를 품고 있어 아씨 역시 남을 대하듯 서먹하게 굴지는 않았는데, 같은 핏줄이 아니라 하여 새삼 태도를 바꾸기는 거북하니 이전과 마찬가지로 발을 사이에 두고 마주 앉아 시녀의 중개 없이 구구절절한 얘기를 나누고 있습니다.

오늘 유기리 중장은 겐지의 심부름으로 폐하의 말씀을 전하러 온 것입니다.

다마카즈라 아씨는 의젓하면서도 조리 있게 대답하였습니다. 그 모습이 빈틈이 없고 여자다운 다감한 정취를 풍기니, 유기리 중장은 태풍이 몰아친 이튿날 울타리 틈새로 보았던 막 잠에서 깨어난 아씨의 얼굴이 잊혀지지 않습니다. 그때는 도리에 어긋나는 사랑이라고 억눌렀지만 친누이가 아니라는 사실을 알고 난 후라 평정심을 유지할 수가 없었습니다.

'아버님은 이 아씨를 미련 없이 입궁시키지는 않을 터이지. 그토록 훌륭한 육조원 여인들과 깊은 관계를 맺고 있으나, 언젠가는 반드시 이 아씨 때문에 치정에 얽힌 복잡한 일이 생길 것이야.'

유기리 중장은 이렇게 생각하니 가슴이 먹먹하기만 하였습니다. 그런데도 아무 일 없는 듯 정색을 하고 말합니다.

"다른 사람이 들어서는 절대 안 된다는 언질이 있었습니다. 그러하니 어쩌렵니까."

곁을 지키고 있던 시녀들이 이 말에 자리에서 물러나 휘장 뒤에서 고개를 돌리고 있습니다.

유기리 중장은 임기응변으로 지어낸 말을 겐지가 전하는 말이라 그럴싸하게 꾸미고는, 가슴속에 품은 정을 절절하게 토로합니다. 폐하의 집착이 예사롭지 않으니 조심하라는 내용이었습니다.

다마카즈라 아씨는 대답할 말이 없어 그저 소리 없이 한숨만 내쉽니다. 그런 기척이 느껴지자 유기리 중장은 사랑스러운 마음을 미처 억누르지 못하고 이렇게 말하였습니다.

"이달에는 상복을 벗을 터인데, 지금까지 길일이 없었습니다. 십삼일에는 가모의 강가에 가서 탈상의 예를 치르라는 아버님의 말씀이 있었습니다. 그 길에 나도 동행할까 합니다."

"함께 가자 하니 일이 커지지 않을까 걱정입니다. 될 수 있는 한 세인의 눈에 띄지 않는 것이 좋겠지요."

아씨가 상중이라는 집안 사정을 세간에 널리 알리고 싶어하지 않는 것은 매우 사려 깊은 처신이라 여겨집니다.

"사람들 눈에 띄지 않으려 애써 숨기니 나로서는 안타까운 심정입니다. 상복을 입은 모습에 할머님이 그리워 견딜 수 없을 정도인데, 그것을 벗어버리는 것은 나로서는 몹시 서운한 일, 왜 그리 숨기려 하는지요. 그리고 그대와 어찌 이렇듯 묘한 인연이 되었는지 그것이 궁금할 뿐입니다. 할머님을 위한 상복을 입지 않았더라면 이렇게 육친의 인연이 있다는 것도 믿을 수 없었겠지요."

"아무것도 모르는 제가 무슨 사정으로 일이 이렇게 되었는지 어찌 알겠습니까. 하지만 이렇게 상복을 입고 있으니 서러움이 북받치고 슬픔이 더합니다."

아씨가 평소보다 침울한 표정으로 이렇게 말하니, 그 모습이 한없이 사랑스럽고 아름다웠습니다.

진작부터 이런 기회를 엿보고 있었는지 유기리 중장은 저도 모르게 마음이 혹할 아름다운 등골나물을 손에 들고 있는데, 그 꽃을 발 안으로 밀어 넣고도 끝자락을 손에 쥔 채 놓으려 하지 않았습니다.

"이 또한 보아야 할 인연이 있는 꽃입니다."

아씨가 살며시 그 꽃을 잡으려 하자 유기리 중장은 아씨의 소맷자락을 잡고 놓아주지 않았습니다.

　　같은 색 상복을 입고
　　할머님의 죽음을 같이 슬퍼하는
　　그대와 나
　　같은 들에 핀 등골나물의 인연으로
　　다소나마 마음에 품어주었으면

'아니 그렇다면 '동쪽 길 끝에 있는 히타치 지방'이라는 옛 노래처럼 조금이나마 사랑해달라는 뜻이란 말인가.'

다마카즈라 아씨는 이런 생각이 들자 불쾌하고 또 자신이 한심하게 여겨졌지만, 아무것도 모르는 척 안으로 들어가면서 노래를 읊었습니다.

출신을 물어보아
저 먼 들판의 이슬처럼
그대와의 인연 깊지 않다면
등골나물의 보랏빛은
그저 구실에 지나지 않을 터

"이렇게 친밀하게 얘기를 나누고 있는걸요. 이보다 깊은 인연이 어디 있겠는지요."

아씨가 이렇게 말하자 유기리 중장은 웃으면서 심중을 구구절절 털어놓았습니다.

"인연이 깊은지 얕은지는 그대도 잘 알 것입니다. 실은 황공하기 그지없는 입궁 얘기를 들었으니, 이 억누를 수 없는 연모의 정을 그대가 어찌 알겠는지요. 입을 열어 말을 하면 도리어 미움을 사지는 않을까 그것이 두려워 애써 마음속에 담아만 두었는데, '이제는 이러나저러나 마찬가지일 터'라는 노래처럼 '몸이 다하도록 만나리라'는 심경으로 괴로워하였습니다. 가시와기 두중장의 모습을 알아보았습니까. 그때 어찌하여 나는 그 연심을 남의 일처럼만 여겼을까요. 자신의 연심을 깨달은 지금

내 어리석음도 함께 깨달으니 두중장의 심중이 이해가 갑니다. 그쪽은 친누이라는 것을 알고는 오히려 정열이 식어 평생 끊을 수 없는 형제지간의 연으로 마음을 달래고 있으니, 나는 그것이 부럽고 샘이 납니다. 이런 나를 아무쪼록 가엾게 살펴주세요."

이런 일을 시시콜콜 써내려가자니 어떻게 여겨질까 싶어 그만 쓰도록 하겠습니다.

이미 상시로 임관된 다마카즈라 아씨는 안으로 안으로 슬금슬금 들어가면서 일이 성가시게 되었다고 생각합니다.

"참으로 속절없게 구는군요. 무례한 잘못을 저지를 사람이 아니라는 것은 지금까지 내가 해온 것으로 보아 충분히 알 수 있을 터이거늘."

유기리 중장은 말을 꺼낸 김에 자신의 간절한 마음을 조금 더 호소하고 싶은데 다마카즈라 아씨는 피곤하다면서 그만 들어가버리고 말았습니다. 유기리는 깊은 한숨을 내쉬며 자리에서 일어나, 차라리 내보이지 말 것을 무심하게 털어놓고 말았다고 후회하였습니다. 그러고는 이보다 더 마음속 깊이 새겨져 있는 무라사키 부인의 모습을 발 너머라도 좋으니 단 한번이라도 보고 싶다고, 아니면 희미한 목소리라도 기회를 만들어 듣고 싶다고 생각하니, 이래저래 어지러운 마음으로 남쪽 침전에 돌아갔습니다. 유기리 중장은 겐지에게 다마카즈라 아씨의 대답을 전하였습니다.

"그렇다면 그다지 입궁하고 싶지 않다는 얘기로구나. 반딧불 병부경처럼 여자 다루기에 능란한 사람이 깊은 연모의 정을 보이며 꼬드기고 있으니 그에 마음을 빼앗긴 것일까. 그렇다면 더욱이 안된 일. 허나 오하라노에 행차가 있었을 때, 폐하의 모습을 뵙고는 더없이 훌륭한 분이라 여겼으니. 폐하의 모습을 한번 뵌 젊은 여인은 누구나 입궁을 마다하지는 않을 것이라 여겨 입궁을 권하였는데."

"아씨의 처지는 대체 어느 쪽으로 결착이 나야 걸맞겠는지요. 중궁께서 저렇듯 홀로 빼어나신데다 신분이 고귀한 고키덴 여어가 폐하의 각별한 총애를 받고 있는데, 다마카즈라 아씨가 제아무리 폐하의 귀여움을 받는다 한들 중궁이나 여어를 당해낼 수는 없지 않을까요. 또한 반딧불 병부경이 저렇듯 집착을 보이시니, 여어로 입궁하는 것이 아니라 상시로 출사를 하게 된다면 자신의 마음을 무시하였다 하여 기분이 상하시지나 않을까 염려됩니다. 아버지님과는 친한 형제분이시니 그리되면 참으로 안타까운 일이겠지요."

유기리 중장은 어른스럽게 자신의 생각을 말하였습니다.

"참으로 어려운 노릇이로구나. 내 뜻대로 어찌할 수 있는 사람도 아니거늘, 저 검은 턱수염 우대장까지 나를 원망하고 있다 하니. 가련한 꼴을 보다 못해 데리고 와 보살폈는데, 사람들에게 뜻하지 않은 원한을 샀으니 경솔한 처사가 아니었나 싶습니다. 아씨의 어머니가 가엾게 돌아가시며 남긴 유언을 잊고 있지 않던 참에 그 딸이 산골에서 서럽게 살고 있다는 얘기를 들은데다, 내대신이 곧이 들어줄 것 같지 않다고 울며 매달리기에 가 엾게 여겨 이리로 데려온 것이었습니다. 사연이 그러한데 내가 이렇듯 소중하게 여긴다는 것을 알고 내대신도 자식으로는 인 정하는 듯합디다."

겐지는 마치 사실인 듯 이렇게 말하였습니다.

"아씨의 인품으로 보아 반딧불 병부경의 정부인으로 잘 어울 릴 듯합니다. 현대적이면서도 온화한데다 총명하고 실수를 모 르는 여자이니 부부 사이도 안심할 수 있을 게고요. 한편 입궁을 한다 해도 임무를 충실히 해낼 수 있을 터이지요. 용모도 빼어나 고 귀염성이 있는데다, 공무에 대해서도 익히 알고 있고 판단도 정확하니, 폐하께서는 늘 바라시던 인물로 적합할 것입니다."

허나 유기리 중장은 겐지의 속내를 알고 싶어 이렇게 말하였 습니다.

"지금까지 곱게곱게 키운 아비의 정을 세간에서는 수상쩍게 여기는 듯합니다. 내대신마저 그런 생각을 암암리에 내비치시 고, 검은 턱수염 우대장이 연줄을 대어 아씨에게 청혼을 하였을 때에도 넌지시 그렇게 대답하셨다 합니다."

겐지는 중장의 말에 웃으면서 이렇게 말하였습니다.

"세간의 소문이나 내대신의 짐작이나 모두 당치 않은 일입니 다. 입궁을 하든 다른 인연을 맺든 결국은 내대신이 결정한 뜻 에 따라야 할 일. 여인네에게는 삼종지도가 있으니, 아버지의 뜻을 따라야 마땅하지 내 뜻대로 한다는 것은 있을 수 없는 일이지요."

"내대신께서 은밀히 말씀하기를, '육조원에는 신분이 고귀한 부인들이 많아 아씨를 그분들과 동렬로 취급할 수는 없어 절반은 버릴 심산으로 내게 떠밀어 입궁을 시키게 하여놓고, 실은 마음대로 드나들며 제 것으로 삼으려는 것이다. 참으로 명민한 처사'라고 하며 기뻐하셨다 합니다. 어떤 사람에게서 분명하게 들은 이야기입니다."

유기리 중장이 심각한 말투로 이렇게 고하자, 겐지는 과연 내대신이 그렇게 추측하고 있을지도 모르겠다고 안타깝게 생각하였습니다.

"심한 억측을 하신 게로군요. 만사에 세심한 성품 탓일지도 모르겠습니다. 시간이 흐르면 저절로 알게 되겠지요. 아무리 그래도 상상이 지나친 듯싶습니다."

겐지가 이렇게 말하고 웃으니, 그 태도가 무척이나 단호한데도 유기리 중장은 여전히 의심을 버리지 못합니다.

'역시 그러하였구나. 모두들 그렇게 추측하고 있는데 사실이 그렇다면 그야말로 유감스럽기 짝이 없고, 볼썽사나운 일. 어떻게든 내대신에게 나의 결백을 알려야겠구나. 허나 겉으로는 상시로 입궁을 시켜 내 연심을 주위에 드러나지 않게 하려 한 것을 용케도 꿰뚫어보고 말았어.'

겐지는 이렇게 언짢아하였습니다.

이리하여 상복을 벗고 달이 바뀌었습니다. 허나 구월은 불길한 달인지라 겐지는 시월경에 다마카즈라 아씨를 입궁하도록 하겠노라고 폐하께 아뢰었습니다. 폐하께서는 그날을 애타게 기다렸습니다.

한편 지금까지 다마카즈라 아씨에게 마음을 품었던 남자들은 다들 아쉬워하며 입궁하기 전에 어떻게든 수를 써보려고 각기 시녀에게 줄을 대어 끈질기게 채근을 하나, 옛 노래에도 있듯이 요시노의 폭포수를 손으로 막는 것보다 어려운 일인지라 고개를 절레절레 흔들며 이렇게 대답하였습니다.

"도저히 어떻게 하여볼 도리가 없습니다."

유기리 중장도 하지 말아야 할 말을 털어놓고 말아 다마카즈라 아씨가 어떻게 생각할까 애가 타서 견딜 수 없으니, 바삐 움직이며 잡다한 일을 꼼꼼하게 살피면서 아씨의 비위를 맞추고 있습니다. 쉽사리 입을 열어 경솔하게 속내를 드러내는 일은 더 이상 하지 않고 연심을 억눌러 참고 있습니다.

아씨의 친형제들은 삼가 육조원에 발길은 하지 않고 입궁할 때 시중을 들고자 그날만을 기다리고 있습니다.

가시와기 두중장은 그렇듯 마음을 다하여 사랑에 애를 태우며 괴로운 마음을 호소한 주제에 그 후에는 소식 한번 없습니다.

"아무리 그래도 참으로 노골적입니다."

시녀들은 이렇듯 중장의 처사를 못마땅해하고 있는데, 오늘 밤 내대신의 말씀을 전하기 위해 나타났습니다.

여전히 친형제로 대하지는 못하니, 은밀히 편지를 보내던 버

릇이 남아 밝은 달 아래 계수나무 뒤에 숨어 서 있습니다. 다마
카즈라 아씨는 지금까지는 절대 상대를 하지 않더니, 대우가 완
전히 바뀌어 남쪽 발 앞으로 모셔 오라 일렀습니다. 하지만 중
개 없이 얘기를 나누기는 어색한지라 시녀 재상을 통하여 대답
하였습니다.

"아버님이 나를 통해 말씀을 전하려 한 뜻은 아씨에게 직접
얘기해야 할 중요한 일이기 때문입니다. 이렇게 발이 가리고 있
어서야 어떻게 얘기할 수 있을는지요. 하찮은 몸이나 남매의 인
연은 끊으려야 끊을 수 없는 것이 아닙니까. 그런데 이 어찌 된
일입니까. 예스런 말투이기는 하나 남매이기에 안심하고 찾아
왔는데."

가시와기 두중장은 이렇게 말하며 다마카즈라 아씨의 태도를
언짢아하였습니다.

"쌓이고 쌓인 얘기를 다 털어놓고 말씀드리고 싶으나 요즘은
기분이 울적하여 일어나 앉지도 못하고 있습니다. 사정이 그러
한데 그렇듯 책망을 하니 남매의 정이 있는지 의심스럽습니다."

아씨가 이렇게 정색을 하고 대답하자 가시와기 두중장도 마
지못해 이렇게 말하였습니다.

"기분이 울적하다면 그 휘장 옆까지 들어가면 안 될까요. 아
니아니, 괜찮습니다. 눈치 없이 이런 말을 하다니."

중장이 목소리를 죽여 내대신의 말을 전하니 그 태도가 어느
누구 못지않아 호감이 느껴집니다.

"입궁을 하는 절차에 대해서 자세한 것을 아직 알지 못하니 의논하여주었으면 합니다. 아버님은 사람들의 눈이 거북하여 이쪽으로 찾아오지도 못하고 얘기도 마음대로 나눌 수 없는 것을 지금은 오히려 불편해하고 계십니다. 나 또한 더 이상은 어리석은 편지를 보낼 수 없게 되었으나, 내 깊은 속마음을 그리도 모르는 척 외면하다니 원망스럽기만 합니다. 그 무엇보다 오늘 이런 대접은 대체 무엇인지요. 그대의 시녀들은 싫어할 터이나 북쪽 한적한 방에 자리하여 아랫것들하고라도 친근하게 얘기를 나누고 싶은데, 이렇게 매정한 대접은 없을 것입니다. 우리 사이도 참으로 보기 드문 복잡한 인연입니다."

중장은 이렇게 하나 둘 원망을 늘어놓습니다. 그 태도가 재상의 눈에는 의젓하고 호감이 느껴지니, 말한 그대로를 아씨에게 전하였습니다.

"옳은 말입니다. 친남매라 하여 갑작스럽게 태도를 바꾸면 세상이 어찌 볼까 그것만 염려하여, 지금까지 오랜 세월 가슴에 묻어든 갖가지 사연을 말하지 못하였는데, 지금은 도리어 괴로운 일이 많아졌습니다."

마음의 준비를 갖출 틈도 없이 아씨가 이렇게 대답하니 가시와기 두중장은 겸연쩍어 더 이상 말을 하지 못합니다.

친남매라는
깊은 사정도 모르고

맺어질 리 없는 사랑에
괴로워하며
덧없는 연문에 헤매었으니

　가시와기 두중장은 이렇게 자신을 탓해보나 결국은 자업자득
이었습니다.

친남매인 줄도 모르고
사랑의 길에 빠져
헤매는 줄은 꿈에도 모르고
영문을 모르는 채
읽은 편지여

　"그 편지가 어떤 의미였는지 아씨는 지금까지 몰랐던 듯합니
다. 만사에 세상의 눈치를 몹시 살피는 분이니, 친밀하게 얘기
를 나눌 수도 없었습니다. 앞으로는 이런 일이 거듭되지 않겠
지요."
　재상이 눈치껏 말씀드렸습니다. 과연 일리가 있는 말이라 가
시와기 두중장은 자리에서 일어나며 이렇게 말하였습니다.
　"알겠습니다. 너무 오래 지체하는 것도 좋은 일이 아니겠구
려. 시간이 흐르면 친밀하게 남매의 정도 쌓을 수 있겠지요."
　청명한 달이 높이 솟아올라, 달빛이 어린 하늘 모양이 화사하

고 정취가 그윽합니다. 달빛 아래에 선 가시와기 두중장의 모습이 참으로 기품 있고 아름다우니, 평상복 차림인데도 화사한 매력과 풍취가 넘칩니다. 유기리 중장의 풍채와 분위기에는 도저히 못 미치지만 이분도 상당히 매력적입니다. 젊은 시녀들은 어찌하여 이런 분들은 하나같이 아름답고 멋이 있는 것일까, 하고 별 대단하지도 않은 것까지 과장스럽게 칭찬을 해댑니다.

검은 턱수염 우대장은 가시와기 두중장과 같은 우근위부의 장관이라 툭하면 중장을 불러내어 열을 올려가며 의논을 하면서 내대신에게 청혼을 부탁하였습니다. 대장은 인품도 남들 못지않아 장차 조정의 섭정이 될 후보자인지라, 내대신은 사위로 삼기에 무슨 부족함이 있으랴 하고 생각하지만, 겐지가 상시로 들이기로 정하였으니 반대할 수는 없겠지요.

'상시로 들이는 데는 그 나름대로 이유가 반드시 있을 것이야.'

내대신은 그렇게 생각하면 짐작이 가는 바가 없지도 않으니, 다마카즈라 아씨의 일은 겐지에게 맡기기라 다짐하고 있습니다.

검은 턱수염 우대장은 동궁의 생모인 쇼쿄덴 여어의 형제로, 겐지 태정대신과 내대신에 다음가는 사람이라 천황의 신임도 상당히 두터운 분입니다. 나이는 서른두셋 정도입니다. 정부인은 무라사키 부인의 이복 언니이며 식부경의 큰딸입니다. 요즘은 아내의 나이가 남편보다 서너 살 많은 것이 예사인데, 부인의 성품이 어떠하기에 대장은 자신의 아내를 '할망구'라 부르며 소중히 여기지도 않고, 어떻게든 헤어지려고 애를 쓰고 있습니다.

정부인이 무라사키 부인의 언니인지라 겐지는 검은 턱수염 우대장과의 인연은 다마카즈라 아씨에게 어울리지 않으니, 만의 하나 그리되면 아씨의 신세가 가여워질 것이라 여기는 모양입니다.

검은 턱수염 우대장은 연애에 얼을 빼는 성품은 아닌데, 이번만은 꽤나 푹 빠져 분주하게 움직이며 작전을 펴고 있는 듯 보입니다. 내대신도 이 혼담에 관심이 전혀 없지는 않은 듯합니다.

다마카즈라 아씨가 폐하를 모시는 일에 그다지 마음이 없는 듯하다는 정보도 입수한 터라, 검은 턱수염 우대장은 아씨를 곁에서 모시는 오모토라는 시녀에게 중개를 하라고 손이야 발이야 채근을 합니다.

마침내 구월이 되었습니다. 첫서리가 내린 싸늘한 어느 날 아침, 다마카즈라 아씨는 시녀들이 각자의 의뢰인으로부터 은밀하게 받은 편지를 읽어내리는데 듣는 둥 마는 둥 할 뿐입니다. 검은 턱수염 우대장이 보낸 편지에는 이렇게 씌어 있었습니다.

"여전히 나는 그대와의 결혼을 바라고 있는데, 세월이 흐르고 계절이 바뀌는 것이 애가 탈 따름입니다."

여느 때 같으면 혼례를 꺼리는
이달을 싫어할 터이나
그대를 향한 일편단심에
목숨을 걸고 이달을 사는 나
이 얼마나 허망한 처지인지

가시와기 두중장에게서 시월이 되면 폐하를 모시기 위하여
입궁하기로 결정이 났다는 소식을 들은 게지요.
반딧불 병부경은 또 이런 편지를 보내 왔습니다.

"입궁이 결정된 이상 그대에게 무슨 말을 하여도 소용없는 일."

설사 폐하의 총애를 받는다 해도
조릿대의 여린 잎에 내린
덧없는 서리 같은 나의 사랑도
잊지는 마시구려

"이 마음만이라도 헤아려주신다면 이 허전함을 위로할 길도
있을 터이지요."

이렇게 쓴 편지를 심부름꾼이 서리를 맞은 여린 조릿대 가지
에 묶어 서리가 떨어지지 않도록 조심조심 들고 오니, 그마저

병부경다운 세심한 마음인 듯 보였습니다.

식부경의 아들 좌병위독은 무라사키 부인과 이복 남매입니다. 육조원에도 거리낌 없이 드나드는 분이라서 절로 다마카즈라 아씨가 조정에 출사하게 된 사정을 알게 되니 실망이 이만저만이 아니었습니다. 편지에는 원망의 말이 주절주절 씌어 있었습니다.

그대를
잊으려 하는데
이렇듯 슬픔만 북받치니
어찌하면
어찌하면 좋으리까

종이의 색깔과 먹의 짙고 옅음, 종이에 배어 있는 향기 역시 각기 특색이 있는 것을 견주어보면서 시녀들은 저마다 한마디씩 하였습니다.

"폐하를 모시기 위해 입궁을 하게 되면 이렇게 훌륭한 분들이 다 포기하게 되겠지요."

"그렇게 되면 참으로 쓸쓸하겠어요."

다마카즈라 아씨는 무슨 생각인지 병부경에게만 짧은 답장을 썼습니다.

제 스스로 기꺼이
고개를 돌려 햇살을 받는
해바라기조차
아침에 내린 서리를 원하여
떨어내는 일은 없지요
하물며 제 뜻이 아닌 입궁에
어찌 그대를 잊으오리까

　그 은은한 필적에 병부경은 마음이 흡족하였습니다. 노래 한 수밖에 적혀 있지 않은 편지이기는 하나 귀하디귀한 답장을 매우 기쁘게 생각하였습니다.

　이렇게 딱히 훌륭하다 칭찬할 만한 것은 없어도 많은 사내들이 실연의 아픔을 호소하고 원망하는 편지들을 보냈습니다.

　겐지와 내대신은 여자의 마음가짐이란 모름지기 이래야 한다고 다마카즈라 아씨를 높이 평가하였다고 하는군요.

노송나무 기둥

이제는 끝이라 하여
이 집을 떠난 후에도
지금껏 내 동무가 되어주었던
정든 노송나무 기둥이여
나를 잊지 말라

◆ 마키바시라

❀ 제31첩 노송나무 기둥(眞木柱)

眞木柱는 '마키바시라'라고 읽으며, 검은 턱수염 우대장의 딸의 이름이다. 마키바
시라는 아버지 검은 턱수염 우대장과 다마카즈라의 갑작스런 결혼 때문에 정든 집
을 떠나면서 노송나무 기둥에 노래를 남긴다.

"폐하의 귀에 들어가면 난감하기 그지없는 일. 당분간은 세간에 알려지지 않도록 비밀을 지켜야 할 것입니다."

겐지가 이렇듯 주의를 주었건만 검은 턱수염 우대장은 도저히 감출 수가 없습니다. 드나들기 시작한 지 며칠이 지나도록 다마카즈라 아씨는 대장에게 마음을 열 기미를 보이지 않으니, 일이 이렇게 된 것이 피할 수 없는 운명인가 여기면서도 한심하고 어처구니없어 그저 괴롭고 침울할 따름입니다.

검은 턱수염 우대장은 참으로 속절없는 일이라고 생각합니다. 허나 역시 전생에 깊은 인연이 있었기에 자신이 아씨를 취할 수 있었던 것이라며 기뻐하기도 합니다.

아씨는 보면 볼수록 나무랄 데 없이 빼어나니, 이렇듯 아리따운 아씨를 하마터면 다른 남자에게 빼앗길 뻔했다는 생각만 해도 가슴이 찢어질 듯하여, 이시야마 절의 관음불은 물론 오모토에게도 그 공을 치하하고 싶은 심정이었습니다.

허나 아씨는 검은 턱수염 우대장을 아씨에게로 안내한 오모토를 보기조차 싫어하니, 출사를 보류하고 집으로 돌아가 근신하고 있습니다.

지금까지 실로 많은 남자들이 각기 아씨의 일로 애를 태우는 모습을 보아왔는데, 검은 턱수염 우대장처럼 정이 가지 않는 사람에게 오히려 이시야마 절의 관음불의 영험이 나타난 것일까요.

겐지는 뜻하지 않게 일이 이렇게 된 것을 안타깝고 분하게 여기지만 이제는 돌이킬 수 없는 일입니다.

모두들 검은 턱수염 우대장이 드나드는 것을 용인하고 있으니, 지금 와서 새삼스레 사태를 원점으로 되돌리려 혼자 반대를 하여본들 대장에게 못할 짓일뿐더러 도리에도 어긋나는 일입니다.

혼례 의식은 각별히 신경을 써서 성대하게 치렀습니다. 겐지는 대장을 사위로 정중하게 맞았습니다.

검은 턱수염 우대장은 하루빨리 자신의 집으로 다마카즈라 아씨를 데리고 가고 싶어 그 준비를 서두르나, 겐지는 아씨가 정부인이 버티고 있는 집안에 섣불리 옮겨 갔다가 화를 당하면 가엾기 짝이 없다 하여, 그것을 구실 삼아 검은 턱수염 우대장에게 주의를 주었습니다.

"그리 서두르지 말고 이곳에서 차분히 지내면서 만사를 원만하게, 눈에 띄지 않게 처신하면서 어느 쪽에나 원망을 사지 않는 것이 좋을 듯합니다."

이에 다마카즈라 아씨의 친아버지인 내대신은 이렇게 생각하였습니다.

'입궁을 하느니 차라리 잘된 일이다. 이제 안심이야. 제 자식처럼 마음을 쓰는 후견인도 없는 여인이 폐하의 덧없는 총애를 바라여 입궁을 하면 마음고생만 하게 되지 않을까 걱정하였는데. 딸자식이 가엾기는 해도 앞서 입궁한 고키덴 여어를 제쳐놓고 내 어찌 그 딸자식을 보살필 수 있으리.'

천황을 모신다고는 하나 다른 여어와 갱의들보다 가벼이 여겨져, 어쩌다 한 번이나 폐하의 사랑을 얻을까 말까 한다면 정중한 대접을 받을 수 없을 터이니 경솔한 출사였다고 후회하게될 터이지요.

사흘째 날 밤의 축하 편지는 다마카즈라 아씨의 부모를 대신하여 겐지가 신랑과 주고받았다는 소식을 전해들은 내대신은 처음으로 겐지의 자상한 배려를 고맙게 여기고 그 후의를 황공하게 생각하였습니다.

세상에 드러나지 않도록 비밀리에 치른 혼례였으나 세상에 비밀이란 없는 법이니 절로 얘기가 퍼져나가, 참으로 희귀한 일이라며 사람들은 수군덕거렸습니다.

끝내는 폐하의 귀에도 들어갔습니다.

"아쉽구나, 끝내 나와는 인연이 없었던 게야. 허나 일단 상시로 출사를 하겠노라 작정한 이상 역시 입궁을 하는 것이 좋지 않을까. 여어나 갱의로 입궁하고자 하였다면 결혼한 몸으로는 단념할 도리밖에 없으나."

폐하께서는 이렇게 말하였습니다.

십일월이 되었습니다. 궁중에 신에게 제사를 지내는 의식이 많아 내시소도 행사 준비에 분주한 달이라서 시녀와 내시사들이 종종 다마카즈라 아씨를 찾아왔습니다. 사람들의 출입이 빈번한데 검은 턱수염 우대장은 낮에도 사람들의 눈을 피해 은밀히 아씨의 방으로 찾아드니, 아씨는 정말 성가신 사람이라고 생각하고 있습니다.

반딧불 병부경은 참으로 아깝고 아쉬운 일이라 여기고 있습니다. 또한 병부독은 여동생인 검은 턱수염 우대장의 정부인까지 세간의 웃음거리가 된 것을 괴로워하지만, 지금 와서 다마카즈라 아씨를 원망하여본들 소용없고 어리석은 일이라고 생각을 바꿨습니다.

검은 턱수염 우대장은 고지식하고 성실한 사람으로 평판이나 있는데다 오랜 세월 정사에 얽힌 난잡한 품행과는 거리가 멀게 살아왔는데, 지금은 사람이 싹 바뀌어 홀로 우쭐하여 불성실한 호색남인 듯 처신하니 마치 다른 사람처럼 보입니다. 저녁과 새벽에 육조원을 드나들 때도 사람들 눈에 띄게 요란스럽게 처신을 하니, 시녀들은 그저 우스꽝스럽게 바라볼 뿐입니다.

다마카즈라 아씨는 늘 쾌활하고 밝은 명랑한 성품인데 지금은 그런 밝음이 사라지고 침울하고 상심에 차 있으니, 검은 턱수염 우대장과 그렇게 된 것이 자신이 원하던 바가 아니라는 것은 누가 보아도 분명합니다. 겐지는 어떻게 생각할까, 또 반딧불 병부경은 자상하고 세심하고 정이 깊었는데, 하고 생각하였습니다. 또한 그저 자신의 신세가 한심하고 부끄러워 만사가 귀찮고 성가실 뿐이니, 얼굴 표정도 그늘져 있을 수밖에 없습니다.

사람들이 겐지를 의심하며 다마카즈라 아씨를 동정하였던 예의 건에 대해서는 자연히 겐지의 결백이 밝혀진 셈입니다. 겐지는 예부터 일시적인 충동으로 도리에 어긋나는 사랑에 빠지는 것을 자신도 바람직하지 않게 여겼다고 새삼 깨달았습니다.

"당신도 나를 의심하였지요."

무라사키 부인에게도 넌지시 이렇게 말하였습니다.

이 나이가 되어 장애가 많은 힘든 사랑에 이끌리는 자신의 성벽에 휘둘려서는 안 되지 하고 생각하는 한편, 한때는 연심을 이길 수 없어 괴로워하였고 과감하게 내 것으로 삼고 싶을 때도 있었을 정도이니, 지금도 깨끗하게 단념했다고는 할 수 없습니다.

검은 턱수염 우대장이 없는 낮, 겐지는 다마카즈라 아씨의 방을 찾았습니다. 아씨는 요즘 어찌 된 일인지 늘 기분이 언짢고 몸이 불편한데다 기력도 쇠해 보였습니다.

겐지가 찾아온 터라 아씨는 간신히 몸을 일으키고 휘장 뒤로 몸을 가렸습니다.

겐지도 마치 남을 대하듯 정색을 하고 세상 돌아가는 이야기를 하였습니다.

다마카즈라 아씨는 고지식하기만 할 뿐 별 재미도 없는 평범한 남편의 모습에 익숙해진 터라 형용할 수 없이 매력적인 겐지의 모습을 새삼스럽게 발견한 느낌이었습니다. 뜻하지 않게 검은 턱수염 우대장의 아내가 된 자신의 덧없는 신세가 부끄러워 눈물이 절로 흘러나옵니다.

겐지는 애정이 넘치는 자상한 목소리로 이야기를 나누고 옆에 있는 사방침에 기대어 휘장 안을 살며시 들여다봅니다. 다소 야윈 듯하나 여전히 아리따운 다마카즈라 아씨의 모습은 보고 또 봐도 질리지 않고, 전보다 가련함이 더하여 오히려 여인의 멋이 더한데, 이런 여자를 다른 남자의 손에 빼앗기다니 당치 않은 실수를 하였다고 분해합니다.

　　그대와 사랑을 나눌
　　깊은 인연은 맺지 못하였으나
　　그대가 삼도천을 건널 때
　　그 손을 다른 남자가 쥐게 하겠노라는
　　약속은 하지 않았으니

"일이 이렇게 될 줄이야 꿈에도 생각지 못하였습니다."

이렇게 눈물 섞인 목소리로 말하는 모습이 자상하고 절절한 정취에 넘칩니다.

다마카즈라 아씨는 얼굴을 가리고 화답가를 읊습니다.

삼도천을 건너기 전에
내 눈물의 강에 뜬 거품이 사라지듯
죽고만 싶습니다

"눈물의 강에 뜬 거품이 사라지듯 사라져버리고 싶다니 어찌 그리 어린 마음입니까. 삼도천은 저세상으로 가기 위해서는 건너지 않을 수 없는 강이니, 그때만이라도 그대의 손을 잡아주고 싶습니다."

겐지는 미소지으며 이렇게 말합니다.

"이제는 그대도 깨달았겠지요. 내 어리석음, 그래서 더욱이 안심할 수 있었던 것 모두 세상에 그리 흔치 않은 일인 것을 이제는 잘 알았으리라 생각합니다."

다마카즈라 아씨는 겐지의 말을 서럽고도 괴로운 마음으로 듣고 있으니, 겐지는 그 모습이 가여워 다른 이야기로 화제를 돌립니다.

"폐하께서 그래도 입궁을 하라 권하시는데, 이대로 마냥 있어서야 황공한 일이니 잠시라도 입궁을 하는 것이 좋겠습니다. 검은 턱수염 우대장이 자기 집으로 데려간 후에는 상시로 궁중에 출사하기도 어려워질 터, 부부 사이란 그러한 것입니다. 내가 애초에 그대를 염두에 두고 계획한 일은 모두 수포로 돌아갔으나, 이조의 내대신은 이 혼례를 만족스러워하는 듯하니 나 또한 안심입니다."

겐지가 이렇듯 자상하게 말하자 다마카즈라 아씨는 부끄러워 몸 둘 바를 모르고 그저 눈물만 흘리며 듣고 있을 뿐입니다. 슬퍼하는 모습이 가엾고 안타까운 겐지이나 감정이 이끄는 대로 엉뚱한 처신을 할 수는 없는 일, 그저 입궁을 하게 되면 어떻게 대처해야 하는지 그 마음가짐을 가르칩니다. 그러하니 검은 턱수염 우대장의 집으로 거처를 옮기는 것은 당분간 허락하지 않을 요량인 게지요.

검은 턱수염 우대장은 다마카즈라 아씨가 궁중으로 출사할 것을 우려하여 마음을 졸이고 있다가, 궁중에 출사하게 되더라도 그 길로 바로 자기 집으로 퇴궁을 시키려는 계획을 짜냈습니다. 그리하여 잠시 출사하도록 허락을 하였습니다.

대장은 지금까지 남의 눈을 피하여 여인을 찾아 드나드는 경험이 없었던 터라, 거북한 나머지 어떻게든 새 부인을 빨리 집으로 데려오려고 집을 수리하고 방 안의 가재도구도 새로 들였습니다. 긴 세월 부인이 병석이 누워 있어 손질하지 못하고 먼지만 쌓인 채 방치되어 있는 방을, 상시를 맞아들이기 위해 품격 있게 개조 공사를 서두릅니다.

그런 탓에 상심에 찬 정부인의 마음을 달래줄 여유가 없는 것은 물론이요 귀여워하였던 자식들조차 지금은 눈에 보이지 않는 듯합니다. 애당초 성품이 부드럽고 정이 깊으며 배려할 줄 아는 사람이라면, 상대가 수치스러워하지 않도록 이런저런 배려를 하고 신경을 쓸 터이지만 이 대장은 융통성이 없고 고집스러운 성격이라서 사람의 마음에 상처를 주는 언동이 심심치 않았습니다.

정부인은 다른 여인에게 뒤떨어지는 분이 아닙니다. 고귀한 신분인 식부경이 애틋하고 소중하게 양육하였는지라 세상 사람들도 부인을 우러르고 그 자태 또한 빼어나게 아름다운데, 지독하게도 집념이 강한 귀신에 씌어 병이 든 이래로 긴 세월을 정상적으로 생활하지 못하였습니다. 때로는 정신을 잃기도 하는지라 자연히 부부 사이가 소원해진 지도 오래입니다.

허나 어엿한 정실로 다른 어느 누구 못지않으니, 대장도 이 분만은 소중하게 여겼습니다.

그런데 이번에 실로 흔치 않게 마음을 준 다마카즈라 아씨가 여느 여인의 아름다움을 넘어서는데다, 모든 것이 남들보다 빼어남은 물론 모두 의심하여 억측하였던 겐지와의 관계에서도 정절을 굳게 지켰다는 것이 증명된 셈이라, 보통 여자 같았으면 어려웠을 일인데 용케 지켜냈다고 감동하여 애정이 더욱 깊어지니 그럴 만도 한 일이었습니다.

정부인의 아버지 식부경은 전후 사정을 전해 듣고 이렇게 말하였습니다.

"일이 이렇게 되었는데 체면에 매달려, 현대풍의 화려하고 젊은 여자를 아내로 맞아들여 애지중지하는 집구석에서 같이 산다는 것은 세상 보기에 좋지 않을 일일 터. 내가 살아 있는 한 은 세상의 웃음거리가 되면서까지 고분고분 남편의 말을 들을 필요는 없습니다."

식부경은 자택의 동쪽 별채를 깨끗하게 손질하고 청소하여 딸을 데리고 와야겠다고 생각하고, 그 뜻을 딸에게도 권하였습니다.

"일단 결혼하여 남의 아내가 된 몸인데 남편에게 버림을 받았다 하여 뻔뻔스럽게 집으로 돌아가 아버지의 얼굴을 뵈어야 하다니."

정부인은 이렇게 괴로워하다 보니 마음이 어지럽고 미칠 듯하여 병석에서 일어나지 못하고 있습니다.

이분은 태생이 차분하고 조용하고 어린아이처럼 얌전하고 천진한 분인데, 때로 귀신에 씌어 정신을 잃곤 하니 어쩔 수 없이 사람들이 꺼리게 되었습니다. 방은 어지럽게 널려 있고, 몸을 곱게 단장하지도 않은 채 형편없는 몰골로 방에만 틀어박혀 지냅니다.

반짝거리는 구슬처럼 번듯한 다마카즈라 아씨의 방에 익숙한 검은 턱수염 우대장에게 이 방의 꼬락서니는 도저히 봐줄 수 없는 지경이나, 그래도 오랜 세월을 함께한 애정이 하루아침에 변할 리는 없으니, 마음속으로는 참으로 안된 일이라고 생각합니다.

"어제오늘 혼례를 치러 부부의 정이 깊지 못한 사람들일지라도 그럴 만한 신분의 사람들은 서로 참으며 평생을 함께하는 법입니다. 당신은 몸도 가누기 벅차 하고 싶은 말도 하기가 어렵겠지요. 허나 내가 약속을 하지 않았습니까. 이렇듯 흔치 않은 병에 걸린 당신을 끝까지 버리지 않고 함께하겠노라고. 지금까지 많이 참아왔는데, 당신은 나만큼은 도저히 참을 수 없다 하여 헤어지자며 나를 버리려 하는구려. 어린아이들도 있으니 무슨 일이 있어도 당신을 평생 소홀히 하지 않겠노라 말하여왔거늘, 변덕스러운 여자 마음으로 이렇게 원망을 하다니. 내 마음을 끝까지 지켜보지 않고야 그런 원망을 하는 것도 당연한 일이겠지만, 이 일은 내게 맡기고 당분간은 참고 지켜보세요. 아버님은 나쁜 소문을 듣고 나를 탓하여 나와 당신 사이를 떼어놓으려 집으로 데려가려 하나, 그것은 참으로 경솔한 처신입니다. 진심으로 그렇게 생각하는 것일까요. 아니면 나를 좀 혼내주려 그러는 것일까요."

대장이 웃으면서 말하자 정부인은 도리어 용납이 안 되고 분해하니 마음의 상처가 큰 듯 보였습니다.

이 무렵 대장과 정분을 맺은 적이 있었던 시녀로 대장을 가까이 모시는 모쿠, 중장 오모토까지 대장의 태도를 못마땅하게 여기며 심한 처사라고 원망하고 있었습니다. 하물며 정부인은 정신이 제자리로 돌아와 있는 때라 보기가 하도 딱해서 곁에 있어 주고 싶을 정도로 눈물이 마를 날이 없습니다.

"나를 정신이 나갔다느니 미쳤다느니 하면서 경멸하고 무시하는 것은 그야 지당한 일이겠지요. 허나 아버님까지 끌어들여 비난하는 것을 만의 하나 아버님이 들으시면 정말 가엾은 일입니다. 불행한 딸 때문에 아버님까지 가벼이 여겨지는 것은 견딜 수가 없습니다. 당신이 아버님 험담을 하는 것에는 익숙해져 있으니 나야 별달리 생각하지 않습니다만."

고개를 옆으로 돌리고 토라져 있는 모습이 가엾고 딱합니다. 워낙 몸집이 작은 분인데, 병 때문에 야위고 쇠하여 더욱 가련하게 보입니다. 머리도 전에는 아름답고 풍성하고 길었는데 지금은 뭉텅뭉텅 빠져나가 숱도 적어져 빗도 꽂을 수가 없으니, 눈물에 젖은 머리카락이 찰싹 달라붙어 있는 모습이 참으로 보기에 딱합니다.

단정하고 화사한 아름다움은 없어도 아버지를 닮아 차분하고 고운 얼굴인데 도통 치장을 하지 않으니 젊고 발랄한 기운은 도무지 찾아볼 수가 없습니다.

"장인어른을 내 어찌 가벼이 여길 수 있겠니까. 당치도 않습니다. 그렇게 듣기 민망한 소리는 하지도 마세요."

검은 턱수염 우대장이 이렇게 부인을 달랩니다.

"내가 드나드는 곳은 그야 눈이 부실 정도로 훌륭한 저택이라, 나처럼 고지식하고 멋없는 사람이 드나드니 사람들 눈에 띄어 거북하고 마음이 불편한 탓에, 그 사람을 이리로 데려오려는 것입니다. 겐지 태정대신의 성망은 두말할 필요도 없고, 주눅이 들 정도로 훌륭하고 만사에 빈틈이 없는 육조원에 우리의 하잘 것없는 불화가 전해지면 실로 체면이 서지 않습니다. 대신에게도 황송하고 면목이 서지 않는 일이니 아무쪼록 온화하게 그 사람과 사이좋게 지내세요. 만약 당신이 사가로 거처를 옮긴다 하여도 내가 당신을 잊는 일은 없을 겝니다. 허나 그리되면 당신이 오히려 세상의 웃음거리가 될 터이고 나 역시 경솔하였다고 사람들이 손가락질할 겝니다. 그러하니 부부의 약속을 지켜 이대로 서로 도우며 살아갑시다."

"당신의 속절없는 처사에 대해 이렇다 저렇다 생각하는 것이 아닙니다. 아버님이 남들과 같지 않은 나를 걱정하여, 지금 헤어지게 되면 사람들의 웃음거리가 될 뿐이라고 괴로워하는 듯하니 마음이 아파, 집으로 돌아간다 해도 어찌 뵈올까 두렵습니다. 겐지 대신의 정부인인 무라사키 부인은 나의 이복 자매이니 타인이 아닙니다. 그분은 내가 모르는 곳에서 성장하였는데, 지금은 다마카즈라 아씨의 어머니인 양 보살피고 있으니 그것이 이상하다고 아버님이 원망하고 있는 듯합니다. 허나 나는 별다른 생각이 없습니다. 다만 당신이 하는 일을 보고 있을 따름이지요."

"지금은 이해를 하는 듯 얘기하나 또 병이 도지면 난감한 일이 벌어질 터이지요. 다마카즈라 아씨의 일은 무라사키 부인은 전혀 모르는 일이었습니다. 그분은 겐지 대신이 비장의 딸처럼 애지중지하시는 분, 이렇게 수난을 당하고 있는 다마카즈라 아씨의 처지까지 그분이 어떻게 알겠습니까. 또한 무라사키 부인은 어미다운 아량은 없는 분입니다. 그런데 이런 소문이 귀에 들어가면 무슨 일이 벌어질지 알 수 없지요."

검은 턱수염 우대장은 종일 부인을 달랬습니다.

날이 저물면 검은 턱수염 우대장은 마음이 술렁이면서 어떻게든 다마카즈라 아씨를 찾아가고 싶어 마음이 조급해집니다. 때마침 하늘이 어두워지면서 눈발이 흩날리기 시작하였습니다. 이런 날씨에 굳이 나서자니 사람들 눈이 성가시고 부인도 가엾게 여겨집니다. 부인이 얄미운 표정으로 시샘을 하고 원망을 하면 도리어 그것을 빌미로 화를 내면서 박차고 나설 수 있을 터인데, 오늘따라 얌전하고 수심에 찬 표정이니 떨치고 나서기가 괴롭습니다. 대장은 어찌하면 좋을지 생각하면서 격자문을 올려놓은 채 마루 끝에 나와 앉아 멍하니 상심에 잠겨 있습니다. 부인은 그런 대장의 모습을 보고 어서 가라는 듯 이렇게 말합니다.

"하필이면 이럴 때 눈이 오네요. 이렇게 눈이 오면 갈 길이 번거롭겠습니다. 날도 어두워지고 있는데."

지금 가면 끝이라고 말려봐야 소용없다고 생각하는 부인의 모습이 실로 딱하고 가엾습니다.

"이렇게 눈이 오니 어찌 길을 나서겠소. 허나 아무쪼록 한동안은 그냥 눈을 감아주세요. 나의 본심을 의심하여 사람들은 뭐라뭐라 말이 많은데 겐지와 내대신 두 분께서 소문을 들어 걱정을 하면 어찌할까 싶으니, 그분들의 체면을 생각하여 발길을 끊을 수도 없는 노릇입니다. 그러하니 아무쪼록 마음을 차분히 가라앉히고 내 본심을 끝까지 지켜봐주세요. 그 사람을 이리로 데려오면 밖으로 나갈 일도 없어질 터이니 당신도 마음이 편해질 겝니다. 이렇듯 차분하고 얌전할 때는 다른 여자에게 마음을 쏟고 싶지 않으니, 당신이 그저 사랑스럽기만 합니다."

검은 턱수염 우대장은 이런 말로 또 부인을 다독거렸습니다.

"당신이 그쪽으로 드나들지 않는다 하여도 마음이 다른 곳에 가 있으면 오히려 괴로운 것을. 다른 곳에 있어도 마음이 내게 있으면 눈물로 얼어 붙은 내 소맷자락 녹아내릴 것입니다."

부인은 이렇게 온화하게 대답하였습니다.

부인은 배롱을 가져오라 하여 대장의 옷가지에 향이 그윽하게 배도록 합니다. 자신은 풀기 없이 구깃구깃한 평상복을 아무렇게나 걸쳐 입은 모습이라 더더욱 초췌하고 가련하게 보입니다. 대장은 의기소침해져 있는 부인의 모습이 불쌍하고 딱해 마음이 편치 않았습니다. 울어서 퉁퉁 부은 눈은 볼품없지만, 부인을 진심으로 애처롭게 여기는 지금은 그것조차 눈에 거슬리지 않습니다. 지금까지 오랜 세월을 용케 부부로 살아왔다고 생각합니다. 그런데 다마카즈라 아씨에게 마음을 빼앗긴 자신의 경박함을 탓하며 절실하게 반성하면서도 역시 아씨가 보고 싶은 마음이 간절하니, 깊은 한숨을 내쉬며 외출복을 갖춰 입고는 조그만 향로를 가까이 끌어당겨 스스로 소매에 향이 배게 하고 있습니다.

저 빛나듯 아름다운 겐지에게는 미치지 못하나 적당히 부드러워진 옷에 얼굴 생김과 풍채도 남자다우니 의젓하고 기가 죽을 정도로 훌륭한 모습입니다. 수행원 대기소에서 수행원들의 목소리가 들립니다.

"눈발이 다소 그쳤습니다."

"밤이 깊은 듯합니다."

수행원들은 조심스럽게 넌지시 외출을 채근하면서 각자 헛기침을 하고 있습니다.

"참으로 안타까운 분들입니다."

중장 오모토와 모쿠는 한숨을 몰아쉬고 소곤거리며 고개를 돌리고 있는데, 부인은 상념이 가득한 가슴을 쓸어내리고는 사방침에 기대어 엎드려 있습니다. 갑자기 부인이 벌떡 일어서더니, 커다란 대바구니 밑 향로를 집어 들고 대장의 뒤로 다가가 향로의 재를 끼얹었습니다.

사람들이 말리고 어쩌고 할 새도 없이 순식간에 벌어진 일이었습니다. 검은 턱수염 우대장은 너무도 갑작스럽게 당한 일에 아연하여 그저 우뚝 서 있을 뿐입니다. 그 뿌연 먼지 같은 재가 눈과 코에 들어가 앞도 분별할 수가 없습니다. 아무리 털어내도 사방 가득 재가 날아다니니 재로 범벅이 된 옷을 전부 벗어버릴 수밖에 없었습니다. 부인이 제정신으로 한 짓이라면 두 번 다시 돌아보고 싶지 않을 정도로 어처구니없는 행실이지만, 이 또한 귀신이 부인에게 정을 떼라고 한 짓이라 여겨지니 옆에 있는 시녀들도 안타까움을 금치 못합니다.

시녀들이 요란법석을 떨며 옷을 갈아입는 대장을 거들고 있으나, 머리카락에도 풀풀 재가 날리는 터라 온몸이 재투성이인 이 꼴로는 그 아름다운 육조원을 찾을 수가 없습니다.

아무리 제정신이 아니라고 하나 너무한 일입니다. 지금까지는 없었던 어처구니없는 소행에 방금 전까지 부인을 가엾다 여겼던 마음은 사라지고, 정나미가 떨어지고 염증이 나서 돌아보고 싶지도 않습니다.

허나 지금 당장 추궁하면 일이 성가시게 커질 터이니 대장은 마음을 가라앉히고 밤이 깊었는데도 스님을 불러들여 가지기도를 올리게 하는 등, 대소동이 벌어졌습니다.

기도를 받는 가운데에도 부인의 고함소리가 들리니, 이래서야 검은 턱수염 우대장이 염증을 내는 것도 당연한 일이라 여겨집니다.

그날 밤 내내 스님은 귀신을 몰아내기 위해 부인을 때리기도 하고 휘두르기도 하여 부인은 울부짖으며 밤을 지새웠습니다.

새벽녘, 잠시 잠을 청하여 조용해진 틈을 보아 검은 턱수염 우대장은 다마카즈라 아씨에게 편지를 보냈습니다.

"어젯밤 갑작스럽게 빈사의 병인이 발생한데다 눈발도 그치지 않아 나서기가 어려워 망설이는 사이에 내 몸까지 얼어붙고 말았습니다. 그대는 물론 곁을 모시는 사람들까지 어찌 생각하였을까 걱정스럽습니다."

흩날리는 눈발처럼
그대를 만나지 못한 이내 마음
어지러이 하늘을 나니
홀로 자는 외로운 소맷자락마저
추위에 얼어붙었습니다

"참으로 견딜 수가 없습니다."

하얀 종이에 진중하게 써내려갔으나 이렇다 할 풍취는 없습니다. 다만 필적은 실로 훌륭하고 아름다워 한학에 조예가 깊은 사람이라는 것을 알 수 있습니다.

다마카즈라 상시는 검은 턱수염 우대장이 찾아오지 않아도 대수롭지 않게 여기고, 대장이 걱정하며 쓴 편지를 답장은커녕 펼쳐보지도 않습니다. 대장은 가슴이 찢어지는 듯한 심정으로 안절부절못하며 종일을 보냈습니다.

또한 부인은 정말 고통스러워하고 있는 터라 기도를 다시 올리도록 하였습니다.

'당분간만이라도 무사히, 제발 제정신으로 있게 해주십시오.'

검은 턱수염 우대장은 마음속으로 빌었습니다. 부인의 천성이 고운 분이라는 것을 알지 못한다면 차마 계속 참고 지내기가 어려울 정도로 불길한 모습입니다.

날이 저물자 대장은 마음이 조급해져 서둘러 다마카즈라 아씨를 찾아갔습니다. 부인이 늘 이 모양이라 차림새도 볼품 있게 갖춰 입지를 못하니, 늘 몸에 맞지 않는 옷을 입을 수밖에 없다고 투덜거리며 언짢아하였습니다.

오늘 밤 역시 멋들어진 평상복을 갖춰 입지 못하였으니 보기에 민망한 차림새입니다. 어제 입었던 옷은 재에 타 구멍이 뚫렸고 기분 나쁜 탄 냄새가 배어 몰골이 형편없습니다. 속옷에도 그 냄새가 배어 있습니다.

이 꼴로 가면 부인이 질투를 하여 옷도 한 벌밖에 마련해주지 않았다는 것이 역력해질 터, 다마카즈라 아씨도 정나미가 떨어질 것이라 생각하니 입었던 옷을 다 벗어던지고 몸을 깨끗하게 씻고 몸단장을 하기에 분주합니다.

모쿠가 옷가지에 향을 배게 하면서 노래를 읊조렸습니다.

옷이 탄 것은
홀로 남은 부인의
애타는 가슴의 고통이
흘러넘쳐 불길로 타오른 것이라
여겨집니다

"버림받은 부인을 대하시는 태도가 옆에서 지켜보는 저희들 눈에도 너무하시다 싶어 보고 있기가 민망합니다."

이렇게 말하며 부끄러움에 소맷자락으로 입가를 가리고 있으니, 그 모습에 색정이 넘칩니다.

'내가 무슨 생각으로 이런 여자에게 손을 대었을꼬.'

허나 대장은 속으로 이렇게 생각할 뿐이었습니다. 참으로 어처구니없는 일이 아닐 수 없지요.

어젯밤의 그 요란한 사건을
떠올리면 마음이 어지러우니
내 결혼을 후회하는 생각이
연기처럼 피어오르누나

"어젯밤의 그 어처구니없는 추태가 그쪽 귀에 들어가면, 나는 그 사람에게서도 미움을 받아 어느 쪽에도 기댈 수 없는 신세가 되겠구나."

대장은 푸념을 늘어놓으며 집을 나섰습니다.

겨우 하룻밤을 보지 못했을 뿐인데 오래 만나지 못한 것처럼 한층 신선한 느낌이 들고 아름다움도 그 매력을 더한 듯 보이는 다마카즈라 아씨의 모습에 대장은 넋이 빠지니, 이 아씨만을 사랑하고픈 마음이 절로 샘솟습니다. 또한 정부인을 생각하면 기분이 언짢아지는지라 대장은 오래도록 아씨의 처소에 머물러 있습니다.

정부인의 처소에서는 날마다 가지기도를 올리는 등 법석을 떨고 있는데, 귀신이 툭하면 나타나 욕설을 뱉고 고함을 지른다는 소식이 들리니, 그러다가 뜻하지 않은 일이 벌어져 수모를 당하게 될 것 같은 두려움에 가까이 가지도 못합니다.

댁으로 돌아와서도 부인과는 다른 방을 쓰면서 자식들만을 불러들여 만납니다. 검은 턱수염 우대장에게는 열두세 살 난 딸이 하나 있고, 그 밑으로 아들이 둘 있습니다.

지난 몇 년 동안 부부 사이가 원만하지 않았던 때도 많았지만, 어찌 되었든 정부인은 어엿한 본처로 그에 미칠 자가 없었던 터라 지금까지 그럭저럭 지내왔습니다. 그런 부인이 이 꼴을 하고 있으니 이제는 어쩔 수 없이 끝이라고 여기는바, 시중을 드는 시녀들도 안타깝고 슬퍼서 어쩔 줄을 모릅니다.

아버지인 식부경은 그런 사정을 듣고 이렇게 말하며 사자를 보냈습니다.

"대장이 그렇듯 서먹하게 별거할 태도를 보이고 있는데, 그런 꼴을 당하면서까지 그곳에 머물러 있다는 것은 체면도 서지 않는 일일뿐더러 세상 사람들의 웃음거리가 될 뿐이니, 내가 살아 있는 한 그렇게까지 참으면서 대장의 뜻을 따를 일이 무에 있으랴."

그때 부인은 마침 정신이 좀 돌아와 부부 사이를 서러워하고 한탄하고 있는데, 그런 차에 아버지가 사자를 보냈다는 소식을 들었습니다.

'이런 꼴을 하고도 이 집에 머물러, 남편에게 버림을 받는 수모를 당한 후에야 체념한다면 더더욱 꼴사나운 웃음거리가 될 터이지.'

부인은 이렇게 생각하며 집을 떠날 결심을 굳혔습니다.

형제 가운데 병위독은 상달부라서 나서기가 거북스럽다 사양하는 터라, 중장, 시종 민부 대보 등이 수레를 세 대 잇대어놓고 부인을 기다렸습니다.

이전부터 언젠가는 이런 날이 올 것이라 예상은 하고 있었지만 막상 때가 되어 이 집에서의 생활도 오늘로 끝이라 생각하니, 시중을 드는 시녀들도 눈물을 감추지 못합니다.

"앞으로 낯설고 협소한 곳에서 살게 될 터이니 많은 수가 동행할 수는 없겠지요. 절반은 고향으로 돌아갔다가 부인이 사가에서 안정을 찾은 연후에 다시 찾아 뵙도록 합시다."

시녀들은 이렇게 결정하고 각기 신변을 정리하여 사방으로 흩어질 모양입니다.

부인에게 필요한 가재도구를 정리하고 짐을 싸는 시녀들이 신분의 높고 낮음을 막론하고 울면서 소란을 피우니 그 모습이 불길하게 보입니다. 사정을 모르고 천진하게 뛰노는 아이들을 불러 모아놓고 부인은 눈물을 흘리며 이렇게 말합니다.

"나는 불행한 운명이라고 지금은 모든 것을 체념하여 이 세상에 미련도 없습니다. 앞으로도 내 인생이 어찌 되든 되는 대로 몸을 맡기는 길밖에 없지요. 다만 그대들은 아직 앞날이 창창하니 떨어져 살아야 하는 것이 서러워 견딜 수가 없습니다. 그대들 가운데 딸은 무슨 일이 있어도 내가 데리고 갈 터이나, 아들은 이 집에 머물러 있다가 아버지 눈에 띈다 해도 보살핌을 받을 수는 없을 터이니, 도리어 어중간하고 불안한 상태에서 의지할 사람도 없이 오갈 바를 모르게 될 것입니다. 할아버지가 살아 계시는 동안은 출사도 가능할 것이나, 지금은 겐지 대신과 내대신의 세상이라 그 같은 신분의 사람들과 일족이라 하여 사람들은 오히려 그대들을 경계할 터이니, 남들만큼 출세하기도 어려울 것입니다. 그렇다 하여 그대들이 나를 따라 세상을 등지고 출가를 한다면 나는 안심하고 죽지도 못하는 괴로운 처지가 될 것입니다."

아이들은 어미의 깊은 슬픔을 미처 헤아리지 못한 채 그저 훌쩍거리며 투정을 부릴 뿐입니다.

"옛날이야기에도 자식들에게 애정이 많은 아비조차 세상의 흐름을 따라 사람들 눈치를 보다 보면 자식에게는 박정하게 대한다 되어 있습니다. 하물며 부모 자식이라는 허울만 남았을 뿐 자식에게 애정을 잃어버린 아비가 무슨 힘이 되어주겠습니까."

부인은 이렇게 말하면서 유모들과 함께 자신의 처지를 한탄합니다.

해가 기울자 눈이 내릴 듯 날씨마저 흐리니 사뭇 쓸쓸한 저녁입니다.

부인을 맞으러 온 사람들은 길 떠나기를 채근하면서도 하늘을 올려다보며 흐르는 눈물을 닦고 있습니다.

딸은 검은 턱수염 우대장에게 몹시 귀여움을 받고 자란 터라 도저히 발길이 떨어지지 않는 듯합니다.

'아버님을 뵙지 못하고 떠나면 앞으로 어찌 될까. 작별 인사도 드리지 못하고 지금 떠났다가 두 번 다시 뵐 수 없게 되면.'

딸이 이런 생각을 하며 엎드려 있으니 부인은 더욱 한심하고 서럽습니다.

"그런 생각을 하고 있다니 정말 한심하구나."

부인은 딸을 어르고 달래지만 딸은 당장 아버지가 돌아와주기를 기다리고 있습니다. 허나 이렇듯 깊은 밤, 검은 턱수염 우대장이 어찌 다마카즈라 아씨 곁을 떠날 수 있겠는지요.

딸은 늘 자신이 기대어 놀던 동쪽 기둥을 다른 사람이 차지하게 될 것 같으니 그 또한 슬퍼서 견딜 수가 없습니다. 딸은 노송나무 껍질 같은 색의 종이에 노래를 적어 곱게 접어서는 기둥의 갈라진 틈에 비녀 끝으로 밀어 넣었습니다.

이제는 끝이라 하여

이 집을 떠난 후에도

지금껏 내 동무가 되어주었던

정든 노송나무 기둥이여

나를 잊지 말라

슬픔에 겨워 노래 한 수를 적기도 어려워 그만 울음을 터뜨리고 말았습니다. 부인 또한 딸을 달래며 노래를 지었습니다.

"자, 어서, 다 부질없는 일이다."

친한 동무 같았다고
기억한다 한들
새삼 우리가 이 집에 머무를
필요가 있을까 노송나무여

시녀들도 슬퍼하며 평소에는 신경도 쓰지 않았던 마당의 초목까지 앞으로는 그리워질 터이지, 하며 아쉬운 마음으로 쳐다보고는 눈물 콧물을 훌쩍거리며 한탄합니다.

모쿠는 대장을 모시는 시녀인지라 이 집에 남기로 하였습니다.

대장과 인연이 깊지 않은 그대가
마지막까지 이 집에 남고
이 집에 남아야 할 부인이
떠난다 함은
이 무슨 당치 않은 일일까

"참으로 꿈만 같은 일입니다. 이렇게 헤어지게 될 줄이야."

중장 오모토가 노래하자 모쿠는 이런 노래로 답하며 눈물을 흘렸습니다.

바위틈으로 떨어지는 물처럼
슬픔에 갇힌 내 마음
뭐라 형용할 수 없으니
대장과의 사이 역시
그리 오래가지는 않겠지요

"괴로운 마음 뭐라 말할 수가 없습니다."
부인이 오르자 수레가 출발하였습니다. 부인은 뒤를 돌아보며 두 번 다시 이 집을 볼 날은 없을 것이라고 허탈해합니다. 옛날에 '그대가 사는 집 마당의 나뭇가지 보이지 않을 때까지'라는 노래가 있었듯이, 마당의 울창한 나뭇가지들마저 애틋하게 보이니 '보이지 않을 때까지' 하염없이 바라보고 있습니다. 그 마음이 '그대가 사는' 곳이기 때문이 아니라 오랜 세월 살다보니 정든 집이기 때문이니 어찌 아쉽지 않을는지요.

식부경은 자택에서 딸을 기다리며 일이 참으로 슬프게 되었다고 생각합니다. 아내는 소리 높이 울면서 식부경에게 이렇게 말합니다.

"당신은 겐지 태정대신을 좋은 인척이라 여기는 듯하나 나는 전생의 원수라 생각하지 않을 수 없습니다. 우리 집에서 입궁한 여어에게도 심한 대우를 하였는데, 겐지 대신이 스마에 내려갔을 때 당신이 취한 태도에 대한 앙금이 가시지 않아 화풀이를 하는 것이라고 당신도 얘기하였고, 세상에서도 그런 식으로 말들을 합니다. 아무리 그래도 그렇지 어떻게 그럴 수가 있습니까. 무라사키 부인을 소중히 여기기에 그에 연줄이 닿는 사람들마저 은혜를 입은 예가 많은데. 나는 도저히 겐지 대신의 태도를 이해할 수 없습니다. 그뿐입니까, 출생도 분명하지 않은 의붓딸을 애지중지하면서 자신이 데리고 놀다가 가엾다 여겨지니 고지식하여 바람 한번 피우지 않을 것 같은 검은 턱수염 우대장을 꼬드겨 사위로 삼아서는 비위를 맞추고 있으니, 이 얼마나 심한 처사입니까."

"아아, 듣기가 괴롭습니다. 세간에서 명망이 높은 겐지 대신을 꼬집어 그리 마음대로 지껄이며 험담을 하여서야 쓰겠습니까. 현명하신 분이니 전부터 이런 식으로 복수를 하려고 꾸미고 있었던 게지요. 이렇게 미움을 산 것이 내 잘못이요 불행입니다. 겉으로는 아무렇지도 않게 대하면서 속으로는 스마 시절의 은혜와 원망을 갚으려, 어떤 이는 세워주고 어떤 이는 떨어뜨리고, 실로 교묘하게 빠짐없이 보은과 복수를 하고 있는 듯합니다. 그러나 내가 무라사키 부인의 아비이기에 이렇듯 평판이 자자하도록 성대하고 과분하게 쉰 살 축하연을 베풀어주지 않았습니까. 이러하니 그 일을 평생의 명예로 알고 만족하는 것이 좋을 겝니다."

부인은 그 말을 들으니 점점 더 화가 치밀어 저주의 말을 쏟아붓었습니다. 식부경의 부인이야말로 그 성품이 감당하기 어려운 분이었습니다.

검은 턱수염 우대장은 부인이 사가로 떠났다는 소식을 듣고는 이렇게 생각하였습니다.

'대체 무슨 영문인지 모를 일이로구나. 마치 젊은이들끼리 말다툼이라도 한 것처럼 앙갚음을 하다니. 스스로는 성급하고 단호하게 집을 떠날 성격이 아닌데, 식부경이 경솔하게 일을 처리하였구나.'

자식들 일도 있고 세상 체면도 서지 않는 터라 생각다 못한 나머지 다마카즈라 아씨에게 이렇게 말하고 돌아갔습니다.

"참으로 성가신 일이 벌어진 듯합니다. 오히려 후련하고 편하게 되었다 싶은 마음도 있으나, 그 사람은 같이 살아도 집안 구석에 틀어박혀 있는 얌전한 사람입니다. 그런 것을 식부경이 갑작스럽게 일을 그리 처리한 게지요. 이대로 그냥 있으면 세상 사람들이 일방적으로 나를 나쁜 사람이라 여길 듯하니 잠시 다녀와야겠습니다."

훌륭한 포에 아래 겹옷, 쥐색 얇은 직물의 바지를 입은 검은 턱수염 우대장의 모습이 무척 당당하게 보였습니다. 시녀들은 어찌하여 이런 분이 다마카즈라 아씨에게는 어울리지 않으랴 하고 이상히 여기는데, 아씨 본인은 그런 번거로운 얘기를 들으니 더욱 자신의 신세가 한심하게 여겨져 대장에게는 눈길도 돌리지 않습니다.

검은 턱수염 우대장은 식부경에게 불만을 토로하러 나서면서 우선 자신의 집으로 돌아갔습니다. 모쿠가 맞으러 나와 경위를 소상하게 전하였습니다. 딸이 슬퍼하며 떠났다는 말을 듣고는 남자답게 참고는 있는데도 눈물이 절로 뚝뚝 떨어지니, 그 모습이 안쓰러워 보입니다.

"지금까지 오랜 세월을 괴이한 병에 걸려 염치없는 언동을 일삼았던 그 사람을 너그럽게 용서하며 살아왔는데, 결국은 내 마음을 알아주지 않은 게로구나. 분방한 남자 같았으면 절대 데리고 살지 않았을 터인데. 이제는 어쩔 수 없는 일, 그 사람은 어차피 병자이니 어떻게 되든 마찬가지 일이다. 그건 그렇고 어린아이들을 어찌할 셈인고."

이렇게 한숨을 쉬고 탄식하며 노송나무 기둥을 보니, 필적은 어리나 읊은 노래에는 딸의 마음이 절절하게 드러나니 가엾고 그리운 마음을 견딜 수 없어 눈물을 닦으면서 식부경의 댁으로 향하였습니다. 그러나 부인은 얼굴조차 내보이지 않았습니다.

"대장이 시세에 아부하는 것은 어제오늘 시작된 일도 아니니, 지난 몇 년 동안 다마카즈라 아씨에게 얼이 빠져 지낸다는 소문을 들은 것이 여러 차례입니다. 지금 와서 어찌 개심할 날을 기다릴 수 있겠습니다. 그래 보았자 앞으로 더욱 미친 듯이 한심한 그대의 꼴만 드러나게 될 터이지요."

식부경이 딸에게 이런 의견을 피로하는 것도 당연한 일입니다.

"어른스럽지 못한 처사입니다. 거둬야 할 아이들도 있으니 하고 대수롭지 않게 여겼던 저의 게으름을 무슨 말로 사과를 드려야 할지 모르겠으나, 지금은 그저 너그럽고 관대하게 보아주세요. 제가 더 이상 변명의 여지가 없을 정도라고 세상이 인정한 후에 일을 처리하는 것이 좋을 듯합니다."

검은 턱수염 우대장은 빈곤한 변명을 늘어놓습니다.

"딸자식이라도 만나게 하여주십시오."

허나 식부경은 끝내 불러주지 않았습니다.

열 살이 된 사내아이는 궁중에 출사하고 있는 동전상입니다. 얼굴 생김은 그다지 뛰어나지 않으나 행동거지가 귀엽고 영리하고 눈치가 빨라 인기도 많고, 분별력도 있습니다.

둘째 아들은 여덟 살로 누나를 많이 닮았는데, 어린 나이에 어미와 떨어지니 가엾기 그지없어 대장은 이 아들의 머리를 쓰다듬으면서 눈물을 흘립니다.

"앞으로는 너를 누나라 여겨야겠구나."

식부경을 직접 만나고 싶다 청하나 감기에 걸려 요양을 하고 있다 하니 어쩔 수 없이 집으로 돌아갔습니다.

어린 아들 둘을 수레에 태워 길을 떠났으나 다마카즈라 아씨에게로 데리고 갈 수는 없는 일이라 집에 남겨두었습니다.

"역시 이곳에 있는 것이 좋겠구나. 만나러 오더라도 거북할 일이 없으니."

형제가 불안하고 슬픈 표정으로 가만히 아버지를 배웅하는 모습이 너무 가여워 걱정거리가 하나 더 늘었다는 생각이 듭니다. 그럼에도 다마카즈라 아씨의 빼어난 아름다움과 훌륭함은 귀신에 씌인 괴상한 몰골의 부인과 비교할 바가 아니니, 오직 아씨 하나로 위로를 삼습니다.

그 후 검은 턱수염 우대장은 부인에게 소식 한 자락 보내지 않았습니다. 지난번에 거북한 꼴을 당한 것을 빌미로 편지 한 장 보내지 않는 듯하니 식부경은 심히 못마땅한 처사라고 한탄합니다.

무라사키 부인 역시 그렇게 옥신각신하였다는 소식을 전해 듣고 한탄을 합니다.

"그런 일로 나마저 원망을 사게 되었으니 참으로 곤욕스럽습니다."

"난감한 일이구려. 나 혼자 힘으로는 어떻게 할 수 없는 것이 인간관계인데, 폐하께서도 이 일로 나를 못마땅하게 여기시는 듯합니다. 반딧불 병부경도 나를 원망하고 있다 들었는데, 과연 신중한 분인 만큼 전후 사정을 듣고 충분히 이해를 하고는 나에 대한 원망을 풀었다 합니다. 역시 남녀 사이란 아무리 비밀을 지키려 해도 언젠가는 드러나는 법이니, 우리 쪽에는 그리 괴로

위할 실책은 없으리라 생각합니다."

겐지는 무라사키 부인에게 이렇게 말하였습니다.

이렇게 복잡하게 얽혀드니 다마카즈라 아씨는 기분이 갤 날
없이 침울해져 있습니다. 검은 턱수염 우대장은 그런 아씨를 어
여삐 여겨 갖가지로 신경을 씁니다.

'상시로 입궁하기로 한 건도 내가 방해를 하여 중지되었으니,
행여 두 마음을 먹은 것은 아닐까 폐하께서도 의심하고, 대신들
도 불쾌하게 여길 터이지. 공직에 있는 여인을 아내로 맞은 사
람이 없는 것은 아니나.'

대장은 마음을 고쳐먹고, 해가 바뀌자 다마카즈라 아씨를 궁
으로 들게 하였습니다.

그해에 남답가가 있었는데, 그 시기에 맞춰 성대한 의식을 치
르고 다마카즈라 아씨는 궁으로 들어갔습니다. 겐지 대신과 내
대신이 뒷배를 봐주고 있는데다 검은 턱수염 우대장의 위세까
지 더해지고, 유기리 중장도 자상하게 마음을 쓰고 있습니다.
이를 계기로 내대신 집안의 형제들도 모여들어 정성을 다하여
아씨를 보살피니 실로 경하스러운 일이었습니다.

궁중에서는 승향전 동쪽에 있는 방이 처소로 정해졌습니다.
서쪽에는 식부경의 딸인 여어가 거처하고 있습니다. 두 방 사이
에 복도가 있을 뿐인데 두 분의 마음은 한참이나 멀리 떨어져
있겠지요.

레이제이 제의 여어들은 폐하의 총애를 얻으려 앞을 다투고 있으니, 후궁은 너나 할 것 없이 운치가 있고 멋스러운 시절이었습니다.

각별한 신분이 아닌 갱의는 그리 많지 않습니다. 아키고노무 중궁과 고키덴 여어, 식부경의 여식, 좌대신의 여어 등이 줄지어 있고, 그 외에는 중납언과 재상의 딸 둘이 폐하를 모시고 있었습니다.

남답가 때에는 사가 사람들도 이분들을 찾아와 구경을 하였습니다. 평소와는 다른 풍취가 있고 흥겨운 구경거리인지라 한껏 멋을 내고, 화사한 소맷자락을 겹겹이 내보이도록 몸단장을 하였습니다.

검은 턱수염 우대장의 여동생인 동궁의 어머니 여어도 눈이 부시도록 치장을 하였고, 동궁은 아직 열두 살의 어린 나이인데도 당대풍으로 화려하고 아름답게 꾸미고 있습니다.

남답가 일행이 천황의 어전에서 아키고노무 중궁전을 돌아 주작원을 도는 동안 어느덧 밤이 깊었는데, 육조원에서는 올해는 행사가 거창하다 하여 사양하였습니다. 하늘이 희미하게 밝아오는 새벽녘, 술에 취해 모두 사이바라의 「다케 강」을 노래하고 있습니다. 보아 하니 내대신의 자식들이 네댓 있는데, 전상인 가운데에서도 특히 목소리가 좋고 용모도 훤칠하여 실로 가상하게 보입니다.

그 가운데에서도 특히 동자 전상인인 여덟째 아들은 정부인이 낳은 자식으로, 내대신은 이 아들을 금이야 옥이야 소중하게 키우고 있습니다. 실로 그 모습이 사랑스러운데 검은 턱수염 우대장의 첫째 아들과 나란히 있는 모습을 보니, 다마카즈라 아씨도 지금은 친동생인 줄 아는 터라 눈길이 떨어지지 않았습니다.

궁중 생활에 익숙한 고귀한 신분의 다른 여인들보다 이 다마카즈라 아씨의 처소에 있는 궁녀들의 소맷자락과 그 분위기가 한층 세련되고 현대풍이니, 같은 색상에 같은 소맷자락인데도 한결 화사한 느낌이 듭니다. 다마카즈라 아씨 자신이나 시녀나 이렇듯 화려한 기분으로 당분간은 궁중에서 지내고 싶은 마음이 들었습니다.

답가를 춘 사람들에게는 공히 솜이 선물로 하사되었는데, 다마카즈라 쪽에서 내린 솜은 그 색상이나 향기에도 각별한 취향이 살아 있었습니다. 이곳에서는 답가를 춘 사람들에게 술과 밤참을 대접하였는데, 궁녀들은 활기차게 정해진 대로 접대 준비에 만반을 기하고 있습니다. 모든 준비는 검은 턱수염 우대장이 진두지휘를 하였습니다.

검은 턱수염 우대장은 궁중의 숙직소에서 종일을 대기하였습니다. 다마카즈라 아씨에게 보낸 편지에는 이렇게 씌어 있었습니다.

'밤이 되면 하직을 하고 퇴궁을 합시다. 이참에 이대로 궁중에 눌러 살겠노라 마음이 변할까 걱정스러우니.'

같은 말로 여러 번 채근을 하나 아씨는 대답조차 하지 않습니다.

"겐지 대신께서 성급하게 퇴궁하지 말라 하셨습니다. 힘들여 출사를 하였으니 폐하께서 만족하실 때까지 머물러 있다가, 허락이 있은 연후에 퇴궁을 하라 하셨으니 오늘 밤 퇴궁을 하라 하시는 것은 지나친 처사가 아닐까 합니다."

아씨를 모시는 시녀들이 이렇게 말하니 검은 턱수염 우대장은 견딜 수 없이 괴로웠습니다.

"그만큼 간절하게 말씀을 드렸는데. 참으로 우리 부부 사이가 내 뜻 같지 않구나."

검은 턱수염 우대장은 이렇게 실망하며 한탄하였습니다.

병부경은 천황 앞에서 펼쳐지는 관현놀이에 우연히 참가하게 되었는데, 마음은 다마카즈라 아씨의 처소에 가 있으니 끝내 참지 못하고 편지를 보냈습니다.

검은 턱수염 우대장은 근위부 대기소에 있는지라 시녀는 대장이 보내는 편지인 것처럼 아씨에게 전하였습니다. 아씨 역시 대장이 보낸 편지인 줄로만 알고 시큰둥하게 펼쳐보았습니다.

깊은 산속 나뭇가지에
사이좋게 둥지를 틀고
잠을 자는 듯한
그대들 두 분이

더없이 샘나는 봄입니다

"그 새 지저귀는 소리가 마음에 걸려."

　편지에는 이런 노래와 글귀가 적혀 있어 다마카즈라 아씨는 얼굴을 붉히고 답장을 보낼 수 없어 난감해하던 참에 폐하께서 건너왔습니다.

　청명한 달빛 아래 폐하의 얼굴은 비할 바 없이 아름다우니, 겐지의 모습을 하나에서 열까지 꼭 빼닮았습니다. 이렇듯 아름다운 분이 세상에 또 있었다니, 하고 다마카즈라 아씨는 감탄을 금하지 못합니다. 겐지의 사랑이 깊다고는 하나 양부가 되어 연애 감정을 토로하여 성가시고 괴로웠는데, 폐하의 마음에는 그렇게 한탄하고 괴로워하여야 할 걱정이 있을 리 없습니다.

　폐하께서는 자상한 말투로 뜻밖의 결혼을 하고 만 다마카즈라 아씨에게 원망을 털어놓습니다. 다마카즈라 아씨는 얼굴도 들지 못할 만큼 부끄러워 부채로 얼굴을 가리고 대답조차 제대로 하지 못하고 있습니다.

"그렇게 아무 말이 없으니 이상합니다. 이번에 3위의 품계를 내린 것을 보아서도 내 마음을 잘 헤아렸으리라 여겼는데, 마치 아무것도 모르는 표정을 짓고 있으니 애당초 그런 성품이었나 봅니다."

　어찌하여 이렇듯

만나기조차 어려운 그대에게
3위의 보랏빛 옷을 내릴 만큼
마음을 빼앗기고 말았는지

"우리 둘 결국은 깊은 사이가 될 수 없는 인연이었을까요."
이렇게 말씀하는 모습이 너무도 젊고 아리따우니 부끄러워
몸 둘 바를 모를 지경입니다. 천황이라고는 하나 겐지와 어디가
다른지 분별할 수 없을 만큼 닮은 터라 마음을 가라앉히고 대답
하였습니다. 입궁한 지 얼마 되지도 않아 쌓은 공로도 없는데
3위의 품계를 내려준 것에 대한 고마움을 노래로 읊은 것일까요.

무슨 영문으로
이렇듯 3위의 보랏빛 옷을
내리셨는지
깊은 애정 때문인 줄은
꿈에도 몰랐습니다

"지금부터는 그렇게 새기고 섬기겠나이다."
폐하께서는 싱긋 웃으며 투정을 부리듯 합니다.
"지금부터 알아준다고 해야 소용없는 일이지요. 나의 진정을
들어주는 사람이 있다면 그 사람에게 나의 마음이 억지인지 아
닌지 묻고 싶습니다."

폐하의 그런 모습이 너무도 진지하여 다마카즈라 아씨는 어떻게 대처하면 좋을지 몰라 그저 난감하고 견딜 수 없으니, 앞으로는 고분한 태도를 절대 보이지 않으리라, 남녀 사이란 참으로 성가신 것이라고 생각합니다. 그러고는 고리타분하고 딱딱한 표정으로 자리만 지키고 있으니 폐하께서는 마음대로 농담조차 걸지 못하나, 이러다 보면 점차 궁중 생활에도 익숙해질 것이니 태도도 유순해질 것이라고 생각하였습니다.

검은 턱수염 우대장은 폐하께서 다마카즈라 아씨의 처소로 걸음을 하였다는 소식을 듣고는 조바심이 나서 견딜 수가 없는지라 어서 퇴궁을 하라고 열심히 채근을 합니다. 다마카즈라 아씨 역시 이대로 있으면 폐하의 사랑을 얻는 분에 맞지 않는 사태가 벌어질 듯하여 느긋하게 있을 수도 없으니, 퇴궁할 그럴싸한 구실을 짜내고 아버지인 내대신도 폐하께 말을 잘 전하여 간신히 퇴궁해도 무방하다는 허락을 받았습니다.

"그렇다면 어쩔 수 없는 일. 이 일로 염증이 나서 두 번 다시 입궁을 하지 않겠노라 해도 난감한 일이니. 허나 나로서는 참으로 안타까운 일이다. 누구보다 먼저 그대를 마음에 품었는데, 뜻하지 않은 사람에게 빼앗겨 지금은 그 사람의 비위를 맞추게 되었으니. 그 옛날 사랑하는 이를 빼앗긴 아무개의 예가 떠오르는 심정이다."

폐하께서는 이렇게 말하며 예상치 못한 결과가 된 것을 분하게 여겼습니다.

다마카즈라 아씨를 실제로 보니 소문으로 들은 것보다 한결 아름다워, 애당초 그런 마음이 없었다 해도 그대로 놓아주기가 어려웠겠지요. 하물며 일이 이렇게 되었으니 아쉬움이 가시지 않고 질투심도 나니 그저 유감스러울 따름입니다. 허나 폐하께서는 다마카즈라 아씨가 일시적인 충동이라 여겨 멀리하면 어찌할까 걱정스러우니, 다정하게 애정을 담아 장래의 일도 여러 가지로 약속하며 자신에게 정을 붙이게 하려 합니다.

다마카즈라 아씨는 그저 황공할 따름이라 폐하께서 말하는 옛이야기의 여자가 '실제로 누구와 인연을 맺었는지 기억이 없을 만큼, 마치 꿈길을 헤매는 듯한 나인데'라고 노래한 것과 비슷한 기분으로 난감하여 어쩔 줄을 모릅니다.

두 대신가에서 마중을 하러 나온 사람들은 손수레를 대어놓은 채 기다리다 지쳐버렸습니다.

검은 턱수염 우대장까지 주변을 맴돌며 채근을 하도록 폐하께서는 다마카즈라 아씨 곁을 떠나지 않았습니다.

"이토록 엄중하게 경비를 하다니 성가셔서 견딜 수가 없구나. 아무리 근위의 관인이라 하여도 그렇지."

폐하께서는 이렇게 짜증스러워하였습니다.

겹겹이 안개가 가로막고 있으니
그윽한 매화향조차

풍기지 않는구나

　　그 사람이 앞을 가로막아

　　그대 또한 궁중에는 발길을 하지 않을 터인가

　재주는 엿보이지 않는 노래이나 폐하의 모습을 눈앞에 보며
듣는지라 사뭇 운치 있게 느껴졌겠지요.

　"'봄의 들이 마음에 들어 하룻밤을 묵고 말았네'라는 옛 노래
처럼 그대와 나 이곳에서 밤을 밝히고 싶으나, 그대를 놓칠까
안달하는 사람에게는 안된 일이니. 그런데 앞으로는 어떻게 편
지를 보내면 좋겠소."

　폐하께서 이렇듯 조급하게 구니 다마카즈라 아씨는 그저 분
에 넘치는 일이라고 생각합니다.

　　이 정도의 편지라면

　　부른 바람에 띄워 보내세요

　　다른 후궁들의 아름다움에는

　　도저히 미치지 못할

　　나이지만

　전혀 상대를 하지 않으려는 태도는 아니니 폐하께서는 다행
스러이 여기면서도 아쉬움에 뒤를 돌아보면서 돌아갔습니다.

　검은 턱수염 우대장은 오늘 밤 이대로 다마카즈라 아씨를 자

신의 집으로 데리고 갈 작정이었으나, 미리부터 부탁을 하면 허락이 떨어지지 않을 듯하여 당일이 되어서 불쑥 청하였습니다.

"갑작스럽게 감기에 걸려 몸이 무거워 마음 편한 집에서 정양을 하고자 합니다. 그동안 부부가 떨어져 있으면 걱정이 앞서니."

이렇게 적당한 핑계를 둘러대고 다마카즈라 아씨를 집으로 데려갔습니다.

아버지 내대신은 너무도 갑작스러운 일이라 격식에 맞는 의식도 치르지 않고 거둬가는 것이 지나친 처사는 아닌가 하고 생각하였으나, 그 정도 일로 구태여 불평을 하며 방해하는 것은 검은 턱수염 우대장의 심기를 어지럽힐 뿐이라고 생각하고 이렇게 대답하였습니다.

"좋으실 대로 하시지요. 애당초 내 뜻대로 할 수 있는 사람도 아니니."

겐지는 이 갑작스러운 사태를 본의 아닌 일이라 생각하나 손쓸 도리가 없었습니다.

다마카즈라 아씨도 예기치 않은 방향으로 나부끼는 소금 굽는 연기처럼, 검은 턱수염 우대장과의 결혼을 두고두고 한심한 일이라 여겼습니다. 다만 검은 턱수염 우대장 혼자만은 마치 소중한 보물이라도 훔쳐온 것처럼 희희낙락하고 있으니, 아씨를 자기 집에 데려다놓은 후에야 안심을 하였습니다.

폐하께서 다마카즈라 아씨의 방에 들어갔던 것을 질투하여 원망을 늘어놓으니, 다마카즈라 아씨는 그것도 마음에 들지 않고 도무지 대장이 품위 없게만 느껴져 대장을 서먹하게 대할 뿐 늘 기분이 언짢아하였습니다.

식부경의 집안에서는 딸을 데리고 오면서 그토록 사위를 비난하였건만 지금은 오히려 곤궁에 빠져 있습니다. 검은 턱수염 우대장이 그 후로는 통 장인의 집을 찾지 않기 때문입니다. 뜻을 이루어 정부인의 자리에 앉힌 다마카즈라 아씨의 비위를 맞추느라 밤낮으로 분주한 탓이지요.

마침내 이월이 되었습니다.

"참으로 대범한 짓을 하였구나. 설마 그 대장이 이렇게까지 일을 단호하게 처리할 줄은 모르고 방심한 것이 분해서 견딜 수가 없어."

겐지는 본의는 아니나 다마카즈라 아씨를 검은 턱수염 우대장에게 넘기고 말아 체면도 서지 않는데다, 아씨 생각이 머리에서 떠나지 않으니 그리움에 몸이 저미는 듯합니다.

"전생의 인연이란 것은 허술히 여길 수 없는 것이거늘, 내가 어리석었던 탓에 이런 마음고생을 하는구나."

겐지는 앉으나 서나 그리운 사람의 얼굴을 떠올리고 있습니다.

검은 턱수염 우대장처럼 운치도 없고 다감하지도 않은 사람과 같이 살면, 가벼운 농담조차 조심스러워 하지 못할 터이니 별 재미도 없을 것이라며 겐지는 자신을 달랩니다.

비가 몹시 내려 따분할 때면, 다마카즈라 아씨의 처소는 따분함을 달래기에 더없이 좋은 장소였습니다. 겐지는 그때의 아씨 모습이 떠올라 편지를 보냈습니다. 우근에게 슬며시 편지를 건네는 한편으로 우근이 어찌 생각할까 염려스러우니, 자세한 속내는 드러내지 못하고 읽는 사람이 짐작하여 알 수 있도록 애매하게 썼습니다.

　　부슬부슬 내리는

　　이 한가로운 봄비에

　　그대는 과연

　　옛 친구인 나를

　　떠올리고 있을지요

"비가 내려 따분할 때면 떠오르는 일마다 원망스러우나 새삼 누구를 원망할 수 있으리."

우근은 검은 턱수염 우대장이 없는 틈을 보아 살짝 편지를 건넸습니다.

다마카즈라 아씨는 편지를 읽고는 눈물을 뚝뚝 흘리며, 시간이 흐르면서 점점 그리워지는 겐지의 모습을 친아버지가 아닌 이상 솔직하게 '그리우니, 어떻게든 만나고 싶다'고 쓸 수는 없는 터라, 어떻게 하면 뵐 수 있을까 하고 궁리하자니 더욱 슬픔이 밀려왔습니다. 때로 겐지가 이쪽이 난처해질 처신을 하여 성가시게 여겼다는 말은 우근에게도 전혀 하지 않은 터라 남몰래 괴로워하였습니다. 우근도 실은 두 사람 사이를 은근히 눈치채고 있었으나, 사실 어느 정도 관계인지는 지금도 정확하게 알지 못합니다.

"답장을 쓰지 않는 것도 예의에 어긋나는 일이니."

다마카즈라 아씨는 그렇게 중얼거리며 답장을 썼습니다.

　처마 끝에서 떨어지는 빗방울처럼

　눈물에 소맷자락 적시면서

　잠시나마 그리운 그대를

　어찌 생각하지 않았겠는지요

"오래도록 뵙지 못한 채 세월이 흐르니 말씀하신 대로 따분함과 외로움이 한층 더하는 듯합니다."

평소의 편지보다 더욱 정중하고 예의를 갖춰 썼습니다. 겐지는 답신을 펼쳐보며, 처마 끝에서 떨어지는 물방울처럼 절로 눈물이 흘러 떨어지는데, 남이 볼까 두려워 아무렇지도 않은 척하지만, 가슴은 그리움으로 메일 듯하였습니다.

그 옛날, 스자쿠 상황의 모후가 오보로즈키요 상시를 만나지 못하게 하기 위해 두 사람 사이를 억지로 떼어놓았던 때의 일까지 생각나나, 지금은 눈앞에서 당장 벌어진 일, 다마카즈라 아씨가 이 세상에서 가장 가엾은 사람으로 여겨져 슬픔에 가슴이 찢어지는 듯하였습니다.

"색을 좋아하는 사람은 스스로 사랑으로 인한 고통을 자초하는 법. 검은 턱수염 우대장의 아내가 되었는데 새삼 또 이 무슨 마음고생이란 말인가. 그 사람은 내게 어울리지 않는 상대였던 것을."

겐지는 단념하려 하지만 그 일이 쉽지 않아 육현금을 퉁기자 다마카즈라 아씨가 부드럽게 퉁겼던 육현금 소리가 절로 떠올랐습니다.

육현금을 가볍게 퉁기며 다마카즈라 아씨를 애틋하게 그리워하니 '연못의 수초 뿌리를 베어내지 말아다오'를 감정이 흐르는 대로 노래합니다. 그 모습을 그리운 분이 본다면 그분 역시 그리움에 틀림없이 마음이 흔들릴 것이라 생각됩니다.

천황 역시 언뜻 본 다마카즈라의 얼굴과 모습이 눈앞에서 아른거리니, '붉은 옷자락 끌며 사라진 그 사람 모습을'이라는 그리 품위 있는 노래는 아니나 늘 즐겨 흥얼거리는 옛 노래를 읊으며 상심에 잠겨 있습니다. 그 후에도 사람들의 눈을 피해 편지는 종종 보냈습니다.

다마카즈라 아씨는 자신의 신세를 한심하고 속절없다 절실하게 생각하니, 가벼운 마음으로 노래를 주고받지도 못하고 속시원하게 대답도 하지 않습니다. 역시 겐지의 자상하고 빈틈 없었던 마음씀씀이가 더없이 고마웠던 나날들이 잊혀지지 않았습니다.

삼월이 되자 육조원의 정원에 등꽃과 황매화 등이 꽃을 피웠습니다. 저녁나절 향긋하고 그윽한 풍경을 바라보면서도 겐지는 한결같은 아름다움으로 이곳에 있었던 다마카즈라 아씨의 모습이 그 누구보다 그리웠습니다. 마음이 그러한 터라 봄의 침전에는 발길도 하지 않고 그 사람이 지냈던 여름의 침전 서쪽 별채에서 정원을 바라봅니다. 오죽 울타리에 황매화가 자연스럽게 기대듯 피어 있는 경치가 사뭇 운치가 있습니다. '치잣빛으로 옷을 물들여'라고 읊조리며 다음과 같이 노래를 지었습니다.

뜻하지 않은 일로
그대와 나
이데 우물로 가는 길처럼
갈라졌으나
지금도 남몰래
황매화 같은 그대를
그리워하고 있느니

"그대의 모습이 눈앞에 아른거리누나."
이렇게 중얼거려보아야 들어주는 이도 없습니다. 겐지는 다마카즈라 아씨가 멀리 떠나버린 사람이라는 것을 새삼 느끼고 있습니다. 참으로 마음의 장난이란 기묘한 것인가 봅니다.

기러기 알이 많이 있는 것을 보고는 마치 굴인 듯 꾸며 슬쩍 다마카즈라 아씨에게 보냈습니다. 편지가 사람들 눈에 띄면 곤란하겠다 싶으니 아주 간단하게 썼습니다.

　"뵙지 못하고 걱정만 하는 사이에 세월은 자꾸 흐르니 너무도 덧없는 일이라 원망이 쌓입니다. 허나 이는 그대의 본의가 아니었다 들었는지라, 웬만한 기회가 없으면 만나기도 어려울 듯 하여 안타까울 뿐입니다."

　마치 아비 같은 투의 편지입니다.

　　같은 둥지에서 깨어난 알이
　　하나 보이지 않으니
　　대체 어떤 사람이
　　그 알에 손을 대었을까
　　시샘이 나네

　"그렇게까지 하지 않아도 마음이 어지럽거늘."

　이렇게 씌어 있는 것을 검은 턱수염 우대장이 읽어보고는 쓴웃음을 짓습니다.

　"결혼한 여자는 모름지기 친가라 하여도 어지간한 일이 없는 한 그리 쉬이 드나드는 법이 아닙니다. 하물며 친아비도 아닌데, 어찌하여 겐지 대신이 툭하면 이렇듯 원망을 하시는 게요."

　대장은 이렇게 투덜거리나 다마카즈라 부인은 얄미운 심정으로 듣고만 있습니다.

"내 손으로는 답장을 도저히 쓸 수 없으니."

부인이 답장 쓰기를 주저하자 대장이 내가 쓰겠노라며 나서 다마카즈라 아씨는 조마조마합니다.

둥지 한구석에서 숨어 자란
친자식 축에도 들지 못하는
기러기 알 같은 의붓딸을
대체 어느 누구에게
돌려주리오

"매우 언짢아하시니 송구할 따름입니다. 이렇게 경솔한 편지를 드리는 것 또한 황망하옵니다."

검은 턱수염 우대장이 이렇게 쓴 글을 보고 겐지는 웃음을 지으며 말하였습니다.

"대장이 이렇듯 풍류에 넘치는 말을 하다니 지금까지 들어본 적 없는 예로구나. 참으로 희귀한 일도 다 있구나."

허나 내심으로는 대장이 이렇게 다마카즈라 아씨를 제 것이라 떵떵거리는 것이 분하고 얄미웠습니다.

검은 턱수염 우대장의 정부인은 세월이 흐르면서 일이 너무도 한심하게 돌아가는 터라, 마음이 울적하여 정신을 잃고 지내는 때가 많아졌습니다.

　대장은 지금도 여전히 무슨 일이든 자상하게 배려해주고 있고, 사내자식들도 전과 다름없이 귀여워하는지라 부인은 완전히 인연을 끊지도 못하고, 경제적인 면에서는 여전히 의지하고 있습니다.

　대장은 딸인 마키바시라를 참을 수 없이 그리워하나 식부경은 절대 만나게 하여주지 않았습니다.

　식부경의 집안에서는 대장을 용서하지 않고 마치 원수처럼 여기며 부모 자식 간을 떼어놓을 궁리만 하니, 딸은 어린 마음에도 불안하고 슬퍼하며 아비만 그리워합니다. 남동생들은 아버지 집을 마음대로 드나드는 터라 다마카즈라 부인에 관한 얘기도 누이에게 자연스럽게 하게 됩니다.

　"우리를 아주 귀여워하고 자상하게 대하여주세요. 풍류를 좋아하고, 종일 많은 것을 하며 즐겁게 지내고 있습니다."

　이렇게 얘기를 전하니 마키바시라는 왜 이처럼 자유롭게 처신할 수 있는 사내로 태어나지 못하였는지 그들이 부러워 한탄할 따름입니다. 정말 어찌 된 일일까요. 다마카즈라 아씨는 남자에게나 여자에게나 근심 걱정을 주는 분입니다그려.

　그해 십일월에 다마카즈라 부인은 남자 아이를 생산하였습니다. 검은 턱수염 우대장은 아들까지 얻으니 원하는 행복을 얻었다고 기뻐하며 아이를 더없이 소중하게 여겼습니다.

그사이의 사연들은 굳이 말씀드리지 않아도 상상이 가겠지요.

아버지 내대신도 다마카즈라 부인의 앞날이 확 트였노라고 매우 기뻐하였습니다. 다마카즈라 부인의 용모는 내대신이 평소 각별히 아끼는 고키덴 여어에 절대 뒤지지 않습니다. 가시와기 두중장도 다마카즈라 부인을 진심으로 흠모하는 누이로 친하게 지내고 있습니다. 그런데도 간혹은 개운치 않은 마음을 보이니, 상시로 입궁을 한 이상 폐하의 아이를 생산하였다면 차라리 좋았을 것을 하고 생각합니다. 귀여운 조카의 모습을 보면서도 두중장은 엉뚱한 말을 합니다.

"폐하께서는 황자가 태어나지 않는 것을 몹시 안타까워하고 계십니다. 이 아이가 만약 황자였다면 얼마나 큰 영광이었겠습니까."

상시로서의 공무는 자택에서 규정에 따라 움직이면 되므로 궁중 출입은 소원해진 것 같습니다. 하기야 그렇게 되는 것이 당연한 일이지요.

그러고 보니 내대신의 딸로 상시가 되기를 그토록 바랐던 오미 아씨는 성격이 그러한데다 요즘은 남녀의 정분에 눈을 떠 색기를 풍기니, 차분하지 못하고 늘 들떠 있는 터라 내대신도 속수무책입니다.

고키덴 여어도 이 사람이 경솔한 실수를 하지는 않을까 걱정이 이만저만이 아닙니다.

"앞으로는 사람들 앞에 절대 나서지 말거라."

내대신이 이렇게 명하였으나 오미 아씨는 들은 척도 하지 않고 싸돌아다닙니다.

어느 때였는지, 전상인 가운데에서도 평판이 좋고 뛰어난 자들이 고키덴 여어전에 모여 악기를 연주하고 박자를 치면서 흥겨운 음악놀이를 펼친 일이 있었습니다. 그런 저녁나절 마음을 부추기는 정취에 유기리 중장도 발 가까이로 나와 앉아 평소와 달리 가벼운 농담을 건네니, 시녀들이 드문 일이라 여기며 역시 다른 분들보다 멋지다고 입을 모아 칭찬하였습니다. 그런 참에 오미 아씨가 시녀들 사이를 헤치고 나타났습니다.

"어머나, 이런."

"아니 이 무슨 짓입니까."

시녀들이 서둘러 안으로 들여보내려 하나 오미 아씨는 심술궂은 눈빛으로 시녀를 쏘아보며 꿈쩍도 하지 않았습니다. 시녀들은 어쩌지를 못하고 난감해하였습니다.

"이러다 엉뚱한 말을 하면 어쩌려고요."

오미 아씨는 하필이면 고지식하고 성실하기로 이름난 유기리 중장을 향하여 이분이야, 이분이라며 침이 마르도록 칭찬을 하니, 그 짜랑짜랑한 목소리가 똑똑하게 들립니다. 시녀들은 어쩔 줄을 몰라 허둥대는데도 큰 소리로 노래를 읊어댔습니다.

바다 한가운데를 떠도는 배처럼

구모이노카리와의 인연이

맺어지지 않았다면

내 그대 곁으로 노 저어 가지요

배 닿는 곳을 알려만 주신다면

"'널빤지도 없는 작은 배가 같은 곳을 왔다갔다하듯 왜 같은
사람을 그리워하는 것일까'라는 노래처럼 언제까지 그분만 생
각하고 있는 겐가요, 어머나 이런."

이렇게 주접을 떠니 유기리 중장은 불쾌하여 견딜 수 없는데
다, 이렇게 무례한 자가 여어의 곁을 모시고 있다니 당치도 않
은 일이라 생각하면서, 소문에 들었던 사람이 바로 이 사람인가
싶어 이런 노래로 답하였습니다.

닿을 곳 없어

바람 부는 대로 떠다니는

뱃사공처럼 허망한 나이나

마음이 없는 곳에는

닿을 수 없지요

오미 아씨는 이런 답가에 마음이 몹시 상하였겠지요.

매화나무 가지

매화나무 가지에 날아와 앉은 꾀꼬리

봄이 찾아와 봄이 찾아와 지저귀고 있건만

아직도 눈은 계속 내리고 눈은 계속 내리고

◆ 사이바라 「매화나무 가지」

※ **제32첩 매화나무 가지(梅枝)**

향을 조합하는 겨루기가 있던 밤의 주연에서 내대신의 아들 변 소장이 사이바라의
「매화나무 가지」를 부르며 흥을 돋운다.

아카시 아씨의 성인식 의례를 준비하는 겐지의 마음씀씀이가 예사롭지 않습니다. 동궁도 같은 이월에 성인식을 치를 예정이니 뒤이어 아씨를 입궁시킬 속내일까요.

정월 말, 공사 모두 한가하여 느긋하게 지낼 수 있는 시기인지라 육조원에서는 향 만들기에 여념이 없습니다. 대재부 대이가 헌상한, 중국에서 왔다는 향을 보아 하니 역시 새것이라 그런지 옛날 것보다 향이 못한 듯합니다. 이조원의 창고를 열어 중국에서 건너온 갖가지 물품을 육조원으로 가져오라 일러 비교해봅니다.

"비단이나 능직물 등은 역시 옛것이 짜임새도 정교하고 운치 있게 만들어졌구나."

겐지는 이렇게 말하며 입궁할 아씨의 세간 덮개와 깔 것, 방석의 테두리를 두를 것 등을 돌아가신 기리쓰보 선황이 살아 계실 당시에 발해사람이 헌상한 직물과 비단 등이 요즘 것과 비교하여 오히려 품질이 낮다 하며 각 용처에 알맞게 골라내었습니다.

이번에 대이가 헌상한 직물과 얇은 비단은 시녀들에게 나누어 주었습니다.

몇몇 향나무는 옛것과 요즘 것을 나란히 갖추어 시녀들에게 나누어 주면서 이렇게 일렀습니다.

"두 종류를 조합하도록 하거라."

당일 참가한 손님에게 내릴 선물, 상달부에게 내릴 녹 등은 더할 나위 없이 훌륭해야 하니 육조원 안팎을 두루 살펴 준비에 만반을 기합니다. 각 부인들의 처소에서도 고르고 고른 향나무를 조합하고 있어 향나무를 가루로 만드는 공이 소리가 도처에서 시끄럽게 들려옵니다.

겐지는 무라사키 부인과 떨어져 육조원 침전에 홀로 틀어박히니, 조와 시대에 닌묘 제가 남자들에게는 전수하지 않았다는 두 가지 비전의 조합법을 사용하여 열심히 향을 조합하고 있습니다. 그런데 과연 그 비법이 겐지에게는 어떻게 전해졌을까요.

무라사키 부인은 동쪽 별채에서 남북을 가르는 칸막이를 거둔 후에 안쪽 깊숙한 곳에 자리를 마련하여 향을 조합하고 있습니다. 무라사키 부인은 팔조 식부경의 비전에 따라 향을 조합하고 있으니, 서로 경쟁하듯 그 비밀을 엄중히 지키고 있습니다.

"향의 깊고 옅음으로도 승부가 가려지겠지."

겐지가 이렇게 중얼거리니, 자식이 있는 아비 같지 않을 정도로 경쟁심을 불태우고 있습니다. 두 분 다 곁을 모시는 시녀들조차 가까이 오지 못하게 합니다. 아씨가 입궁할 때 가지고 갈 세간도 아름답고 좋을 것을 골라 갖추었는데, 그 가운데에서도 향호를 담는 상자의 모양, 항아리의 자태, 향로의 세공 등 어느 것 하나 흔한 것은 없었습니다. 그러니 부인들이 현대풍으로 신선한 취향을 살려내는 데 고심하여 조합한 향들 가운데 향이 가장 좋은 것을 골라 담으려고 합니다.

이월 십일, 봄비가 부슬부슬 내립니다. 침전 바로 앞에 한창 피어 있는 홍매꽃이 그 색깔이며 향기가 비할 데 없이 아름답습니다. 그때 반딧불 병부경이 육조원을 찾아왔습니다. 성인식이 오늘내일로 임박한 터라 안부라도 물을까 하여 온 것입니다. 예부터 두 사람은 각별히 사이가 좋은 형제였는지라, 홍매를 바라보며 스스럼없이 이런저런 의논을 하는 자리에 아사가오 전 재원이 보낸 편지가 왔습니다. 그 편지는 꽃이 드문드문 떨어진 매화 가지에 묶여 있었습니다.

병부경은 전부터 겐지가 이분에게 집착하고 있다는 것을 소문으로 알고 있는 터라 관심을 보였습니다.

"그쪽에서 일부러 편지를 보내다니 무슨 내용일까요."

"실은 무례한 부탁을 드렸는데 고맙게도 서둘러 향을 만들어 보낸 모양입니다."

겐지는 이렇게 말하며 편지는 숨겨버렸습니다.

침향목 상자에 유리 향호가 두 개 들어 있고, 커다랗고 동그란 향이 들어 있습니다. 파란 유리 향호는 오엽송 가지로, 하얀 유리 향호는 매화 가지로 장식하였고, 묶여 있는 장식줄은 부드럽고 우아합니다.

"참으로 세련된 솜씨입니다."

병부경은 감탄하며 이렇게 말하였습니다.

꽃 떨어진 나뭇가지처럼
한물간 내게는
걸맞지 않은 향이나
아씨의 소맷자락에 스치면
그윽한 향내를 풍기겠지요

병부경은 아사가오 전 재원이 옅은 먹으로 어렴풋하게 쓴 노래를 소리 내어 읊었습니다.

유기리 중장은 아사가오 전 재원의 사자를 찾아내어 술을 잔뜩 먹였습니다. 그리고 홍자색 중국 비단으로 지은 평상복과 여인들의 옷가지를 답례품으로 내렸습니다.

또 정원에 있는 홍매 가지를 꺾어 답장을 묶어 보냈습니다.

"답신을 뭐라 썼는지 몹시 궁금하군요. 무슨 비밀이 있어 그리 숨기는 것인지요."

병부경은 이렇게 투덜거리며 편지를 읽고 싶어합니다.

"무슨 비밀이 있겠소이까. 숨기다니요, 공연한 의심입니다."

겐지는 이렇게 말하며 붓을 든 김에 노래 한 수를 곁들였습니다.

그대는 자신을 꽃 떨어진
나뭇가지라 하나
나는 그 나뭇가지에 더욱 마음이 끌리니
사람들이 알아챌까
감추고는 있어도

"향을 가지고 이렇게 소동을 피우는 것이 유별나다 여겨질 수도 있으나, 하나밖에 없는 딸자식의 일이라 이렇게 하는 것이 아비로서 마땅하지 않을까 생각하여. 볼품없는 딸자식이라 친분이 없는 사람에게는 허리끈을 묶는 역할을 부탁하기도 어려워 중궁을 퇴궁하게 하여 부탁할까 합니다. 중궁과는 허물없이 친근하게 지내고 있으나 이쪽이 부끄러워질 만큼 취미가 고상한 분인지라, 남들만하게 그냥저냥 준비를 해놓고 오시라 하면 황공한 일일 듯하여."

겐지가 이렇게 말하자 병부경도 찬성하였습니다.

"중궁의 행운을 본받기 위해서라도 반드시 그렇게 해야겠지요."

겐지는 부인들에게 심부름꾼을 보내어 조합한 향을 보내라고 전하였습니다.

"비가 부슬부슬 내리니 잘되었습니다. 오늘 저녁 향을 시험하여보도록 합시다."

부인들은 온갖 취향을 살려 조합한 향을 겐지에게 보냈습니다.

"이 향의 우열을 가늠해보시게나. '그대 말고 누구에게 보이리'라는 노래처럼 그대 말고는 부탁할 사람이 없으니."

겐지는 병부경에게 이렇게 부탁하고, 향로를 몇 개 가져오라 일러 향을 시험하여봅니다.

병부경은 '그대 말고 누구에게 보이리'라는 노래의 아랫구절인 '색이며 향은 아는 사람이 알아보니'를 흉내내어 겸허하게 이렇게 말하였습니다 .

"나는 '아는 사람'도 아니거늘."

뭐라 형용할 수 없는 향이 피어오르는데, 조합에 따라 연기가 너무 피어오르거나 부족한 아주 미세한 결함까지 맡아내 철저하게 우열을 가렸습니다.

겐지는 자신이 조합한 향을 이제야 꺼내놓습니다. 궁중에서는 우근위부 대기소 근처 개울이 흐르는 곳에 향을 묻어두곤 하는데, 그것을 본받아 육조원 서쪽 건널복도 아래를 흐르는 냇물가에 묻어두었던 향을 고레미쓰 재상의 아들 병부위가 파내어 들고 오니 그것을 유기리 중장이 이어받아 겐지에게 건넸습니다.

"이거 참 어려운 역할을 맡았습니다. 오오, 이 연기."

병부경은 이렇게 말하며 곤란해하였습니다.

향의 조합법은 같은 처방이 사방으로 전파되었을 터인데, 각자가 조합한 향의 냄새를 맡아보면 향의 짙고 옅음에 차이가 있어 상당히 흥미롭습니다.

우열을 가릴 수 없는 가운데 그리 겸손하게 굴었던 아사가오 전 재원의 '흑방'이 역시 그윽하고 차분한 향을 피우니 각별하다 아니할 수 없습니다. '시종'향이 한결 우아하고 부드러운 향내가 난다고 판정하였습니다.

무라사키 부인은 세 종류의 향을 내놓았는데 특히 '매화'가 세련되고 화사하면서도 다소 자극적인 냄새가 섞여 있어 지금까지 없었던 신선함을 풍겼습니다.

"마침 이 계절 봄바람에 실려 피우기에는 이보다 더 좋을 것이 없을 듯합니다."

병부경은 무라사키 부인이 조합한 향을 극찬하였습니다.

여름 침전의 하나치루사토는 많은 사람들이 경쟁을 하니 애써 많은 종류를 내놓을 것도 없다면서 남들처럼 연기를 피우지도 않고 여름 향인 '하엽' 한 종류만을 조합하였습니다. 그런데 그 향이 취향이 남다른 은은한 향내를 피우니 가슴에 스미는 듯 부드러운 느낌이 듭니다.

겨울 침전의 아카시 부인은 계절에 어울리는 향이 따로 정해져 있는지라, 이 봄에 정해진 대로 겨울의 향을 조합하는 것은 평범한 일이라 여기며 여러 가지로 머리를 짜내었습니다. 훈의 향의 조합법 가운데 전 스자쿠 상황의 비법을 지금의 스자쿠 상황이 이어받아, 조합향의 명인 미나모토노 긴타다 조신이 음미하며 만들어낸 '백보방'이라는 훌륭한 향이 있습니다. 아카시 부인은 그 향에서 영감을 얻어 세상에서 보기 드문 우아하고 요염한 향내를 피우는 향을 조합하였습니다.

병부경은 아카시 부인의 취향이 참으로 고상하다 칭찬하고는, 모두 우열을 가릴 수 없이 뛰어나다는 판정을 내렸습니다.

"누구에게나 잘 보이려 하니 그리 좋은 식별자는 못 되는군요."

겐지는 이렇게 병부경을 놀렸습니다.

달이 떠오르자 술을 마시며 옛이야기를 나누었습니다. 안개가 자욱하게 낀 것처럼 그윽한 달빛 아래, 비를 뿌리고 간 바람이 살랑살랑 불어오는 가운데 홍매 향이 은은하게 풍기고, 침전 주위로는 형용할 수 없는 향내까지 떠다니니 사람들은 마치 황홀경에 빠진 듯 푸근한 기분이었습니다.

장인의 대기소에는 전상인들이 모여 내일의 관현놀이에 대비하여 연습을 하느라 금의 줄을 맞추고 기둥을 세우는 등 분주합니다. 아름다운 젓대 소리도 사방에서 들려옵니다.

내대신 집안의 가시와기 두중장과 변소장 등도 다녀갔노라는 기록만 남기고 돌아가려는 것을 겐지가 만류하며 칠현금을 내오게 하였습니다.

병부경 앞에는 비파가, 겐지 앞에는 쟁이, 가시와기 두중장 앞에는 육현금이 놓였습니다. 화려한 음색으로 줄을 퉁기기 시작하니 합주의 울림이 무척이나 유쾌하게 들립니다.

유기리 중장은 젓대를 불고 있습니다. 지금 계절에 어울리는 봄의 선율로 하늘까지 울리듯 청명한 소리를 냅니다. 변소장이 박자를 치며 사이바라의 「매화나무 가지」를 부르기 시작하였는데, 그 모습이 참으로 풍취가 있습니다. 어렸을 적 운 맞히기를 하는 자리에서 「다카사고」를 불렀던 이가 바로 이분이었습니다.

병부경과 겐지도 옆에서 노래에 가세하니 정식 행사는 아니어도 풍류와 흥에 넘치는 밤입니다.

병부경이 겐지에게 술잔을 건네며 시 한 수를 읊었습니다.

전부터 마음이 끌렸던

홍매화 핀 곳에

마치 꾀꼬리처럼 아리따운 목소리로

「매화나무 가지」를 노래하는 소리 들으니

내 마음도 하늘을 날아다니는 듯하여

"'꽃이 지지 않으면 천년이고 이곳에 머물 듯하여'라는 옛 노래가 있듯이 천년이라도 살 수 있을 것 같습니다."

올봄에는
꽃의 색과 향이
그대의 몸에 배이도록
꽃이 풍성한 우리 집 문전을
쉼 없이 찾아주기를

겐지는 이런 노래로 답하였습니다.
겐지가 술잔을 가시와기 두중장에게로 돌리자 중장은 술을
받아 마시고 다시 유기리 중장에게 권합니다.

꾀꼬리가 둥지 삼은
매화나무 가지가 휘도록
밤 새워 그대의
아름다운 젓대 소리에 젖어들고 싶으니

가시와기 두중장이 노래하자 유기리 중장은 또 이런 노래로
답하였습니다.

꽃이 떨어질세라
바람마저 조심스레 지나간다는
이 매화나무에
어찌 젓대 소리 함부로

울려댈 수 있으리

"꽃을 떨어뜨리게 하는 것은 못할 짓이지요."
유기리 중장의 말에 모두 웃었습니다.

안개가 자욱하지 않아
달과 꽃 사이를 갈라놓지 않는다면야
달빛의 밝음에
둥지에 든 새도 아침이라 착각하여
지저귀기 시작하겠지요

변소장은 또 이렇게 노래하였습니다.
병부경은 날이 밝도록 겐지와 함께 지내다가 새벽녘에야 돌
아갔습니다. 겐지는 병부경에게 드리는 선물로 평상복 한 벌과
아직 열어보지도 않은 향호를 두 개 곁들여 수레로 배달하였습
니다.

이 꽃향기 그윽한 두 항아리를 받아든
소맷자락에 향이 배어 돌아가면
여인과 밤을 지새우고 온 것이 아닌가 하여
아내가 의심을 하겠지요

병부경이 노래하자 겐지는 웃으면서 이렇게 말하였습니다.

"그것 참 공연한 걱정을 하십니다."

겐지는 소에 수레를 매는 동안 또 노래를 읊었습니다.

　밤의 비단이 아니라 꽃의 비단을

　입고 돌아가면

　집에서 기다리는 부인도

　신기한 일이라며

　보기 좋다 흐뭇해하겠지요

"부인께서도 흔히 있는 일이 아니라 여기겠지요."

병부경은 겐지의 농담에 두 손을 들었다는 듯 씁쓸하게 웃었습니다. 사실 병부경은 독신이니까요. 병부경에 이어 다른 사람들에게도 그리 대단하지는 않아도 평상복과 소례복을 선물로 내렸습니다.

다음날, 겐지는 저녁 여덟 시경에 서쪽 침전을 찾았습니다. 중궁의 침전 서쪽 별채를 성인식 장소로 꾸몄습니다. 머리를 올려주는 역할을 맡은 내시들은 직접 식장으로 향하였습니다.

이 기회에 무라사키 부인도 중궁을 처음으로 뵈었습니다. 부인들의 수많은 시녀가 대기하고 있는 듯합니다. 한밤 열두 시에 아씨는 성인식 예복을 입었습니다. 등불은 가물가물하지만, 중궁은 아카시 아씨의 모습이 실로 곱다고 생각합니다.

"설마 이 딸을 돌봐주시지 않을 리 없다고 믿고 여식의 어린 모습을 무례하게 보여드렸습니다. 아비의 좁은 소견으로 훗날 이런 예가 관례가 되는 것은 아닐까 걱정스러우나, 진심으로 영광되게 생각하고 있습니다."

겐지가 이렇게 말하자 중궁은 조심스럽게 답하였습니다.

"어떻게 해야 할지 깊이 생각지 않고 이 일을 맡았는데, 그렇게 생각해주시니 오히려 황공합니다."

그 모습이 더없이 싱그럽고 애교가 넘쳐흐를 듯합니다. 겐지도 이상적이고 아름다운 분들이 자신의 집안에 모여 있는 것을 흐뭇하게 여기고 있습니다. 아카시 부인이 딸의 성인식 때조차 어미의 자격으로 나설 수 없어 괴로워하는 것이 가여워 가능하면 의식에 참가하도록 하려 하였으나, 사람들의 입방아가 염려스러워 그만두기로 하였습니다. 이렇듯 훌륭한 저택에서 거행되는 의식은 예사로이 치러도 번잡하고 성가신 일이 많은데, 그 단편을 두서없이 써봐야 도리어 폐가 될 듯하니 자세한 것은 쓰지 않기로 하겠습니다.

동궁의 성인식은 이월 이십일에 거행되었습니다. 동궁이 너무도 어른스럽게 의젓한지라 신분이 높으신 귀한 분들이 앞을 다투어 여식을 입궁시키려 합니다. 사정이 그러한데 겐지 대신이 아카시 아씨의 입궁에 유난히 열심인 터라 좌대신은 경쟁을 하지 않는 편이 낫겠다 하며 포기하였다는 소문이 들립니다.

"그것은 당치도 않은 일. 원래 폐하를 모시는 일이란 많은 후궁들이 나서서 그 매력을 경쟁하는 것이 도리인 것을. 이런 예로 훌륭한 아씨들이 모두 집에만 틀어박혀 있는다면 애석한 일이지."

겐지는 이렇게 말하며 아카시 아씨의 입궁을 연기하였습니다. 이 아씨가 입궁을 하면 뒤를 이어 입궁시키려 기다리고 있었으나, 겐지 대신이 이런 의향을 보이니 좌대신 댁 셋째 딸이 가장 먼저 입궁을 하여 여경전을 처소로 삼게 되었습니다.

아카시 아씨의 입궁에 앞서 겐지의 옛 숙직소였던 숙경사를 멋들어지게 개조하였습니다. 동궁도 이 아씨의 입궁을 애타게 기다리고 있으니, 사월이 오면 입궁하기로 정하였습니다.

세간도 지금까지 준비한 것에 덧붙여 더욱 빈틈 없이 마련하였습니다. 겐지 대신 자신도 도구의 모양새나 도안까지 꼼꼼하게 살펴보고, 그 방면에 탁월한 명인들을 소집하여 정성껏 만들도록 하였습니다. 책상자에 담을 시집 등의 책자는 습자의 표본이 될 수 있도록 글씨체가 아름다운 것을 골랐습니다. 그 가운데에는 후세에 이름을 길이 남길 저명한 옛 명필가의 필적도 많았습니다.

"모든 것이 옛날에 비하면 점차 그 수준이 떨어지고 천박해지는 세상이나, 역시 가나만큼은 현대로 올수록 숙달되었습니다. 옛 서적은 필법은 옳아도 느긋하고 자유로운 정신이 그리

드러나 있지 않으니 어느 것을 보아도 개성이 없고 엇비슷한데, 근자에 들어서야 풍취가 있고 재주가 뛰어난 서풍을 표현하는 사람들이 나타났습니다. 내가 열심히 가나 연습을 했을 당시에 무난한 표본을 많이 수집했지요. 그 가운데 중궁의 어머니인 육조 미야스도코로가 무심하게 휙휙 써내려간 한 줄 정도의 편지가 있는데, 그 편지를 받았을 때는 정말 예가 없을 정도로 훌륭한 그 필적에 감탄하였습니다. 그런 일도 있고 해서 그분을 생각하는 마음이 깊어진 나머지 끝내는 뜻하지 않은 소문이 나돌게 되었습니다. 미야스도코로는 그 일을 몹시 서운하게 여기고 원망도 많이 하였는데, 나로서는 그리 박정하게 대할 마음은 없었습니다. 미야스도코로는 사려 깊은 분이니 내가 이렇게 중궁을 후견하고 있는 것을 보시면 무덤 속에서나마 나를 다시 보아주시겠지요. 중궁의 필적은 섬세하고 풍취도 있으나 재기가 좀 모자란다 해야겠지요."

겐지는 무라사키 부인에게 소곤거립니다.

"돌아가신 후지쓰보 님의 필적은 깊이가 있고 우아하였으나, 어딘가 모르게 맥없는 구석이 있고 여운이 부족한 느낌이었습니다. 한편 오보로즈키요야말로 당대의 명수라 할 수 있으나, 지나치게 멋을 부리고 특유의 버릇이 있습니다. 그러하기는 하나 역시 그분과 아사가오 전 재원과 당신이 글자 솜씨가 뛰어난 여인들이라 할 수 있지요."

겐지가 부인의 필적을 인정하자 무라사키 부인은 이렇게 말하였습니다.

"그런 분들 축에 끼다니 몸 둘 바를 모르겠군요."

"그렇게 겸손해할 것은 없지요. 당신의 필적은 온화하고 정겨운 운치가 있다는 점에서는 각별하니. 한자를 쓰는 솜씨가 뛰어난 데 반해 가나에는 아무래도 좀 불안정한 글자가 섞여 있기는 하나."

겐지는 이렇게 말하고 아직 아무것도 쓰지 않은 빈 책자를 만들어 표지와 묶는 끈 등으로 아름답게 꾸미도록 하였습니다.

"병부경과 좌위문독에게도 써달라 합시다. 나도 한 편은 쓰지요. 그분들도 솜씨를 다하여 쓸 터이나 나 역시 그 정도는 쓸 수 있겠지요."

겐지는 이렇듯 자랑합니다.

먹과 붓을 가장 좋은 것으로 골라내어, 전에 그러했던 것처럼 여러 부인들에게 정중하게 의뢰장을 보냅니다. 부인들은 난감한 일이라고 거절하는 분도 있지만 겐지는 거듭 정중하게 부탁하였습니다.

겐지는 고려에서 온 종이가 안피나무 껍질로 만든 얇은 종이와 비슷하고 우아하다고 합니다. 유기리 중장과 식부경의 자제병위독, 내대신의 아들 가시와기 두중장 등에게 이 종이에 글을 써달라고 부탁합니다.

"그 풍류를 좋아하는 젊은 사내들에게 이 종이를 주어 글을 시험해봅시다."

이 젊은이들은 겐지가 위수든 가회든 쓰고 싶은 것을 마음껏 써보라 하기에 경쟁하듯 글을 씁니다.

향을 조합하여 시합을 했을 때처럼 겐지는 이번에도 침전에 홀로 틀어박혀 은밀하게 글을 쓰고 있습니다.

벚꽃의 계절도 지나고 하늘은 파랗게 개어 있으니, 차분히 옛 노래를 떠올리며 만족스러울 때까지 가나체며 보통 글씨체며 여자들의 가나체 등, 더없이 훌륭한 솜씨로 마음껏 쓰고 있습니다. 곁을 지키고 있는 시녀도 몇 되지 않으니, 두셋이 먹을 갈고 있을 뿐입니다. 유서 깊은 옛 노래집에 실려 있는 노래를 참고로 하여, 이 노래는 어떨까 하고 고를 때 의논 상대가 되어줄 수 있는 시녀만 대기하고 있습니다.

발을 활짝 걷어 올리고 사방침 위에 책을 올려놓고, 문간에 편안하게 앉아 붓끝을 쥐고 생각에 잠겨 있는 모습이 아무리 보아도 질리지 않을 만큼 아름답습니다. 하얀색과 빨간색 종이는 먹의 색깔과 너무 대조적이라 붓을 고쳐 쥐고 주의하면서 글을 써내려갑니다. 보는 눈이 있는 사람이라면 그 모습이 너무도 훌륭하여 감탄하지 않을 수 없겠지요.

"병부경께서 오셨나이다."

시녀의 전언에 겐지는 깜짝 놀라며 얼른 평상복으로 갈아입고 방석을 하나 더 내어 그 자리에 병부경을 모시도록 합니다.

병부경 역시 그지없이 아름다운 모습으로 침전의 남쪽 계단을 올라오고 있는데, 발 안에서 시녀들이 그 모습을 훔쳐보고 있습니다.

두 사람이 예의를 갖추어 인사를 나누니 그 모습 또한 더할 나위 없이 아름답습니다.

"할 일이 없어 틀어박혀 따분하게 있던 참이었는데 마침 잘 오셨습니다."

겐지는 이렇게 병부경을 환영합니다.

병부경은 지난날 겐지가 의뢰한 습자책을 수행원에게 지참시켜 찾아온 것이었습니다. 그 자리에서 당장 펼쳐보니, 대단한 필적이라고는 할 수 없어도 깔끔하고 세련되게 씌어 있었습니다. 그 점이 바로 병부경의 글씨체의 장점이라 할 수 있지요. 노래도 평범한 것은 버리고 색다른 기교를 구사한 옛 노래를 골라, 한 수에 삼 행 정도로 한자체를 구사하여 썼습니다.

겐지는 병부경의 솜씨에 깜짝 놀라며 분해하였습니다.

"이렇듯 솜씨가 훌륭한 줄은 몰랐습니다그려. 나 같은 사람은 붓을 꺾어야겠습니다."

"제 주제를 모르고 이렇게 훌륭한 분들에 섞여 썼으니 나도 참 대단하지요."

병부경을 이렇게 농담을 건넸습니다.

겐지는 자신이 쓴 글도 숨길 수가 없으니 꺼내서 견주어 보았습니다. 병부경은 중국에서 온 빳빳한 종이에 한자체로 흘려 쓴 글이 한결 훌륭하다고 여기는 한편, 섬세하고 부드럽고 따뜻한 느낌이 나면서도 색상은 소박하여 오히려 품위가 돋보이는 고려 종이에 정성을 다하여 대범하게 쓴 히라나가체도 비할 데 없이 훌륭하다고 여깁니다.

병부경은 감동한 나머지 눈물이 붓의 흔적을 따라 흐르는 듯한 기분이 드니, 아무리 보아도 싫증이 나지 않을 것 같다고 생각합니다. 그런데다 국내의 종이 공방에서 만든 화사한 색지에 노래 한 수를 한자체로 분방하게 휘갈겨 쓴 것이 있었는데, 그 또한 훌륭하였습니다. 틀에 얽매이지 않는 자유로움과 느긋함이 느껴지는 한편 부드러운 매력도 있으니, 병부경은 하염없이 바라보느라 다른 사람들의 글씨체에는 눈길도 돌리지 않습니다.

좌위문독은 중후하고 점잖은 글씨체를 즐겨 사용하는데, 붓을 놀리는 재주에 세련미가 덜하여 억지로 꾸민 듯한 느낌이 풍깁니다. 노래도 유난스러운 것을 일부러 골라 쓴 듯합니다.

겐지는 부인들이 쓴 것은 함부로 꺼내 보여주지 않습니다. 특히 소문도 있는지라 아사가오 아씨의 것은 더욱 꺼내 보이지 않았습니다.

젊은 사람들이 위수체로 쓴 습자책 류는 각자 자유롭게 마음껏 쓴 것이 나름대로 재미가 있습니다.

유기리 중장은 물의 흐름을 풍성하게 표현하고 흐드러지게 핀 갈대의 모습을 그렸는데, 그 풍경이 나니와 해변에 있는 갈대숲의 명소와 비슷합니다. 또한 수水자와 위葦자가 자연스러운 조화를 이루어 산뜻한 느낌을 줍니다. 전혀 다른 서풍으로 글자의 모양과 바위의 모습 등을 현대풍으로 그린 종이도 있습니다.

"참으로 다들 훌륭한 솜씨입니다. 다 보려면 시간이 많이 걸리겠어요."

병부경은 큰 관심을 보이며 이렇게 칭찬합니다. 병부경은 무슨 일에나 조예가 깊고 풍류를 아는 사람이라 감동이 각별한 듯합니다.

오늘은 둘이서 글씨체에 관해 이런저런 얘기를 종일 나눕니다. 겐지가 다양한 두루마리의 표본을 골라내자 병부경은 아들인 시종을 시켜 자택에 있는 글씨체 표본을 몇 가지 가지고 오게 하였습니다. 사가 제가 『고만엽집』 안에서 고른 노래를 쓰게 한 네 권, 그리고 엔기 제가 중국에서 온 얇은 남색 종이에 『고금화가집』을 써서 두루마리로 만든 책이었습니다. 권마다 서풍이 다른 두루마리는 종이와 같은 색의 짙은 바탕 무늬가 있는 얇은 비단으로 표지를 만들어 붙이고, 역시 같은 색깔의 옥으로 만든 축과 얼룩얼룩한 가로 무늬로 염색하여 중국식으로 꼬아 만든 줄 등으로 우아하게 치장한 책입니다. 그 더할 나위 없이 아름다운 필체를 등잔불을 낮게 피우고 비춰보면서 겐지는 이렇게 칭찬을 아끼지 않습니다.

"정말 아무리 보아도 싫증이 나지 않습니다. 이에 비하면 요즘 사람들은 부분적으로만 세련된 기교를 부리고 있는 데 지나지 않지요."

병부경은 그 두 가지 표본을 겐지에게 선물하였습니다.

"설령 딸이 있다 해도 안목이 부족하다면 주지 않을 요량이었습니다. 내게는 딸도 없으니 이 같은 명품이 빛을 보지 못할 듯하여."

겐지는 시종에게 정성스럽게 쓴 중국 한자의 표본책을 침향목 상자에 담아, 고려 피리를 곁들여 답례하였습니다.

겐지는 이참에는 오직 가나에 대한 논평을 하며 세간에서 글씨 솜씨가 뛰어나다 평판이 높은 자들을 신분의 높고 낮음을 막론하고 찾아내 각자에게 어울리는 글을 골라 쓰게 하였습니다.

허나 아카시 아씨의 상자 속에는 신분이 낮은 자가 쓴 글은 섞고 싶지 않으니, 필자의 인품과 지위를 꼼꼼하게 살핀 연후에 책자와 두루마리를 쓰게 하였습니다.

아씨를 위해 마련한 세간은 하나에서 열까지 진귀한 보물 못지않으니 다른 나라의 조정에도 없을 만한 것들뿐입니다. 그 가운데에서도 이 진귀한 표본들을 동경하여 보고 싶어하는 젊은이들이 무척 많았습니다.

겐지는 또 그림을 고를 때, 스마에서 자신이 그린 그림일기를 자손에게 전해주고 싶다 생각하였으나, 아카시 아씨가 조금 더 성장하여 세상의 이치를 알게 된 후에 주자고 생각을 바꾸고 지금은 꺼내 보이지 않습니다.

내대신은 겐지가 아카시 아씨의 입궁 준비에 분주하다는 소식을 마치 남의 일처럼 들으면서도 마음이 편하지 않고 울적하였습니다.

구모이노카리 아씨는 성장하여 그냥 놔두기가 아까울 정도로 한창 귀엽고 아름답습니다. 따분하게 시름에 잠겨 있는 아씨를 보면, 부모 마음으로는 어찌할 수 없는 걱정거리인데, 상대인 유기리 중장의 태도에 여전히 변화가 없으니 지금 와서 새삼스럽게 이쪽에서 먼저 청을 넣는 것도 체면이 서지 않는 일이었습니다. 이렇게 될 줄 알았다면 차라리 그쪽에서 열렬하게 바랄 때 승낙하는 것이 좋았을 뻔했다고 남몰래 후회하고 괴로워하니, 지금은 모든 것이 그쪽의 잘못이었다고는 생각지 않습니다.

유기리 중장은 내대신이 이렇게 심지를 조금은 굽혔다는 소식을 듣기는 하였으나, 그때 매몰차게 굴었던 내대신의 태도에 대한 원망이 가슴속 깊이 자리하고 있어 못 들은 척 침착한 태도를 보이고 있습니다. 그렇다 하여 다른 여인에게 마음을 주는 일은 없습니다. 진정 아씨가 그리운 때도 없지 않으나, 6위의 연녹색 포를 경멸하였던 유모들에게 적어도 중납언으로 승진한 모습을 보여주겠노라는 의지가 굳은지라 참고 있는 게 지요.

겐지는 유기리 중장의 혼처가 정해지지 않는 것이 걱정스러워 이렇게 말합니다.

"그 아씨를 단념하였다면, 우대신이나 중무 친왕이 사위로 삼고 싶다 넌지시 뜻을 비치고 있으니 어느 쪽으로 정하는 것이 어떻겠습니까."

허나 유기리 중장은 황송하다는 듯 침묵한 채 듣고만 있을 뿐입니다.

"여인에 관해서는 나 역시 선황의 황감한 교훈을 따르려 하지 않았으니 굳이 관여하고 싶지 않으나, 지금 생각하면 그 교훈이야말로 먼 훗날까지 사람들이 새겨들어야 합니다. 언제까지 홀몸으로 있으면 세상 사람들이 무슨 사연이라도 있는 것이 아닐까 하고 당치 않은 억측을 할 겝니다. 전생의 연에 휘둘려 변변치 못한 여자와 어쩔 수 없이 함께 살게 된다면 그 또한 체면이 서지 않는 일. 그렇게 되면 운세도 피지 않을 것입니다. 또한 소망하는 바는 높다 하되 세상일이란 뜻대로 되지 않는 것이고, 인간에게도 한도가 있는 것이니 공연히 다른 마음은 품지 않는 것이 좋습니다. 나는 어렸을 때부터 궁중에서 자란 터라 아무것도 마음대로 할 수 없어 따분하고 옹색하게 살았지요. 사소한 실수라도 하면 당장에 경박하다는 비난을 받지는 않을까 신중에 또 신중을 기하였는데도, 결국은 바람둥이의 업을 면치 못하고 불편한 심정으로 세월을 보낸 적도 있었습니다. 그러니 아직 지위도 낮고 편한 신분이라 하여 방심하고 멋대로 행동해서는 안 됩니다. 그런 바람을 잠재워줄 아내가 없는 경우에는 자기도 모르는 새 그런 버릇이 들고 날로 심해지는 법. 아무튼 여자를 잘 알고 현명한 사람인데도 그런 실수를 저지른 예는 옛날에도 많았지요. 사랑해서는 안 될 여자를 사랑하고 집착을 끊지 못하여 좋지 않은 소문이 나돈 나머지 여자에게 원망을 사게 되면 죽은 후의 왕생에도 지장이 있습니다. 어쩔 수 없이 함께 사는 상대가 성에 차지 않아 참을 수 없다 하여도 역시 마음을 바꾸도록 노력하는 것이 좋아요. 만약 아내에게 부모가 있다면 그 부모의 마음을 보아서, 또는 부모도 없고 형편도 좋지 않은 경우에도 당사자의 성품이 웬만하면 그것을 장점이라 여기고 같이 해로하는 것이 좋습니다. 자신을 위해서도 그렇고 상대방을 위해서도 그렇게 서로를 배려하는 것이 부부 사이의 깊은 애정이라 하는 것이지요."

겐지는 이렇게 한가하고 따분할 때에는 유기리 중장을 앉혀놓고 여자 문제에 관하여 주의할 점을 가르치곤 합니다.

겐지의 가르침을 따라 유기리 중장은, 장난삼아서라도 다른 여자에게 마음을 준다면 구모이노카리가 가엾은 일이라고, 누가 뭐라 하지 않아도 스스로 주의를 합니다.

구모이노카리 아씨도 내대신이 요즘 들어 특히 한탄하니 송구스럽고 자신의 처지가 한심하여 침울하게 지냅니다. 겉으로는 아무렇지도 않은 척 얌전하게 보이나 속으로는 애를 태우고 있겠지요.

유기리 중장은 아씨를 향한 그리움을 견딜 수 없을 때면 절절한 마음을 담아 편지를 보냅니다. 아씨는 '그 사람이 한 말을 거짓이라 알면서도 이제와 누구의 말을 진심이라 믿으랴'라는 옛 노래처럼 이 사람을 믿어도 좋을까 하고 생각하면서도, 연애에 익숙한 사람이라면 상대의 마음을 함부로 의심할 터이나 아씨는 그렇지 못하니, 가슴에 사무쳐 하며 편지를 읽는 일이 많습니다.

"중무 친왕께서 겐지 대신의 허락을 얻어 그 집 아씨와 유기리 중장의 혼담을 추진하려 한다고 합니다."

시녀가 이렇게 고하자 내대신은 새삼 가슴이 찢어지는 듯하였겠지요.

"이런 소문이 들리는구나. 유기리 중장이 참으로 매정합니다. 대신까지 몸소 나섰는데, 우리 쪽에서 완강하게 그 말을 따르지 않았다 하여 다른 곳과 혼담이 오가는 게지요. 지금 와서 머리를 낮추고 청을 넣자니 웃음거리가 될 듯하여."

내대신은 눈물을 머금고 딸에게 이렇게 말합니다. 아씨는 참으로 부끄러운 일이라 생각하면서도 눈물이 절로 흐르니, 그 꼴을 아버지에게 보이고 싶지 않아 고개를 돌리고 있는데 그 모습이 너무도 가엾습니다.

"어떻게 하면 좋겠습니까. 역시 우리 쪽에서 먼저 그쪽 의향을 물어보는 것이 좋을지요."

내대신은 이렇게 말하고 주저하면서 집을 나섰습니다. 아씨는 마루 끝에 나와 앉아 멍하니 수심에 잠겨 있습니다.

"어찌하여 이렇듯 눈물이 절로 흐르는 것일까. 아버지는 이 눈물을 뭐라 생각하며 보셨을까."

이렇게 괴로워할 때에 마침 유기리 중장의 편지가 왔습니다.

그대의 매정함은
세상 사람들과 다르지 않은데
지금도 미련을 버리지 못하고
그대를 잊지 못하는 나는
이 세상 남자가 못 되는 모양이구려

이렇게 애틋한 시 한 수가 씌어 있습니다.

중무 친왕의 아씨에 관해서는 한 마디도 씌어 있지 않으니 아씨는 그 박정함을 괴로워합니다.

잊지 못한다 하시며
이제는 끝이라
나를 버리고 돌아선 그대야말로
이 세상 사람인 것을

아씨는 이렇게 답장을 썼습니다. 유기리 중장은 대체 무슨 소리를 하는 것이냐 여기며 편지를 내려놓지도 못하고 고개를 갸웃거립니다.

등나무 어린 잎

봄 햇살 비치는
등나무 어린 잎처럼
그대 나를 허물없이 생각한다면
나도 그대를 믿고 따르리

◆ 『후찬집』, 「봄하」 작자 미상

✿ 제33첩 등나무 어린 잎(藤裏葉)

내대신이 주최한 등꽃 잔치 중에 내대신이 읊은 옛 노래에서 제목이 붙었다.

아카시 아씨의 입궁 준비로 바쁜 와중에도 유기리 중장은 수심에 잠겨 지내는 일이 많으니, 한편으로는 왜 이렇듯 집착하는 것일까 하고 이상히 여깁니다. 한결같은 마음으로 구모이노카리 아씨가 그리워 견딜 수 없는데, 지금은 문지기처럼 두 사람 사이를 방해하였던 내대신도 마음을 바꿔 허락을 할 것 같다는 소문이 들리기도 하는 터라, 끝까지 괴로움을 견디기도 고통스러워 이런저런 생각을 하며 고민합니다.

'이왕 참은 일 좀더 참아내 체면이 깎이지 않도록 끝까지 의지를 관철하자.'

구모이노카리 아씨는 아버지 내대신이 언뜻 흘린 다른 아씨와의 혼담을 듣고 슬퍼합니다.

'만약 그 말이 사실이라면 나 같은 것은 미련 없이 잊어버리겠지.'

두 사람은 서로 등을 돌린 채 그리워 애타하는 묘한 관계입니다.

내대신도 강경하게 고집을 피웠지만 일이 제 뜻대로 되지 않는 것에 전전긍긍하고 있습니다.

'중무 친왕의 집안에서 유기리 중장을 사위로 삼겠노라 결정하였다면 이쪽에서도 대신 누군가를 사위로 골라야 할 터인데. 그리되면 상대방에게도 딱한 일이나 우리 역시 세상의 웃음거리로 조롱받기 십상이겠지. 두 사람의 잘못도 감춘다 한들 이미 세상으로 퍼져나갔을 것이니 어떻게든 일을 매끄럽게 수습하려면 역시 우리 쪽에서 먼저 굽히고 들어가는 길밖에 없을 터.'

내대신은 이렇게 생각하며 겉으로는 아무렇지도 않은 척 처신하고 있으나, 속으로는 서로에 대한 원망이 가시지 않은 터라 불쑥 얘기를 건네는 것도 조심스러워하고 있습니다.

'그렇다 하여 이쪽에서 다시금 청혼을 하면 세상 사람들이 손가락질을 할 터인데. 대체 어떤 기회를 잡아 넌지시 말을 꺼낸단 말인가.'

삼월 이십일은 돌아가신 내대신 어머니의 기일입니다. 내대신은 법회를 갖기 위해 고쿠라쿠 절에 갔습니다. 자식들까지 데리고 가니 그 위세가 당당합니다. 상달부들도 대거 모여들었습니다. 그 가운데에서도 유기리 중장은 누구에게 뒤지지 않을 만큼 위풍당당한 풍채를 자랑하는데다 용모까지 번듯하여 한창 젊음을 뽐내는 듯합니다.

내대신을 참으로 매정한 사람이라 원망을 품은 이래 만나는 것조차 꺼렸던 터라 유기리 중장은 조심스럽게 평정을 가장하고 있습니다. 그런 모습을 내대신 역시 조심스럽게 살펴보고 있습니다.

겐지는 독경을 보시하였습니다. 유기리 중장은 만사를 도맡아 정성스럽게 시중을 들고 있습니다.

날이 저물어 모두 돌아갈 즈음, 벚꽃이 휘날려 떨어지면서 저녁 안개가 사방에 자욱하게 끼었습니다. 이 풍경에 내대신은 옛 추억이 되살아나니, 우아하게 노래를 읊조리면서 사방을 응시하며 생각에 잠깁니다. 유기리 중장도 마음을 저미는 저녁 풍경에 침울해하면서, 사람들은 비가 내릴 것 같다며 웅성거리는데 홀로 깊은 생각에 잠겼습니다.

그 모습을 본 내대신은 불쑥 마음이 동하여 유기리 중장의 소맷자락을 잡아당기며 이렇게 말하였습니다.

"어찌하여 이토록 나를 책망하는가. 오늘의 법회를 내 어머님을 위한 것이라 여긴다면, 그 혈연의 가까움을 생각해서라도 나를 용서해줄 수 있을 터인데. 살 날이 얼마 남지 않은 이 노인네를 나 몰라라하다니 정말 너무하네그려."

"돌아가신 할머님께서도 내대신을 의지하라는 의향을 보이셨는데, 허락하여주실 것 같지 않아 삼가고 있었습니다."

유기리 중장은 황공해하며 이렇게 대답하였습니다.

갑자기 비바람이 몰아치니 법회에 참가한 사람들은 앞을 다투어 사방으로 흩어졌습니다.

유기리 중장은 내대신이 무슨 생각으로 평소와 달리 친근한 태도를 보였을까 싶고, 만사에 마음이 걸리는 내대신 집안의 일이라 그 한마디가 귓전에서 사라지지 않아 많은 생각에 잠을 못 이루고 날을 새웠습니다.

유기리 중장이 오랜 세월을 변치 않고 구모이노카리를 사모한 보람이 있었을까요. 내대신은 고집을 꺾고 자연스럽게 기회를 보아 격식을 차려 유기리 중장을 초대하고 싶다고 생각합니다.

사월 초순, 내대신 댁의 정원에 화사한 등꽃이 흐드러지게 피니 그 아름다운 광경이 이 세상이 아닌가 싶을 정도입니다. 이대로 지는 것이 아까울 만큼 풍성하여 내대신은 손님들을 불러 꽃구경도 할 겸 음악회를 열었습니다.

해가 기울면서 등꽃이 한결 아름답게 보일 무렵 가시와기 두 중장이 사자로 유기리 중장에게 초대장을 가지고 갔습니다.

"지난날 꽃그늘 아래서 잠시 뵈었던 일이 아쉬우니 한가한 때라면 놀러오지 않겠는지요."

저녁 노을에 번지는
등꽃송이 짙은 색이
아름다운 이 저녁
지나간 봄의 흔적을 아쉬워하며
찾아오지 않을런가

노래는 아름답고 튼실한 등나무 가지에 묶여 있습니다. 유기리 중장은 이렇게 불러줄 날을 내심 기다리고 있었는데 실제로 초대를 받고 보니 기쁨에 가슴이 벅차올랐습니다.

모처럼의 초대이나
해 저물녘의 어스름에
등꽃마저 녹아들어
과연 꺾어도 좋을지
도리어 주저되는 마음

유기리 중장은 노래로 답장을 쓰고 이렇게 말하였습니다.

"내가 생각해도 한심할 정도로 주눅이 듭니다. 그대가 잘 전하여주세요."

"제가 동행을 하지요."

가시와기 두중장이 길안내를 자청하고 나서자 유기리 중장은 공손하게 거절하였습니다.

"긴장이 되어서 싫습니다."

유기리 중장은 겐지에게 실은 이런 일이 있었노라며 편지를 보였습니다.

"이런, 내대신이 무슨 속셈이 있어 초대를 하는 게로군요. 그쪽에서 이렇듯 적극적으로 굽히고 들어오는 것을 보면 그 옛날의 앙금은 풀렸다는 뜻이겠지요."

겐지는 이렇게 말하며 득의양양해하니 그 표정이 얄미울 정도입니다.

"그리 깊은 뜻이야 있겠습니까. 그저 예년보다 정원의 등꽃이 아름답게 핀데다 공무에도 바쁘지 않은 때라 음악놀이라도 하자는 것 아닐까요."

"정중하게 사자를 보내었으니 어서 채비를 하고 나서세요."

겐지는 유기리 중장의 내대신 댁 방문을 허락하였습니다. 유기리 중장은 과연 일이 어떻게 될 것일까 걱정스러우니 마음이 복잡하였습니다.

"그 빨간 평상복은 색깔이 너무 짙어서 경망스럽게 보일 듯합니다. 참의가 아닌 사람이나 직함이 없는 젊은이라면 빨간빛이 도는 파란색이라도 무방할 터이나, 그대는 이미 재상이 되었으니 좀더 치장을 하는 것이 좋겠습니다."

겐지는 이렇게 말하며 자신의 옷가지들 가운데에서도 특별히 좋은 평상복을 골라, 최고의 속옷까지 몇 벌 곁들여 수행인에게 건네었습니다.

유기리는 자신의 방에서 정성스럽게 화장을 하고 해가 완전히 기울어 상대방이 기다리다 못해 마음을 졸이고 있을 즈음에야 당도하였습니다.

가시와기 두중장을 비롯하여 내대신가의 자식들 일고여덟 명이 나와 유기리 중장을 맞아 안내하였습니다. 그분들도 기량이 훌륭하나 역시 유기리 재상은 눈에 띄게 아름답고 매력적일 뿐만 아니라 부드럽고 우아하기까지 하니, 아무도 범접할 수 없는 기품이 있습니다.

내대신은 유기리 재상의 앉을 자리를 말끔하게 정리하게 하는 등, 마음씀씀이가 예사롭지 않습니다.

내대신은 관을 쓰고 격식을 차려 준비된 자리에 나갈 채비를 하면서 부인과 젊은 시녀들에게 이렇게 말하였습니다.

"보세요. 저 유기리 재상은 나이가 들면서 정말 날로 훌륭해지는군요. 태도도 침착하고 당당하고. 여럿이 같이 있어도 눈에 띄게 어른스러운 점은 겐지 대신을 능가할 정도일 겝니다. 겐지 대신은 우아하고 애교가 넘쳐 그 얼굴만 봐도 흐뭇해질 만큼 매력적이라 세상 근심마저 다 잊어버릴 듯하니 정치가로서는 다소 엄격함이 부족하다 할 수 있지요. 소탈하고 허물이 없는 성향도 그 사람의 성품으로 보아 당연한 일. 그에 비하면 재상은 학재에도 뛰어나고 성격도 남자답고 차분하여, 더할 나위 없다고 세상 사람들도 평판이 자자한 듯합니다."

내대신은 유기리 재상을 만나 의식적인 딱딱한 인사는 짧게 끝내고 꽃놀이 연회를 시작하였습니다.

"봄의 꽃은 한창 필 무렵이 아름다워 놀라움을 금치 못할 정도인데 성급하게 지고 마는 것이 아쉬울 따름이지요. 허나 이 등꽃만은 홀로 초여름까지 피어 있으니 그 그윽한 아름다움이 더욱 사랑스럽지요. 색 또한 보랏빛이라 깊은 인연의 징표라 여겨집니다."

내대신이 이렇게 말하며 의미심장한 미소를 띠는데, 그 모습에서 품격이 느껴지고 용모 또한 아름답기 그지없습니다.

달이 떠올랐으나 사방이 어두워 아직 꽃의 색깔이 선명하게 보이지 않습니다. 그럼에도 꽃구경을 빌미로 술잔치가 벌어지고 한쪽에서는 음악을 연주합니다.

내대신은 잠시 뜸을 들인 후 술에 취한 척 유기리 재상에게 다가가 술을 권하며 취하게 하려 합니다. 재상은 용의주도한 사람이나 경계하고 거절하느라 진땀을 빼고 있습니다.

"그대는 이 세상에는 아까울 정도로 천하의 식자인데 나 같은 노인을 모르는 척하니 너무도 박정합니다. 옛날 책에 『가례』란 것이 있어 타인이라도 부모 자식처럼 예의를 갖춰야 한다고 씌어 있지 않습니까. 그런 성현의 가르침을 숙지하고 있을 터인데 어찌하여 내게는 이리도 고통을 주는지 원망스럽습니다."

이렇게 말하며 내대신은 술기운을 빌려 자신의 속내를 실로 능란하게 내비쳤습니다.

"그럴 리가 있겠습니까. 돌아가신 분들을 대신하는 분이라 여기고 내 한 몸을 던져서라도 모시려 진심으로 생각하고 있사온데 무슨 생각으로 그런 말씀을 하시는 건지요. 이 또한 나의 게으름 탓일는지요."

유기리 재상이 사과하자 내대신은 이때다 싶어 흥을 돋우며 '봄 햇살 비치는 등나무 어린 잎처럼'이라는 옛 노래를 흥얼거렸습니다. 그대가 마음만 열어준다면야 내 딸을 그대에게 맡길 터인데, 하고 내대신의 의중을 간파한 가시와기 두중장이 색이 짙고 송이가 탐스러운 등꽃을 따다가 유기리 재상의 술잔에 곁들입니다. 유기리 재상은 꽃을 받아 들고 어찌하면 좋을지 몰라 당황스러워하는데, 내대신이 또 노래를 읊었습니다.

　　원망은 보랏빛 등꽃에 하지요
　　아무리 기다려도
　　청혼을 해주지 않는 그대가
　　뜻밖이고 얄밉기는 하지만

　유기리 재상은 술잔을 든 채로 형식적으로만 감사하다는 몸짓을 보이는데, 그 모습이 참으로 운치가 있습니다.

　　몇 번이나 눈물에 젖은
　　눅눅한 봄을 지내다
　　오늘 꽃이 피는 듯한
　　기쁜 봄을 만나니

　이렇게 노래하며 유기리 재상이 술잔을 가시와기 두중장에게 돌리자, 두중장은 이렇게 화답하였습니다.

젊고 상냥한 미녀의
소맷자락처럼 아름다운
이 등꽃송이
감상하는 사람에 따라
색향도 한결 더하겠지요

술잔이 돌고 돌면서 흥에 겨운 노래도 거푸 읊어진 듯하나 술에 취해 부른 노래가 대단할 리 없으니, 더 이상 뛰어난 것은 없었습니다.

칠일 저녁 달빛이 어스름한데 한가로운 연못물은 거울처럼 맑습니다. 지금은 나뭇가지에 새싹이 갓 돋기 시작한 어설픈 계절인데, 소담한 가지를 옆으로 뻗은 소나무의 중간쯤에 걸린 등꽃의 모습은 더할 나위 없이 아름다운 풍경을 자아냅니다.

늘 그러하듯 변소장이 넋을 잃을 만큼 고운 목소리로 사이바라의 「갈대 울타리」를 노래하였습니다.

"그것 참 묘한 노래로구나."

내대신은 이렇게 놀리며 자신은 '해묵은 이 집의'라고 「갈대 울타리」의 한 소절을 가사를 바꾸어 노래하니 변소장이 합창을 합니다. 그 목소리가 제법 들을 만합니다.

흥을 깨지 않을 정도로 고삐가 풀린 술자리에서 유기리 재상은 그동안의 근심을 다 털어낸 듯합니다. 점차 밤이 깊어지자 재상은 몹시 취한 척하면서 가시와기 두중장에게 이렇게 부탁하였습니다.

"속이 울렁거려 참을 수가 없습니다. 그만 물러가고 싶으나 길이 너무 어두워 위험할 듯하니 그대의 침소를 빌릴 수 있을 까요."

내대신은 그 말을 듣고 가시와기 두중장에게 이렇게 명하고 는 안으로 들어갔습니다.

"중장, 침소를 준비하여드리세요. 이 노인은 술이 많이 취했 으니 그만 실례해야겠습니다."

"어인 일로, 오늘 밤은 꽃그늘 아래서 잠을 청하려 하는군요. 나는 괴로운 안내역이나 맡아야겠습니다."

가시와기 두중장이 넌지시 야유하자 유기리 재상은 중장을 책망하여 이렇게 답하였습니다.

"바람기 많은 꽃이 사계절 변치 않는 소나무와 인연을 맺겠 습니까. 그 무슨 불길한 말씀을."

가시와기 두중장은 보기 좋게 당했다고 생각하지만, 재상의 인품이 흠잡을 데 없이 훌륭한 것을 다시 한 번 확인하였습니 다. 그러고는 결국은 이런 결과가 되었을 것이라 여기며 어차피 전부터 두 사람을 편들어왔으니 안심하고 아씨의 침소로 안내 하였습니다.

유기리 재상은 이것이 꿈이 아닐까 여기니, 지금까지 용케 참아 사위로 인정받게 된 자신을 대단하다 자랑스럽게 여겼겠지요.

아씨는 진심으로 부끄러워합니다. 전보다 훨씬 여인답게 성장한 아름다운 모습이 한 군데 부족함이 없습니다.

"사랑에 목숨을 걸어 소문의 씨가 될 뻔한 나를 내대신이 어여삐 여겨 이렇듯 마음을 열고 허락해주신 게지요. 그런데 그대는 내 마음을 몰라주니 참으로 답답합니다."

유기리 재상은 아씨에게 이렇게 호소하였습니다.

"변소장이 노래한 「갈대 울타리」란 노래의 숨은 뜻을 아는지요. 그 사람도 참 너무합니다. '하구'의 관문의 엉성한 울타리를 아무리 지켜봐야 두 사람은 빠져나가 끝내 뜻을 이루었을 것이란 노래입니다. 맞받아주고 싶었는데, 분합니다."

아씨는 가만히 듣고만 있기가 민망하여 이렇게 노래하였습니다.

　　그 옛날 뜬소문이 나돌았던 것은
　　대체 어느 지킴이가 어떤 식으로
　　우리의 비밀을 흘려서일까요
　　그 지킴이가 그대는 아닐는지

"정말 야속하였습니다."

그 모습이 귀엽고 사랑스럽습니다. 유기리 재상은 온화하게 미소지으면서 이렇게 화답하였습니다.

그런 뜬소문이 흘렀던 것은
하구의 관문을 지키는
내대신 탓이었던 것을
마치 내 탓인 듯
책망하지 말기를

"오랜 세월에 쌓인 고통에 애가 타고 괴로웠으니, 지금은 분
별도 못하겠습니다."

재상은 술기운을 빌미로 몹시 괴로운 척, 날이 밝아오는 것도
모르는 척하는 표정입니다.

시녀들은 깨울 수도 없어 난감해하자 내대신은 투덜거렸습
니다.

"넉살좋게 늦잠까지 자고 있군요."

그래도 유기리 재상은 아침이 채 밝기 전에 집으로 돌아갔습
니다.

잠에서 깨어난 흐트러진 재상의 모습이 참으로 볼만하였습
니다.

안부 편지는 지금까지 그래왔던 것처럼 사람들의 눈에 띄지
않도록 조심하여 보냈습니다. 아씨는 밤을 함께한 터라 오히려
답장을 쓰지 못하고 주저하고 있는데, 말 많은 시녀들이 서로를
쿡쿡 찌르며 키득거리는 참에 내대신이 나타나 편지를 읽으니
민망한 일이 아닐 수 없습니다.

"언제까지고 마음을 열지 않는 태도에 나는 그저 덧없을 뿐입니다. 견딜 수 없는 고통에 내 목숨이 또 꺼져들 것 같습니다."

나를 책망하지 마시오
그대의 매정함 때문에
남몰래 눈물로 젖은 소맷자락
짜곤 하던 마음이 풀어져
오늘 끝내 사람들 눈에 띈 것을

이렇게 능란한 솜씨로 씌어 있으니 내대신은 웃으면서 말하였습니다.

"글씨가 많이 숙달된 듯합니다."

그 옛날의 심술궂었던 흔적은 전혀 없으니, 아씨가 답장을 쓰지 못하자 어른스럽지 못하다 하면서도 자기 앞에서 쓰지 못하는 것은 당연한 일이라 여기며 방을 나갔습니다.

사자에게는 특별한 선물을 내렸습니다. 가시와기 두중장이 사자들을 눈치 빠르게 대접하고 있습니다. 늘 유기리 재상의 편지를 들고 사람들 눈에 띄지 않게 오갔던 사자도 오늘은 얼굴 표정마저 환하고 득의양양하게 굴고 있습니다. 이 우근위 장감은 재상이 신임하여 가까이 부리는 자입니다.

육조원의 겐지도 어젯밤의 일을 소상하게 보고받았습니다.

유기리 재상이 여느 때보다 환하고 밝게 빛나는 아름다운 모습으로 아침 인사를 드리러 오니 그 모습을 흐뭇하게 바라보면서 이렇게 가르칩니다.

"오늘 아침은 기분이 어떻습니까. 그래 안부 편지는 보냈나요. 현명한 사람이라도 여인 때문에 기가 꺾이는 일이 있는데, 지금까지 침통해하거나 짜증을 부리는 꼴사나운 모습을 보이지 않았기에 남들보다 나은 점이 있는 것이라 가상하게 여겨왔습니다. 그리 고집스러웠던 내대신이 먼저 굽히고 들어왔으니 세상에서는 말들이 많겠지요. 허나 일이 이렇게 풀렸다 하여 우쭐한 마음에 들떠 지내서는 아니 됩니다. 내대신은 아량이 넓은 사람처럼 보이나 실은 남자답지 못한 구석도 있으니, 대하기 쉽지 않은 사람이에요."

겐지는 두 사람이 잘 어울리는 한 쌍이라고 생각합니다.

겐지가 너무 젊어 보여 재상의 아버지 같지 않으니 나이가 많은 형님처럼 보입니다. 둘이 따로 있으면 유기리 재상이 겐지를 옮겨다 놓은 것처럼 똑같아 보이는데, 이렇게 같이 있으면 둘다 각기 개성이 있고 특징이 있으니 정말 훌륭한 분들입니다.

겐지는 옅은 남색 평상복에 무늬가 반짝반짝 빛나고 속이 비쳐 보이는 하얀 당직 옷을 입고 있습니다. 그 모습이 이 나이에도 여전히 기품이 있고 상큼합니다.

유기리 재상은 아버지보다 짙은 색 평상복에 짙은 갈색으로 보일 만큼 정향나무로 짙게 물들인 것과 하얀 능직 부드러운 겹속옷을 겹쳐 입고 있는데, 그 모습이 새신랑답게 우아하고 요염합니다.

오늘은 사월 팔일 관불회가 있는 날입니다. 절에서 탄생불을 옮겨다 놓고 도사들이 뒤늦게 찾아왔습니다. 해가 기울자 부인들은 궁중에서 치르는 의식과 똑같이 여동을 사자로 하여 보시할 물품들을 보냈습니다.

궁중 의식을 그대로 따라 온갖 집안의 젊은 자제들이 대거 참가하니, 도사는 천황 앞에서 격식을 차려 의식을 치를 때보다 한층 긴장하여 주눅이 들어 있습니다.

유기리 재상은 마음이 다른 곳에 가 있으니, 옷차림을 단정히 하고 내대신 댁으로 걸음을 하였습니다. 깊은 관계는 아니어도 연모의 정을 품고 있는 젊은 시녀들 가운데는 그런 모습을 보고 한탄하는 이들도 있었습니다.

오랜 세월 나누지 못한 사랑이 쌓여 있는 두 사람은 지금 그 누구도 범접할 수 없는 화목함을 보이고 있습니다.

내대신도 가까이에서 보면 볼수록 사위가 의젓하고 볼품이 있으니, 귀엽고 사랑스러운 마음으로 소중히 여기고 있습니다. 이쪽에서 먼저 굽히고 들어간 분함은 지금도 남아 아쉽게 생각하지만 그렇다 하여 무슨 앙금이 남아 있는 것은 아니니, 유기리 재상의 한결같은 성실함과 다른 여자에게는 눈길조차 돌리지 않고 아씨만을 사모한 인품을 참으로 이 세상에 드문 일이라 여기며 두 사람 사이를 인정하였습니다.

고키덴 여어보다 구모이노카리 아씨의 용모는 화사하고 아름다워 나무랄 데가 없으니, 양모와 시녀들은 그것을 시샘하여 마음에 들지 않는 듯 얘기하나 새삼 문제가 되겠습니까. 아씨의 친어머니인 안찰사 내납언의 부인도 이렇듯 좋은 인연을 기뻐하였습니다.

육조원에서 준비 중인 아카시 아씨의 입궁은 사월 이십일 뒤로 미뤄졌습니다.

무라사키 부인이 가미가모 신사에서 제신의 강림을 맞는 축제에 참배하고 싶다 하여 겐지는 전례에 따라 다른 부인들도 동행하도록 하였습니다. 허나 부인들은 무라사키 부인의 뒤를 따르자니 마치 수행원인 듯 여겨질 것 같아 마음이 내키지 않는 탓에 다들 사양하였습니다. 그리하여 우차를 스무 대 정도 이어 수행원들도 그리 많지 않게 간소하게 차리고 길을 떠나니 오히려 각별한 멋이 느껴졌습니다.

접시꽃 축제 당일에는 동이 틀 무렵에 참배를 하고, 돌아오는 길에 칙사들의 행렬을 보기 위해 임시 관람석에 자리를 잡았습니다. 다른 부인들의 시녀들도 각기 수레를 대어놓고 무라사키 부인의 앞자리에 좋은 자리를 잡으니 그 광경이 참으로 위풍당당하였습니다. 멀리서도 무라사키 부인 일행이라는 것을 금방 알 수 있을 정도로 그 위세가 대단하였습니다.

겐지는 중궁의 어머니 육조 미야스도코로가 그 옛날 접시꽃 축제날에 수레가 밀리는 치욕을 당한 일이 새삼스럽게 떠올랐습니다.

"아오이 부인이 오만하게 굴어 그런 사건을 일으킨 것은 정말 염치없는 짓이었소이다. 그런 식으로 미야스도코로를 심하게 대하였던 사람이니, 원한을 사서 쫓기듯 그리 일찍 세상을 떴다 해야 하겠지요."

겐지는 이렇게 무라사키 부인에게 얘기하나 자세한 사정은 얼버무렸습니다.

"뒤에 남은 자손 가운데 유기리 재상은 그저 평범한 신하로 조금씩 승진을 하겠지요. 그러한데 중궁은 누구 하나 넘볼 사람 없는 지위에 올랐으니 감개무량한 일입니다. 앞일을 알 수 없는 무상한 세상이니 그렇기에 더욱이 살아 있는 한은 내 뜻대로 살고 싶군요. 허나 뒤에 남을 당신의 노후가 걱정스럽고, 흔적도 없이 영락해버리는 것은 아닐까 그것이 마음에 걸리니."

겐지가 이렇듯 간절한 마음을 얘기하고 있는데, 상달부들이 관람석에 모여들어 그쪽으로 자리를 옮겼습니다.

근위부에서 나온 오늘의 칙사는 가시와기 두중장이었습니다. 내대신 댁에서 칙사가 출발하는 것을 배웅한 상달부들이 이쪽 관람석으로 온 것입니다.

고레미쓰의 딸 도 전시도 오늘의 칙사입니다. 도 전시는 평소 인기가 많은 사람이라, 천황과 동궁을 비롯하여 육조원의 겐지까지 넘쳐나도록 선물을 보내니 쌓을 곳이 좁을 정도라 그 후원이 대단합니다. 유기리 재상은 도 전시가 출발하는 곳으로 편지를 보내었습니다. 두 사람은 사람들 눈을 피해 은밀하게 정을 주고받은 사이라서 유기리 재상이 권문세가의 사위가 된 것을 전시는 마땅치 않게 여기고 있었습니다.

오늘 축제에 모여든 사람들이
머리에 꽂은 접시꽃은
우리의 지난날을 되새기게 하는데
눈앞에서 보면서도
이제는 기억나지 않으니

"내가 생각하여도 참 어처구니가 없습니다."
유기리 재상은 때에 맞춰 편지를 보냈을 뿐인데, 전시는 무슨 생각을 했는지 막 수레에 오르려는 분주한 때인데 서둘러 답장을 보냈습니다.

나 역시 머리에 꽂으면서
분명하게 기억나지 않으니
그 풀 이름
월계수 가지를 꺾은
그대는 알고 있겠지요

"그대 같은 학자가 아니고는 모르겠지요."

별 뜻 없는 편지이기는 하나 유기리 재상은 보기 좋게 당했다는 생각이 드니, 역시 이 전시에게는 마음을 뗄 수 없어 앞으로도 은밀히 만나게 되겠지요.

아씨의 입궁에는 어머니가 동행하는 것이 관례이나, 무라사키 부인이 오래도록 아씨의 시중을 들 수는 없는 일이라 겐지는 이 참에 생모인 아카시 부인을 후견으로 앉힐까 생각합니다.

"함께 살아야 마땅한 일인데, 지금처럼 모녀가 따로 살고 있는 것을 아카시 부인도 너무 심한 처사라 여기고 있겠지요. 아씨도 성인이 된 지금은 생모가 염려스러울 것입니다. 두 분이 모두 석연치 않은 마음을 품고 있다면 그것은 좋지 않은 일이지요."

무라사키 부인도 이렇게 말하였습니다.

"이 기회에 아카시 부인이 따를 수 있도록 하세요. 아직 아씨는 나이도 어리고 마음도 여려 걱정스러운데, 시중을 드는 하녀들은 너무 젊어 눈치가 없는 자들뿐입니다. 유모들이 곁에서 모신다 하나 부족함이 많아요. 그렇다고 제가 내내 곁을 모실 수 있는 것도 아니니, 이럴 때 그분이 곁에 있으면 얼마나 안심이 되겠는지요."

겐지는 역시 사려 깊은 분이라 여기며 아카시 부인에게 그 뜻을 전하였습니다.

아카시 부인은 바라는 모든 것이 이루어진 듯 무척이나 기뻐하며 시녀의 옷가지 등 모든 것을 빈틈 없이 준비하여 고귀한 무라사키 부인에 뒤지지 않도록 하였습니다.

외할머니인 아카시의 여승 역시 아씨의 앞날을 지켜보고 싶은 마음이 간절하였습니다.

아씨를 한번만이라도 다시 볼 수 있는 날을 기다리며 목숨을 걸고 끈질기게 기도를 올리고 있는데, 궁에 들어가고 나면 어찌 볼 수 있을까 더욱 걱정스러우니 슬픔에 잠겨 있습니다.

입궁하는 날 밤에는 무라사키 부인이 따라가게 됩니다.

'손수레에 동승하지 못하고 걸어서 뒤따라가게 된다면 남들 보기에 얼마나 흉물스러울까. 나는 상관하지 않으나, 이렇듯 훌륭하게 자란 보물 같은 아씨에게 행여 흠집은 되지 않을까.'

아씨의 생모인 아카시 부인은 이렇게 생각하면 오래 살아남아 있는 것이 오히려 괴로웠습니다.

겐지는 입궁 의식을 간소하게 하여 사람들을 놀라게 하지 않으려 하나 그래도 역시 남달랐습니다.

무라사키 부인은 정성껏 아씨의 시중을 들었습니다. 진심으로 귀엽고 사랑스럽게 여기니 남의 손에 넘겨주고 싶지 않을 정도입니다. 이 아씨가 친딸이라면 얼마나 기쁘고 좋을까, 하고 안타까워합니다. 겐지는 물론 유기리 재상도 아씨가 무라사키 부인의 친딸이 아니라는 것을 아쉬워합니다.

무라사키 부인은 궁중에서 사흘을 지내고 퇴궁하였습니다.

대신 아카시 부인이 궁으로 들어가게 되니, 그날 밤 무라사키 부인은 처음으로 아카시 부인과 대면하였습니다.

"아씨가 어엿하게 성장한 것을 보면서 그대와의 오랜 인연이 새삼스러우니 이제는 서로가 마치 남인 양 조심하지 않아도 되겠지요."

무라사키 부인은 이렇게 친근하고 말하고, 아카시 부인과 함께 많은 얘기를 나누었습니다. 두 부인이 서로의 마음을 여는 좋은 기회가 되었겠지요.

무라사키 부인은 아카시 부인의 자태며 분위기를 보니 겐지가 이분을 어여삐 여기는 것을 이해할 수 있었습니다. 아카시 부인 역시 세상에 둘도 없이 고귀한 분인데다 그윽한 향내를 풍기는 듯 아름다운 무라사키 부인을 정말 훌륭하고 매력적인 분이라고 감탄합니다.

'많은 부인들 가운데 겐지의 각별한 총애를 받고, 아무도 견줄 수 없는 지위를 홀로 차지하고 있는 것은 당연한 일. 이렇듯 훌륭하신 분과 대등하게 얘기할 수 있는 나의 운세 역시 예사롭지는 않으니.'

아카시 부인은 이렇게 생각하며 고개를 끄덕이지 않을 수 없었습니다.

허나 무라사키 부인의 퇴궁 의식이 눈이 부시도록 성대한데다 천황이 허락한 손수레에 올라 마치 여어 같은 대접을 받는 것을 보니, 역시 자신의 처지가 절대 그에 미치지 못한다는 것을 깨닫지 않을 수 없었습니다. 그러나 마치 인형처럼 곱고 귀여운 아씨의 모습을 꿈이라도 꾸는 기분으로 뵈니 한없는 기쁨에 눈물이 넘쳐흘러, 슬플 때도 이렇게 눈물이 흐를까 생각하면서 진심으로 고맙게 여깁니다.

아카시 부인은 오랜 세월 마음고생을 겪으면서 괴로운 자신의 운명을 비관하여왔는데, 지금은 남은 수명이 더 오래였으면 좋겠다고 여길 만큼 마음이 뿌듯하였습니다. 그리고 이 또한 스미요시 명신의 가호 덕분이라고 감사히 여겼습니다.

아카시 부인은 무엇 하나 부족함이 없도록 아씨를 모시고 있습니다. 더욱이 빈틈이 없고 영민한 성품이라 주위 사람들의 평판도 좋고 신망도 두텁습니다. 더구나 아름다운 아씨의 자태와 용모에 아직 어린 동궁도 마음이 끌리니, 그 어느 분보다 아씨를 귀하게 여깁니다. 경쟁 상대인 아씨들의 시녀들은 생모인 아카시 부인이 아씨를 곁에서 모시는 것을 무슨 허물이라도 되는 양 나쁘게 말하나, 그런 일 정도로 아씨의 위세가 꺾일 리 없지요.

아씨는 어린 나이에도 위엄이 있을 뿐만 아니라 누구도 대항할 수 없는 우아함과 그윽함까지 갖추고 있습니다. 그런데다 아무리 사소한 일이라도 아카시 부인이 더할 나위 없이 정성껏 보살피는 터라 전상인들도 연애를 걸기에 좋은 새로운 사람들이 생겼다고 좋아합니다. 허나 아카시 부인은 시녀들이 갖춰야 할 몸가짐이나 예의범절도 빈틈 없이 가르치니, 연애를 걸자 한들 그 대응이 남다릅니다.

무라사키 부인도 일이 있을 때면 궁에 들어갑니다. 아카시 부인과도 격의 없이 지내고 있으나, 아카시 부인이 제 주제를 모르고 친근하게 대하거나 가볍게 여기는 일은 절대 없으니 참으로 훌륭한 성품이라 여깁니다.

겐지는 자신이 살아 있는 동안 이루려 한 아씨의 입궁을 무사히 치렀고, 또 본의는 아니나 혼처가 정해지지 않아 체면이 서지 않았던 유기리 재상도 걱정 없이 부부의 연을 맺은 터라 만사가 안정이 되었으니, 이제는 염원하였던 출가를 하리라고 생각합니다. 다만 무라사키 부인이 마음에 걸리나 중궁이 곁에 있는 것을 든든하게 여깁니다.

아카시 아씨도 생모는 아니나 무라사키 부인을 잘 따르고 있으니, 자신이 출가를 하여도 큰 걱정은 없으리라 생각합니다.

겐지가 출가를 하면 여름 침전의 하나치루사토의 처지가 불안정해질 터이나, 그 또한 유기리 재상이 있으므로 걱정할 일은 없습니다.

내년은 겐지가 마흔 살을 맞는 해입니다. 조정을 비롯하여 온 세상이 그 축하 잔치를 대대적으로 준비하고 있습니다.

그 가을 겐지는 준태상천황의 지위에 올라 봉도 늘어났고, 연관과 연작도 올랐습니다. 안 그래도 세상 일을 마음대로 주무를 수 있는데, 흔치 않은 예였던 후지쓰보 중궁의 전례에 따라 원사도 임명되었습니다. 이렇게 만사에 위엄이 더해지니, 앞으로는 궁에 들어가기도 성가실 것이라고 한편으로는 걱정을 합니다.

그럼에도 폐하께서는 겐지에 대한 대우가 부족하다 여기니, 세상의 눈을 꺼려 황위를 물리지 못하는 것을 밤낮으로 한탄합니다.

내대신은 태정대신으로 승진하였고 유기리 중장은 중납언이 되었습니다. 유기리 중장은 승진의 고마움을 표하기 위해 태정대신 댁을 찾았습니다. 한결 위풍당당한 용모를 비롯하여 어디한 군데 부족함이 없는 사위를 보며 태정대신은 구모이노카리 아씨를 입궁시키지 않고 유기리 중납언과 결혼시키기를 참으로 잘했다고 생각하였습니다.

유기리 중납언은 대보 유모가 그 옛날 '고작 6위의 사위'라고 깔보았던 때의 일이 떠오르니, 하얀 국화가 마침 보라색으로 변하며 한창 고운 자태를 뽐내는 것을 꺾어 유모에게 전하였습니다.

그 옛날 연녹색 포를 입은
6위의 풋내기였던 내가
오늘 짙은 보랏빛 포를 입고
3위 중납언이 될 줄이야
꿈에도 몰랐겠지요

"힘들었던 당시 그대가 한 한마디가 아직도 잊혀지지 않으니."

유기리 중납언은 넘쳐흐를 듯 애교 띤 얼굴로 이렇게 말합니다.

대보 유모는 부끄러워 고개도 들지 못하고 난감해하면서 중납언을 참으로 재치 있는 사람이라 여깁니다.

태어났을 때 이미

명문가의 자손이었던

그대인 것을요

연녹색 포를 누가 감히

경멸할 수 있었겠습니까

"마음이 많이 상하셨겠지요."

유모는 이렇게 나긋나긋한 말투로 뻔뻔스럽게 변명을 둘러댑니다.

중납언이 되자 위세가 더욱 당당해지니, 장인인 태정대신의 댁에 얹혀살기가 협소하여, 유기리 중납언은 할머니의 저택이었던 삼조 댁으로 거처를 옮겼습니다. 다소 황폐해진 그곳을 번듯하게 수리하고, 할머니가 쓰던 방도 아름답게 개조하여 살게 되었습니다.

삼조 댁은 그 옛날 어린 시절의 사랑이 새삼스러운 추억의 장소입니다. 정원의 초목도 그 시절에는 어렸던 것이 지금은 잎이 무성한 거목이 되어 나무 그늘을 만들고 있습니다. 아무렇게나 사방으로 뻗은 덤불 억새풀도 손질을 하였습니다. 개울에 낀 수초도 깨끗이 걷어내니 물이 졸졸졸 기분좋게 흐릅니다.

운치 있는 저녁나절, 두 분이 나란히 정원을 바라보며 괴로웠던 어린 시절을 추억합니다. 구모이노카리 부인은 그리운 그 옛날을 떠올리면서 당시 시녀들이 어찌 생각하였을까, 하고 생각하니 매우 부끄러웠습니다.

그 시절부터 이 댁에 몸담고 있는 시녀들 가운데 고향으로 돌아가지 않은 시녀들이 나와 두 분 앞에 모여 앉아 기쁨을 함께 나누었습니다.

　맑게 흐르는 냇물이여
　바위 사이로 넘쳐흐르는
　그대야말로 이 집의 주인이나
　옛 주인이었던 그분이
　가신 곳을 알고는 있는지

유기리 중납언이 이렇게 노래하자 구모이노카리 부인도 화답하였습니다.

　돌아가신 분의 모습은
　그림자도 비치지 않는데

졸졸 흐르는 냇물은
모르는 척 시치미 뗀 표정으로
시원스레 흐르니

　마침 그때 퇴궁을 하던 길에 태정대신이 삼조 댁의 단풍에 이끌려 발길을 돌렸습니다.

　옛날 어머니가 살아 계실 때와 큰 변화가 없으나, 차분하고 밝으면서도 화사한 분위기에 살고 있는 젊은 부부를 보니 태정대신은 감개무량할 따름이었습니다.

　유기리 중납언이 감개무량해하는 대신을 따라 눈물을 흘려 붉어진 얼굴로 진중한 태도를 보이고 있습니다. 더할 나위 없이 잘 어울리는 한 쌍이나, 아비의 눈에는 딸이 세상에 둘도 없을 정도로 아리땁게 보입니다. 허나 중납언 역시 더없는 미남입니다.

　고참 시녀들이 나와 앉아 먼 옛이야기를 두런두런 나누고 있습니다. 아까 두 분이 나눈 노래가 적힌 종이가 흩어져 있는 것을 보고 태정대신은 마음이 울적해졌습니다.

　"나 역시 이 냇물에 물어보고 싶은 것이 있으나, 노인네의 불길한 말은 삼가는 것이 좋겠지요."

그 옛날의 고목이
썩고 죽었다 한들

무리는 아니니
그 시절 심은 어린 나무에
이렇듯 이끼 낀 것을 보면

태정대신이 이렇게 노래하자, 유기리 중납언의 유모인 재상은 그 당시 냉정하였던 대신의 마음을 잊지 않고, 이때다 싶은 표정으로 노래를 읊습니다.

두 분 모두를
나는 의지하고 있으니
어렸을 때부터 서로 뿌리가 뒤엉켜 산
소나무처럼
화기애애하게 자란 두 분이기에

나이 든 다른 시녀들도 이렇듯 의미 깊은 노래만 읊어대니, 유기리 중납언은 흥미롭다 여깁니다. 구모이노카리 부인은 난감하여 얼굴을 붉히고는 듣기 민망해합니다.

시월도 이십일이 지나 육조원에 천황의 행차가 있었습니다. 단풍이 한창인 계절이라 흥에 겨운 행차가 될 터인지라 폐하께서는 스자쿠 상황에게도 동행을 권하니 상황까지 육조원에 걸음을 하게 되었습니다. 흔치 않은 일이기에 사람들은 가슴을 설레며 그 성대함을 기대하였습니다.

육조원에서는 온갖 취미를 살려 눈이 부시도록 아름답게 준비를 하였습니다.

오전 열 시경, 육조원에 당도한 행렬은 먼저 동북쪽에 있는 마장전으로 들어갔습니다. 좌우 마료의 말이 줄지어 서 있고, 좌우 근위부 무관들이 열병한 모습이 오월 단오절의 활쏘기 대회에 버금갈 정도였습니다.

오후 두 시가 넘어서는 남쪽 침전으로 자리를 옮겼습니다. 행차가 지나는 길인 홍예다리와 건널복도에는 비단이 깔려 있고, 밖에서 훤히 들여다보일 만한 곳에는 그림을 그린 비단 장막이 쳐져 있습니다.

동쪽에 있는 연못에 배를 몇 척 띄우고 궁중의 주자소에서 가마우지를 키우는 수장과 육조원의 수장을 함께 불러, 가마우지를 연못에 풀어놓도록 하였습니다. 가마우지가 조그만 붕어 몇 마리를 입에 무는 재주를 피웁니다.

그런 구경거리도 일부러 내보이는 것이 아니라 폐하께서 지나는 길에 여흥으로 삼으라 준비한 것입니다.

동산의 단풍은 어느 곳이나 다 아름다웠으나 특히 서쪽 아키고노무 중궁의 침전의 정원이 아름다우니, 서쪽과 남쪽을 가르는 복도의 벽을 허물고 중문을 활짝 열어 가을 안개도 가로막을 수 없을 만큼 시원한 전망을 보여드립니다.

천황과 스자쿠 상황의 자리를 나란히 갖추고, 육조원의 주인인 겐지의 자리는 한 단 낮은 곳에 준비되어 있는 것을 폐하의 명에 따라 동렬로 바꿉니다. 폐하께서는 그래도 공경하는 마음을 충분하게 표현할 수 없는 것을 유감스럽게 생각합니다.

좌근위 소장이 연못에서 잡은 물고기를 들고, 장인소의 매잡이가 북쪽 들판에서 잡은 새 한 쌍을 우근위부 소장이 받들어 침전의 동쪽에서 폐하 앞으로 나와 침전 정면 계단 좌우에서 무릎을 꿇고 진상하였습니다.

태정대신이 폐하의 말씀을 그들에게 전하고, 그것을 조리하여 상에 올렸습니다.

친왕들과 상달부들을 위한 음식도 평소와는 취향을 달리하여 진귀한 것들로 마련하였습니다. 해가 뉘엇뉘엿 기울 무렵, 모두들 술에 취한 가운데 궁중 악소의 악인들을 불러왔습니다. 악인들이 거창한 무악이 아니라 신선하고 우아한 곡을 연주하자 전상동들이 음악에 맞추어 춤을 추었습니다. 그 옛날 주작원에서 단풍놀이를 하였을 때의 일이 떠오르는 풍경입니다.

'하왕은'이라는 음악이 연주될 때는 태정대신의 열 살 정도 된 막내아들이 능숙하게 춤을 추었습니다. 폐하께서 친히 옷을 벗어 상으로 내리자 아버지 태정대신이 계단 아래로 내려가 정중하게 받들었습니다.

겐지는 정원에 핀 국화를 꺾어오라 하여, 그 옛날 국화를 머리에 꽂고 청해파를 추었던 때의 일을 추억합니다.

한결 향이 그윽해진

국화꽃도

그 옛날 소맷자락 부딪치며 춤추었던

그 가을날을 그립게

떠올리고 있겠지요

겐지가 노래하자 태정대신도 이렇게 생각하며 화답하였습니다.

'그때는 겐지와 함께 같은 청해파를 춤추었으나, 태정대신으로 승진하여 누구 못지않은 신분이 된 지금도 역시 이분은 아무도 넘볼 수 없는 신분이로구나.'

마침 때를 아는 듯 가을비가 부슬부슬 내리기 시작하였습니다.

서상의 보랏빛 구름이 아닐까

아름다운 보라색 국화를 닮은

준태상천황 그대야말로

화평한 성대의

빛나는 별이 아닐까 하니

"가을 한창때와는 달리 꽃이 만발하는 계절이 따로 있구나 물들어가는 국화꽃을 보니'라는 옛 노래처럼 한없는 광영을 누리십시오."

살랑거리는 저녁 바람에 짙고 옅은 각양각색의 단풍이 떨어져 정원을 수놓습니다. 그 풍경이 마치 비단을 깔아놓은 건널복도 같습니다. 그렇듯 아름다운 정원에 명문가의 자제들이 황갈색 포와 겉옷, 연보랏빛 겹속옷을 여느 때처럼 곱게 차려입은 모습에 갈래머리를 한 머리에 천관을 쓰고 나와, 짧은 곡에 맞추어 잠시 춤을 추고는 단풍 진 나무 뒤로 들어가니, 그 광경이 해가 저무는 것도 아쉬울 정도입니다. 악인들은 거창한 연주는 하지 않았습니다.

마침내 전각 위에서도 음악놀이가 펼쳐지니, 서사에서 육현금을 가져오라 일렀습니다. 감흥이 한창 고조되었을 때 세 분 앞에 각각 금이 놓였습니다. 스자쿠 상황은 '우다 법사'라 불리는 명기인 육현금의 한결같은 아름다운 음색을 오랜만에 들으니 참으로 흥에 겨웠습니다.

궁중을 떠나 가을이 몇 번이나 지났건만
비 내리는 시골에서 나이를 먹으면서도
이렇듯 아름다운 단풍의 계절은
만난 적이 없으니

스자쿠 상황이 이런 노래를 읊는 까닭은 상황 재위시에는 이런 연회가 없었던 것을 아쉬워함일까요.

오늘의 단풍놀이를
예사 단풍놀이라 여기시는지요
선대의 단풍놀이를 본받아
쳐놓은 비단 장막인 것을

폐하께서는 이런 노래로 화답하였습니다.

폐하의 용모는 해를 더하여 수려해지니 겐지와 쌍둥이로 보일 정도입니다. 그 앞에 대기하고 있는 유기리 중납언 또한 폐하를 꼭 닮았으니 그저 놀라울 따름입니다. 다만 품위가 있고 훌륭하다는 점에서 유기리 중납언이 다소 못한 듯 보이는 것은 그저 그리 생각하여서일까요. 허나 상큼하고 눈이 번쩍 뜨일 만큼 아름다운 점에서는 중납언이 더 나은 듯 보이기도 합니다.

유기리 중납언이 흥에 젖어 멋들어지게 피리를 불었습니다.

노래를 부르는 전상인들은 계단 옆에 자리하고 있는데, 그 가운데 변소장의 목소리가 특히 빼어나게 들립니다. 역시 전생에서부터 양쪽 모두 축복받은 집안이었던 것일까요.

이야기가 들려주는 삶의 진실

세토우치 자쿠초

영화의 극치

제5권에는 「반딧불」, 「패랭이꽃」, 「화톳불」, 「태풍」, 「행차」, 「등골나물」, 「노송나무 기둥」, 「매화 가지」, 「등나무 어린 잎」의 아홉 첩이 실려 있다. 겐지 나이 서른여섯 오월에서 서른아홉 살 시월까지 3년 반에 걸친 이야기다.

전권에 이어 육조원에서 생활하는 다마카즈라의 신변 이야기가 많이 등장한다. 「머리 장식」에서 「노송나무 기둥」에 이르는 10첩을 '다마카즈라 10첩'이라 부르게 된 것은 이들 각 첩이 다마카즈라를 중심으로, 그 주변에서 생긴 사건과 관계된 인물에 관해 씌어 있기 때문이다.

반딧불

드디어 다마카즈라에 대한 구혼담이 본격적으로 전개된다.

다마카즈라는 뜻하지 않게 겐지로부터 도리에 어긋나는 연심을 고백받은 후 몹시 괴로워한다. 겐지는 일단 속내를 털어놓자 사람들의 눈을 꺼리면서도 수시로 서쪽 별채를 드나들며 틈을 보아 말을 건네려 한다. 다마카즈라는 분별력이 있는 나이인 만큼 대놓고 거부하여 겐지를 부끄럽게 할 수도 없는 노릇이라 어쩔 줄을 모른다. 겐지는 그렇게 수상쩍은 태도를 보이는 한편으로 동생 병부경과의 교제를 권한다.

다마카즈라는 겐지의 구애가 성가신 나머지 그 반동으로 열심히 구혼하는 병부경에게 이전보다 마음이 기운다.

장마철의 어느 밤, 병부경이 찾아왔다. 겐지가 다마카즈라의 시녀에게 쓰라 시킨 답장이 평소보다 친밀감이 감도는 것처럼 느껴져 병부경은 기대감에 부풀어 있다.

겐지는 마치 친어미처럼 신경을 쓰며 병부경을 맞을 온갖 준비를 지시하고서, 어두워진 후에 저녁나절부터 남몰래 모아 얇은 천에 싸서 숨겨두었던 반딧불을 다마카즈라 곁에 있는 휘장을 들추고 살며시 풀어놓았다.

다마카즈라는 대체 무슨 일인지 영문을 모르는 채 허둥지둥 부채로 얼굴을 가렸지만 병부경은 무수한 반딧불이 날아다니는 빛 속에 본 다마카즈라의 아름다운 옆얼굴에 그만 혼을 빼앗기고 만다.

이 사건과 이 밤에 다마카즈라가 부른 노래 때문에 이 제목이 붙었다.

우는 소리조차 내지 못하고

다만 홀로

자신의 몸을 태우는 반딧불이야말로

말로 전하는 그 누구보다

마음이 깊은 것이겠지요

반딧불로 여자를 순간적으로 보여주여 병부경의 마음을 더욱 미혹케 하려는 겐지의 장난기가 도모한 장면이라고 설명되어 있다. 과연 병부경은 반딧불 속에서 본 다마카즈라에게 점점 더 연심을 불태운다. 이 병부경을 반딧불 병부경이라 부르는 것은 이 장면 때문이다. 『겐지 이야기』 전편에는 갖가지 명장면과 인상적인 장면이 배치되어 있는데, 이 반딧불의 몽환적이고 아름다운 장면 역시 그 가운데 하나다.

오일 단오절에 유기리는 동료와 친구들을 데리고 하나치루사토의 여름의 침전의 마장에서 활쏘기 대회를 갖는다. 겐지도 그곳을 찾은 길에 다마카즈라를 찾아보고 반딧불 병부경을 너무 가까이하지 말라고 주의를 준다. 이때 병부경의 성품을 헐뜯기도 한다. 다마카즈라에 대한 겐지의 복잡하고 굴절된 심사가 드러나는 대목이다.

그 밤, 겐지는 웬일로 하나치루사토의 침전에서 묵는다. 그러나 하나치루사토는 자신의 침소를 겐지에게 양보하고 자신의 휘장 뒤에 잠자리를 마련하고, 동침은 하지 않는다. 그렇게 하는 것을 당연히 여기는 하나치루사토에게서 겐지는 마음의 위로를 얻는다. 성관계는 이미 없는 부부지만 겐지는 유기리와 다마카즈라를 맡길 정도로 하나치루사토를 신뢰하고 있는 것이다.

이 첩에서는 그 유명한 겐지의 이야기론이 전개된다. 겐지의 문학론이자 작가 무라사키 시키부의 문학론이라고 해도 무방할 것이다. 다마카즈라는 시골에서 나고 자란 탓에 육조원에서 보는 온갖 이야기책의 재미에 푹 빠져 있다. 긴 장마철의 무료함을 달래기 위해 육조원의 부인들은 이야기책을 탐독하거나 베끼고 있다. 다마카즈라도 예외는 아니다.

어느 날 겐지가 찾아가 보니 다마카즈라는 이야기책을 열심히 베껴쓰고 있었다. 겐지는 그 모습을 보고 다마카즈라를 상대로 자신의 이야기에 대한 다음과 같은 견해를 펼친다.

'이야기란 지어낸 것으로 근거 없는 허황된 것이라는 것을 알면서도 훌륭한 작가가 지은 이야기는 정말처럼 느껴져 감동한다. 『일본기』 같은 역사서는 그 일부에 지나지 않고, 이야기야말로 신대로부터 이 세상에 생긴 온갖 일들이 적혀 있다. 좋든 나쁘든 이 세상에 살아가는 사람들의 모습 가운데 그냥 보아 넘길 수 없고 그냥 들어 넘길 수 없어 마음에 남은 것들을 쓴 것이다. 착한 사람만 그리거나 지나치게 과장된 표현을 쓰면 오히려 흥이 덜하다.'

허구를 가장한 소설이 사실을 기록한 역사서보다 오히려 인생의 진실을 그리고 있다는 의견이다.

무라사키 부인과도 아카시 아씨에게 읽히는 이야기책에 관하여 공죄를 얘기하며, 연애놀음만 그린 책은 교육상 보여주지 않는 것이 좋다고 말한다. 겐지는 아씨에게 읽히는 읽을거리도 손수 엄선하면서 그것을 깨끗하게 베껴쓰게 하거나 그림으로 그리게 한다.

겐지는 자신의 경험에 비추어, 유기리가 무라사키 부인에게 근접하지 못하도록 애써 경계를 늦추지 않는다.

유기리는 여전히 구모이노카리를 그리워하고 있었다. 가시와기는 유기리에게 다마카즈라와의 사이를 중재해달라고 부탁하지만, 유기리는 들어주지 않는다.

내대신은 자신의 딸들이 기대했던 대로 되지 못한 것을 비관하고, 겐지의 숨겨놓은 딸이 나타났다는 소문에 자극을 받아, 그 옛날 유가오가 낳은 자신의 딸의 행방을 궁금해한다. 꿈을 꾸고 해몽을 하는 이에게 꿈을 풀게 하니 행방을 모르는 딸을 누군가가 양녀로 삼았다고 한다.

패랭이꽃

패랭이꽃은 사랑스러운 아이를 뜻한다.

패랭이꽃처럼 아리따운
그대를 보면

아버지도 옛날이 그리워

어머님의 행방을 묻겠지요

겐지가 부른 위의 노래에서 따온 제목.

겐지 나이 서른여섯 살 여름 유월의 일이다.

무더위가 계속되는 여름날, 유기리와 함께 더위를 식히고 있
는데 마침 놀러온 내대신의 아들들에게 겐지는 최근에 내대신
이 외간 여자에게서 낳은 딸 오미 아씨를 찾아내었다는 소문에
대해 그 진상을 묻는다.

점쟁이의 점괘를 흘려듣고 내대신의 친자식이라고 자처하는
오미 아씨를 장남인 가시와기 두중장이 찾아가 데려왔다고 한
다. 겐지는 내대신에게 친딸인 다마카즈라를 보여주면 얼마나
기뻐하고 소중히 여길까 하고 생각한다.

해질 무렵, 겐지는 젊은 귀공자들을 데리고 다마카즈라가 있
는 서쪽 별채로 간다. 겐지는 다마카즈라와 귀공자들에게 연애
를 부추기는 소리를 한다. 겐지는 다마카즈라에게 유기리와 구
모이노카리의 사이를 갈라놓은 내대신에 대한 불만을 털어놓는
다. 그 말투에서 친아버지와 겐지의 사이가 원만하지 않다는 것
을 안 다마카즈라는 고뇌한다.

달이 뜨지 않은 밤이라 화톳불을 피워놓고 겐지는 육현금을
퉁기며 다마카즈라에게도 가르쳐준다. 겐지는 유가오 얘기를
하면서 조만간 내대신을 만나게 해주겠다고 하지만, 마음속으

로는 다마카즈라를 병부경이나 턱수염 우대장과 결혼시킬까 하고도 생각한다. 하지만 겐지는 자신의 연심이 날로 깊어지는 터라 결심을 굳히지 못한다.

내대신은 다마카즈라에 대한 소문을 듣고는 오미의 기량이 만족스럽지 못한 것을 분해한다. 구모이노카리의 앞날도 불안해서 견딜 수가 없다. 겐지가 예를 갖추어 간청하면 유기리에게 주어도 좋다고 생각하는데 겐지 쪽은 전혀 관심이 없는 듯 보여 내심 안절부절못하고 있다.

오미 아씨에 대한 평판이 좋지 않아 난감한 내대신은 예의범절도 배우게 할 겸 고키덴 여어의 시녀로 출사시키기로 한다.

오미 아씨의 방을 들여다보니 고세치와 쌍륙을 하고 있는데, 내대신이 출사에 대한 얘기를 하자 기뻐 날뛰며 차마 들어줄 수 없는 빠른 말투로 말도 안 되는 대답을 늘어놓는다. 내대신은 정나미가 떨어져 도망하듯 나온다. 오미 아씨는 여어에게 기기묘묘한 편지와 노래를 지어 궁중 출사의 기쁨을 표현하는데, 그것이 또 웃음거리, 조롱거리가 된다.

겐지 이야기 중에서 작가가 심술궂게 느껴질 정도로 우스꽝스럽게 표현한 등장인물은 스에쓰무하나와 오미, 그리고 색을 좋아하는 늙은 시녀 겐 전시다. 이 세 사람의 공통점은 궁정이나 귀족사회의 통념, 일상의 조화를 깨뜨린다는 것이다. 아름다움과 조화를 무엇보다 중시했던 당시 사회에서 어떤 형태로든 불협화음을 초래하는 자는 용납되지 않았고 비난의 적이 되었다.

겐 전시는 나이에 걸맞지 않게 색을 좋아한다는 점에서, 스에쓰무하나는 똑바로 쳐다보기 어려울 정도로 추한 용모, 특히 코끼리처럼 긴 코와 코끝이 붉다는 점과 세상 물정을 전혀 모르고 몰상식하다는 점에서, 그리고 오미는 천한 신분과 무지함과 자신의 주제를 모른다는 점에서 사람들의 빈축과 조소를 산다.

긴 이야기 속에 이런 해학은 읽는 이의 웃음을 유발하면서 긴장감을 풀어주는 효과가 있다. 연극에서 막간을 이용하여 피로하는 콩트와 비슷한 것이라고 할 수도 있다.

그런데 스에쓰무하나나 오미나, 작가의 표현이 신랄해지면 신랄해질수록 불쌍한 느낌에 웃음이 싹 가시는 듯한 기분이 들기도 한다. 그 까닭은 이 인물들이 전혀 악의가 없는 선량한 사람들이기 때문일 것이다.

적어도 스에쓰무하나와 오미는 몰상식하게 보일 정도로 성실하고 진지하고 한결같다는 공통점을 갖는다. 시각을 달리하면 미덕으로 보일 수도 있는 점이다.

화톳불

저 화톳불의 불길을 따라
피어오르는 연기야말로
언제까지나 꺼지지 않을
내 사랑의 뜨거운 불꽃입니다

드넓은 하늘로

아무쪼록 사라져버리세요

화톳불을 따라 피어오르는

사랑의 연기라 하시니

연기란 끝내는 하늘로 사라져버리는 것을

이 두 노래에서 따온 제목이다.

겐지는 온 세상 사람들이 오미의 소문을 웃음거리로 삼고 있다는 것을 알고는 공연히 오미를 데리고 와 사람들에게 내보이고는 결점을 감싸주지도 않고 고독한 입장으로 내모는 것은 만사를 분명히 처리하려는 내대신의 성격 탓이라고 비난하며 오미를 동정한다.

다마카즈라는 그 얘기를 듣고 오미와 처지가 비슷한 자신은 겐지가 맡아준 덕분에 아무런 불편 없이 보호받고 있는 것을 새삼 고마워한다. 겐지가 아비답지 않게 사랑을 호소하는 당치도 않은 태도를 보이고는 있지만, 그렇다고 충동을 이기지 못하고 난폭하게 취하려 하지는 않는 강한 자제심에 다마카즈라는 감동하여 서서히 마음을 열고 겐지에게 친숙해져간다.

초가을 달 밝은 밤, 다마카즈라를 찾아간 겐지는 육현금을 베개 삼아 다마카즈라와 나란히 누워 있다. 겐지는 자신의 애틋한 심정을 정원에 피워놓은 화톳불의 연기에 비유한 노래에 담아 호소한다.

하지만 겐지는 자신의 사랑을 억누르고 그 이상의 깊은 관계를 맺지는 않는다. 그때 유기리를 찾아온 가시와기 두중장과 동생 변소장이 이쪽으로 건너온다. 그들을 서쪽 별채로 초대하여 육현금과 피리를 합주한다. 발 안에서 그 소리를 들으며 친형제들을 가까이에서 본 다마카즈라는 감개가 무량하다. 진실을 모르는 가시와기는 다마카즈라에 대한 사랑을 의식하여 각별한 마음을 담아 육현금을 연주한다.

아주 짧은 단편소설 형식. 아무런 진전이 없는 다마카즈라의 결혼 얘기와, 위태롭지만 정체된 겐지의 사랑의 행로에 독자들은 답답하고 초조해한다. 화톳불의 불길 너머로 보이는 육현금을 베개 삼아 누워 있는 두 사람의 모습은 마치 두루마리 그림에서 보듯 요염하고 선명하게 독자에 눈에 새겨진다.

태풍

글 속에 있는 태풍의 날에서 이 제목이 붙었다.

전편과 같은해 가을 팔월.

아키고노무 중궁의 침전에 특별히 심은 가을의 풀꽃들이 아름답게 피어 있다. 중궁은 사가인 육조원으로 돌아와 가을 정원이 풍정을 즐긴다.

그러던 어느 날, 갑자기 태풍이 휘몰아친다. 태풍은 예년이 없는 기세로 육조원의 아름다운 정원의 꽃과 울타리를 쓰러뜨린다.

이날 저녁 문안차 육조원을 찾은 유기리는 가리개 너머로, 열려 있는 옆문 틈으로 보이는 무라사키 부인을 보고 말았다. 차양의 방에 앉아 있는 무라사키 부인의 봄의 새벽 안개 사이로 흐드러지게 피어 있는 벚꽃 같은 아름다움에 유기리는 눈앞이 캄캄해지는 기분이다. 그때 겐지는 아카시 아씨의 처소에 가 있었던 터라 그 자리에 없었다. 돌아온 겐지는 유기리가 무라사키 부인을 보았을지도 모른다고 생각한다.

그 밤, 유기리는 할머니를 문안하고 그곳에 묵는다. 다음날 아침, 태풍의 영향으로 아직 비가 내리고 있었다. 유기리는 육조원의 하나치루사토를 문안한 뒤에 봄의 침전을 찾았는데, 겐지와 무라사키 부인이 아직도 침소에 있으면서 다정하게 얘기를 나누는 기척이 새어나온다. 일어난 겐지는 안절부절못하는 유기리의 표정에서 역시 유기리가 무라사키 부인을 보고 말았다는 것을 간파한다.

그날 겐지는 부인들을 찾아다니며 태풍에 별 탈 없는지 문안하는데, 유기리도 동행한다. 아카시 부인에게는 형식적이고 딱딱한 문안 인사만 한다. 겐지는 다마카즈라의 처소에 가서는 막화장을 끝낸 다마카즈라를 끌어안고 농담인지 진담인지 모를 말투로 구애를 한다. 그 상황을 엿본 유기리는 겐지와 다마카즈라의 사이가 너무도 친밀한 것에 경악한다. 아버지와 딸이라 여겨지지 않는 태도에 다마카즈라까지 완전히 익숙해져, 저항도 하지 않고 품에 안겨 있었던 것이다. 다마카즈라의 아름다움은 마치 비치는 저녁햇살 속에 이슬 맺혀 있는 겹황매화 같았다.

하나치루사토는 겨울 옷을 바느질하느라 바쁜 듯했다. 뒤이어 아카시 아씨를 찾은 유기리는 아씨의 모습을 살며시 엿보고는 늘어진 등꽃송이 같은 느낌이 들었다. 유기리는 그곳에서 먹과 벼루를 빌려 여자들에게 연문을 써 마조에게 들려 보냈다.

유기리가 할머니 댁으로 돌아오자, 마침 내대신이 와 있었다. 내대신은 어머니에게 오미 때문에 마음고생이 크다고 호소한다.

행차

레이제이 제의 오하라노 행차에 관해 씌어 있어 이런 제목이 붙었다. 같은해 십이월에서 이듬해 이월, 겐지 나이 서른여섯에서 서른일곱 살의 이월까지.

겐지는 다마카즈라의 결혼에 대하여 극진하게 신경을 쓰고 있지만 속으로는 자신의 연정을 포기하고 못하고 있다. 만약 이 일이 내대신에게 알려지면, 만사를 분명히 해야 직성이 풀리는 내대신의 성품에 당장이라도 겐지를 사위로 삼으려 할 것이라며 겐지는 두려워한다.

그해 십이월, 오하라노에서 사냥을 하기 위한 행차가 있었다. 행차의 행렬은 그 웅장함 때문에 사람들의 구경거리가 된다. 겐지의 권유로 행차 구경을 하러 나간 다마카즈라는 천황의 고귀하고 보기 드문 아름다움에 감동한다. 겐지를 쌍둥이처럼 닮은 천황은 그 젊음이 겐지를 능가했다. 다마카즈라는 겐지가 권하는 대로 상시가 되어 궁중에서 사는 쪽으로 마음이 기운다.

겐지는 이날의 행차에 동행하지 않았기 때문에 칙사를 통한 응답이 있었다. 다마카즈라가 폐하의 아름다움에 마음이 동하였다는 것을 느낀 겐지는 입궁을 더욱 권한다. 상시도 폐하의 총애를 받을 가능성이 있으니, 이 선택은 아키고노무 중궁과 마찬가지로 자신의 애인을 아들의 아내, 즉 며느리로 맞는다는 뜻이다.

겐지는 다마카즈라가 입궁을 하기 전에 성인식을 치러주려고 한다. 다마카즈라가 오래도록 쓰쿠시에 살았던 탓에 보통 열두세 살에 치르는 성인식을 아직 치르지 않았던 것이다.

해가 바뀌어 다마카즈라가 스물두 살이 된 이월에 성인식을 치르기로 결정하고, 이때 진상을 밝힐 작정으로 내대신에게 허리끈을 묶어주는 역할을 맡아 달라고 의뢰한다.

내대신은 어머니의 병환을 이유로 거절한다. 내대신으로서는 자신의 딸 고키덴 여어를 제쳐놓고 아키고노무 중궁을 입후한 것에 화가 난데다 다마카즈라까지 입궁을 한다는 것은 고키덴 여어의 라이벌이 한 명 더 늘어난다는 것을 의미하므로 불쾌하게 여기는 것이었다.

이월 초, 겐지는 내대신의 어머니를 문안하고서 이유를 설명하고 내대신과의 사이를 중재해달라고 부탁한다.

그 자리에서 겐지는 내대신을 불러, 다마카즈라가 내대신과 유가오 사이에서 태어난 친딸이라는 사실을 털어놓는다. 내대신은 그렇게 찾았던 다마카즈라를 만날 수 있다고 기뻐하는 한편 이내 겐지와 다마카즈라의 관계를 의심한다.

이월 십육일 성인식 당일, 내대신의 어머니를 비롯해 아키고노무 중궁, 육조원의 부인들이 축하 선물을 보내는데, 스에쓰무하나의 선물은 역시 의표를 찌르는 엉뚱한 것이어서 겐지는 어이없어한다.

내대신은 허리끈을 묶어주는 역할을 수행하면서 어떻게든 딸의 얼굴을 보고 싶어하는데, 겐지가 오늘은 아무것도 모르는 척 예법대로 행동해달라는 부탁이 있었던 터라 그 이상의 행동을 취하지는 못한다.

예식의 준비가 더할 나위 없이 훌륭하게 되어 있어 내대신은 진심으로 감사하면서도 지금까지 숨겨왔던 겐지를 원망한다.

하지만 이 딸에 대한 것은 모두 겐지의 뜻에 맡기고 그에 따르자고 생각한다.

사정을 안 구혼자들은 저마다 감개에 젖는다. 반딧불 병부경은 이제는 거절할 구실이 없을 것이라 여기고 더욱 열심히 구혼한다. 겐지는 폐하께서 입궁을 원하고 있다면서 정중하게 거절한다.

소문이 나돌지 않도록 애를 썼지만 역시 세상으로 흘러나가 오미의 귀에도 들어갔다. 상시가 되고 싶은 마음에 사람들이 싫어하는 더러운 일까지 자청하면서 열심히 해왔는데 자신이 아닌 새로운 아씨가 그 자리를 뺏으려 하다니 너무한 일이라고 오미는 원망하고 슬퍼한다.

그런 오미를 형제들은 물론 내대신까지 웃음거리로 삼고 조소한다.

등골나물

유기리는 다마카즈라에게 등골나물을 선물한다. 유기리가 부른 다음 노래에서 제목을 따왔다.

같은 색 상복을 입고
할머니의 죽음을 같이 슬퍼하는
그대와 나
같은 들에 핀 등골나물의 인연으로
다소나마 마음에 품어주었으면

겐지 나이 서른일곱 살 팔월에서 구월까지.

모두들 다마카즈라에게 상시로 입궁할 것을 권하는데 다마카즈라는 홀로 고민하고 있다.

만약 폐하의 총애를 받게 되면 먼저 입궁한 고키덴 여어나 아키고노무 중궁이 어떻게 여길지 알 수 없다. 그런데다 친자식이 아니라고 밝힌 후로는 겐지가 더욱 노골적으로 구애를 하고 있다. 내대신은 겐지를 생각하여 지금도 부모다운 처신은 꺼리고 있다.

이대로 가다가는 언젠가는 반드시 겐지와의 사이에 추문이 나돌 것이다. 누구에게도 털어놓을 수 없는 고민을 안고 해질 무렵의 하늘을 바라보고 상심하고 있을 때, 유기리가 폐하의 의 향을 전하는 사자로 찾아온다. 다마카즈라와 유기리는 할머니 의 죽음에 임해 손자의 입장에서 쥐색 상복을 입고 있다.

유기리는 같은 상복을 입은 처지를 빌미 삼아, 발 안으로 등 골나물을 밀어넣으며 자신의 연모의 정을 호소한다.

다마카즈라는 아비와 아들이 동시에 구애를 하니 괴로운 심 정에 안으로 도망치고 만다.

유기리는 겐지와 다마카즈라의 사이가 수상쩍게 보일 만큼 친밀했던 것을 떠올리고 두 사람 사이를 의심한다. 유기리는 겐 지를 찾아가, 세상에 나도는 소문을 빌미로 다마카즈라에 대한 겐지의 속내를 캐물으려 한다. 유기리는 내대신이 겐지는 내심 다마카즈라를 좋아하는데 육조원에 지금 이대로 놔두면서 자신 의 여자로 삼자니 다른 부인들의 질투를 사 가엾은 처지에 놓일 터이니, 지금 와서 버릴 심산으로 친아버지에게 떠안기고, 입궁 을 시켜서는 그대로 관계를 계속하려는 속셈이라고 사람들에게 떠벌린다고 겐지에게 고하고는, 대체 진심이 무엇이냐고 추궁 한다.

겐지는 오랜 세월 친분을 나눈 내대신인 만큼 자신을 관찰하 는 눈이 예리한 것에 주춤거리며, 그런 일은 절대 있을 수 없다고 유기리에게 옹색한 변명을 한다.

　유기리는 다마카즈라에게 자신이 의중을 밝힌 경솔함을 후회하면서 충실하게 보살피는 것에만 애를 쓴다.

　입궁하는 날이 시월로 정해졌다. 가시와기는 내대신의 사자로 다마카즈라를 찾아오는데, 다마카즈라는 몸이 불편하다는 구실로 남을 대하듯 대접하고 돌려보낸다.

　검은 턱수염 우대장은 동료인 가시와기를 통해서 열심히 구혼을 한다. 내대신은 이 턱수염 대장을 동궁의 백부이며 장차 겐지나 내대신을 대신해 권력을 쥘 인물이라 여기며 호의를 품고 있는데, 다마카즈라는 행차 날에 본 대장의 투박하고 수염이 텁수룩한 풍모를 싫어하여 쳐다보지도 않는다.

　구월에는 연심을 품고 있는 구혼자들이 줄줄이 연문을 보내는데 다마카즈라는 펼쳐보지도 않는다. 반딧불 병부경에게만 답장을 보내자 병부경은 몹시 기뻐한다.

노송나무 기둥

　검은 턱수염 우대장의 딸이 정든 집을 떠나며 읊은 노래에서 제목이 붙었다.

　이제는 끝이라 하여
　이 집을 떠난 후에도
　지금껏 내 동무가 되어주었던

정든 노송나무 기둥이여
나를 잊지 말거라

이 아씨를 마키바시라라고 부르게 된다.

이 첩은 "폐하의 귀에 들어가면 난감하기 그지없는 일"이란 겐지의 말로 시작된다. 독자로서는 아닌 밤중에 홍두깨 격으로, 입궁을 앞둔 다마카즈라가 하필이면 아무 관심도 없었던, 아니 오히려 꺼려했던 검은 턱수염 우대장의 여자가 되었다는 사실이 알려진다.

앞의 첩 「등골나물」이 구월에 끝났으니까, 검은 턱수염 우대장이 뜻을 이룬 것은 구월 말인 셈이다. 오모토라는 시녀가 대장을 안내한 터라 다마카즈라는 저항하지도 못하고 검은 턱수염 우대장에게 당하고 만다. 검은 턱수염 우대장은 다마카즈라의 아름다움에 신이 나서 발이 닳을세라 뻔질나게 드나드는데, 다마카즈라는 대장을 싫어하고 원망하면서 늘 매정한 태도를 취한다.

전혀 예상치 못한 전개에 가장 놀란 사람은 다름 아닌 겐지였다. 그러나 당황하여 소동을 피우는 것도 볼썽사나운 일이라, 이렇게 된 이상 어쩔 수 없다면서 일단은 검은 턱수염 우대장을 사위로 여기고 최고의 대우를 한다.

한편 이 결과에 내대신은 기뻐했다. 내대신은 사흘째 날 밤의 축하연 역시 겐지가 훌륭하게 치러주었다는 소식을 듣고는 감사해한다. 천황은 다마카즈라의 입궁을 기대하고 있었는데 이 뜻하지 않은 결과에 몹시 불만스러워했다.

검은 턱수염 우대장은 육조원을 드나들기가 거북하여 하루빨리 다마카즈라를 자신의 집에 맞으려고 한다. 상시 출사도 만류하고 싶으나 이미 결정된 일이고, 이 일만은 대장 마음대로 할 수 없었다. 내심 겐지가 손을 대었을 것이란 소문을 믿었던 대장은 다마카즈라가 처녀라는 뜻밖의 사실에 기뻐하며 점점 더 다마카즈라에게 빠져든다.

이 대장에게는 연상의 정실이 있고, 그 사이에 아들 둘에 딸 하나가 있었다. 이 부인은 무라사키 부인의 아버지 식부경과 그 부인 사이에서 태어난 사람이다. 무라사키 부인에게는 배다른 언니인 셈이다. 이 사람은 평소에는 기품 있고 아름다운 여인인데 강력한 귀신에 씌어 있어 그 귀신이 난동을 피울 때에는 전혀 다른 사람처럼 거동했다. 대장은 병 때문에 초췌한 이 사람을 '할망구'라 부르며 싫어했다. 그러나 식부경의 체면도 있고, 지병을 앓고 있는 부인을 가엾어하는 마음도 있어 이혼은 생각지 않고 있었다.

어느 눈 내리는 저녁나절, 그날도 눈길을 헤치고 육조원으로 가려는 검은 턱수염 우대장의 등에다 갑자기 병이 도진 부인이 향로의 재를 끼얹는 사건이 터졌다. 머리에서 얼굴 옷가지까지 온 몸에 재를 뒤집어쓴 대장은 그 꼴로 육조원에 갈 수는 없었다. 다마카즈라는 여전히 대장에게 마음을 열지 않고 싫어하는 터라 오지 않는 것을 오히려 반가워했다.

평소 검은 턱수염 우대장의 새로운 관계를 탐탁지 않게 여기고 있었던 식부경은 대장의 태도에 격노하여 그런 남편의 집에 머물 필요는 없다면서 사자를 보내어 딸을 데리고 온다. 부인은 어린 아들과 딸을 데리고 친정으로 돌아간다.

딸은 열두세 살 정도로 대장도 몹시 귀여워하고 딸도 대장을 몹시 따른 터라, 아버지가 없는 틈에 집을 떠나는 것이 슬퍼 '노송나무 기둥이여 나를 잊지 말라'는 노래를 지어 그것을 기둥의 갈라진 틈에 비녀 끝으로 밀어 넣었다.

오래 세월을 살았던 집, 정원의 나무와 풀 한 포기에도 추억이 어려 있어 부인은 눈물을 흘리지 않을 수 없었다.

식부경 댁에서는 식부경의 부인이 겐지의 험담을 늘어놓고 있다. 이 식부경은 무라사키 부인의 친아버지이면서도 겐지가 스마로 유배를 떠났을 때, 겐지를 경원하는 우대신과 고키덴 태후의 세력을 두려워하여 경에 홀로 남은 고독한 무라사키 부인에게 아무런 도움도 주지 않고, 스마에 있는 겐지에게도 문안조차 하지 않았다. 겐지가 그 일로 앙심을 품고 자신에게 복수를 하는 것이라고 부인은 생각하고 있었다.

식부경은 하지만 육조원의 완공을 축하하는 자리에서 사람들이 놀랄 정도로 자신의 쉰 살 축하연을 성대하게 베풀어주지 않았느냐며 부인의 신경질적인 태도와 말투를 꾸짖는다.

사태를 알게 된 검은 턱수염 우대장은 처자식을 데리러 식부경의 집을 찾아가지만, 식부경은 몸이 불편하다면서 만나주지 않는다. 부인 역시 돌아가려 하지 않는 터라 어쩔 수 없이 아들 둘만 데리고 돌아온다.

다마카즈라는 자신 때문에 가정이 붕괴되고 가족들이 흩어진 것을 언짢아하면서 이 결혼을 점점 더 싫어하게 된다.

이즈음에야 다마카즈라는 자신에 대한 겐지의 사랑이 얼마나 깊었으며 그 언동이 얼마나 우아하고 다정했는지를 깨닫게 된다.

그해도 다 가고 이듬해 봄, 남답가 행사가 있을 즈음 다마카즈라는 상시로 궁에 들어가게 된다. 반딧불 병부경에게 은밀히 들은 바가 있어 천황도 아름다운 다마카즈라에게 집착하고 있었다.

어느 날, 다마카즈라의 처소를 찾은 천황은 다마카즈라의 아름다움에 한층 더 미련을 품는다. 검은 턱수염 우대장은 그 소식을 듣자 폐하의 총애를 받게 되면 큰일이라고 생각한 나머지 다마카즈라를 억지로 집에 데리고 온다.

다마카즈라에 대한 미련을 버리지 못하는 겐지는 두 번에 걸쳐 편지를 보내는데, 두 번째 편지의 답장은 대장이 대필한 것이었다. 다마카즈라는 지금에야 겐지가 그리웠다. 폐하로부터도 연락이 있었다. 정부인의 아들들은 다마카즈라를 따랐고, 십일월에 다마카즈라는 아들을 낳았다.

오미는 다마카즈라의 행운을 부러워하면서 유기리에게 연문을 보내어 또 사람들의 실소를 자아내게 한다.

매화나무 가지

육조원에서 향을 조합하는 밤, 주연에 참가한 내대신의 아들 변소장이 사이바라의 「매화나무 가지」를 노래한 것에서 이 제목이 붙었다.

겐지 나이 서른아홉 살 정월에서 삼월까지.

올해에는 열한 살이 되는 아카시 아씨의 성인식이 예정되어 있다. 동궁도 이월에 성인식을 치르는 터라, 그 후에 아씨는 동궁비로 입궁하기로 정해져 있었다.

공사가 없어 한가로운 정월 말, 겐지는 향 조합회를 갖는다. 육조원의 부인들에 아사가오 아씨까지 가세하여 각자 독자적인 명향을 조합한다. 심사는 반딧불 병부경이 맡았고, 그 발표회가 있었다.

이 첩의 전반에는 겐지의 향도론이 후반에는 서도론이 전개된다. 문학론, 회화론, 음악론 등 예술에 다방면으로 재능이 많은 것이 증명된다.

이 명향은 모두 아카시의 아씨가 입궁하면서 지참할 물품이 된다. 겐지와 무라사키 부인은 서로가 모르도록 다른 곳에 숨어 향을 조합한다.

이월 십일, 드디어 향 조합대회가 있는 날이다. 심사자인 반딧불 병부경이 육조원에 도착하자 부인들이 향을 보낸다. 향호

상자와 항아리와 받침대 등은 각자의 취향을 살려 꾸며져 있었다. 병부경은 부인들이 조합한 향을 하나하나 칭찬해 면목을 세워주고, 온화한 분위기에서 조합대회가 끝난다. 그 후의 연회는 남자들의 노래와 악기 연주로 화려하게 진행되었다.

다음날인 십일일 밤, 아카시 아씨의 성인식이 거행되었다. 아키고노무 중궁은 겐지의 부탁으로 허리끈을 묶어주는 역할을 맡았다. 전례가 없을 정도로 성대한 의식이었다.

이월 이십며칠에는 동궁의 성인식이 있었고, 다른 집안 아씨들의 입궁에 앞서 아카시의 아씨는 사월에 입궁하였다. 그사이에 입궁에 필요한 물품은 빈틈없이 갖춰졌다. 그 안에 서도의 글씨본 삼아 명필을 자랑하는 서예가가 쓴 습자책도 포함되었다. 겐지 자신도 붓을 들어 반딧불 병부경과 무라사키 부인에게 자신의 서도론을 펼친다.

내대신은 그런 겐지 주변의 호화찬란한 소동을 보고 들으면서 아직 혼담이 정해지지 않은 구모이노카리를 가엾어한다. 유기리의 마음은 변함이 없다. 겐지는 유기리에게 남자는 결혼을 해야 마음도 안정되고 사회의 신용도도 높아진다고 훈계한다.

등나무 어린 잎

내대신 댁의 등꽃 연회석에서 내대신이 읊조린 옛 노래에서 제목을 땄다.

봄 햇살 비치는
등나무 어린 잎처럼
허물없이 나를 생각한다면
나 역시 그대를 믿고 따르리

내대신은 중무가 유기리를 사위로 삼고 싶어한다는 소문을 듣고는 안절부절못한다. 옛날에 자신이 젊은 두 사람의 사이를 생나무를 패듯 갈라놓은 것을 후회하면서 어떻게든 유기리와 구모이노카리의 사이를 회복시켜야겠다고 생각한다.

내대신은 어머니의 삼주기에 유기리의 소맷자락을 붙들고 왜 그렇게 매정하게 구느냐면서 자신의 죄를 용서해달라고 한다. 내대신으로서는 최대한의 양보였다.

사월 초, 내대신은 자신의 집에서 여는 등꽃 연회에 유기리를 초대한다. 겐지는 자신의 훌륭한 옷을 입혀 보낸다.

유기리는 멋을 잔뜩 부리고 해질 무렵이 되어 상대가 애를 태우고 있을 즈음에야 출발한다. 유기리의 훌륭한 모습과 빼어난 미모는 발군이었다.

그 밤, 유기리는 가시와기의 안내로 구모이노카리의 방에 간다. 억지로 사이를 갈라놓은 후로 7년이란 긴 세월의 시련 끝에 유기리와 구모이노카리의 사랑은 그 결실을 맺은 것이었다. 신혼의 두 사람은 더할 나위 없이 행복했다.

사월 이십일이 지나 드디어 아카시의 아씨가 입궁을 한다. 아카시 아씨가 입궁하기 전, 무라사키 부인은 가미가모 신사의 제신의 강림을 맞는 축제에 참배한 후 접시꽃 축제를 구경한다.

무라사키 부인은 아카시 아씨의 입궁을 계기로 아카시 부인을 아씨의 후견인으로 추천한다. 아카시 부인은 오이에서 눈 내리는 날 이별한 후 같은 육조원에 살면서도 딸의 모습을 한번도 볼 수 없었다. 이제야 친어머니와 딸이 궁중에서 함께하는 행운을 얻은 것이었다.

무라사키 부인과 아카시 부인은 처음으로 대면한다. 두 사람 모두 상대의 아름다움과 풍부한 교양에 감동하고는 겐지가 사랑하는 것도 무리는 아니라고 서로를 인정한다. 두 부인은 지금까지의 원망을 모두 털어버린다.

겐지는 모든 걱정거리가 해결된 지금, 출가의 뜻을 품는다. 내년에 맞을 마흔 살 축하 잔치를 준비하는 도중에 겐지는 준태상전황의 지위에 오른다. 신하로서는 꿈도 꿀 수 없는 최고의 명예다. 내대신은 태정대신으로, 유기리는 중납언으로 승진한다. 유기리와 구모이노카리는 할머니의 삼조 저택을 개조해 그리로 옮겨 가 산다.

시월 이십일경, 천황이 육조원으로 행차를 했다. 스자쿠 상황도 동행한 화려하고 성대한 행차였다.

겐지의 반생은 이쯤에서 대단원을 맞는다. 「기리쓰보」에서 시작하여 「등나무 어린 잎」까지가 생애의 한 단락을 이루면서 이 첩을 끝으로 제1부가 끝난다.

겐지 나이 서른아홉 살, 무라사키 부인 서른한 살, 아키고노무 중궁 서른 살, 아카시 부인 서른 살, 유기리 열여덟 살, 구모이노카리 부인 스무 살, 아카시 아씨는 열한 살이다.

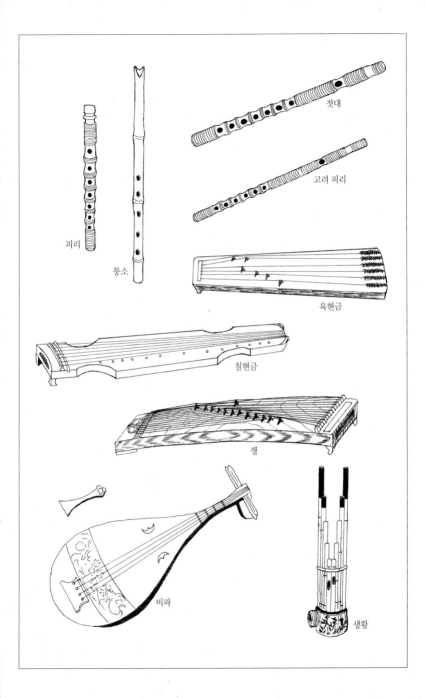

피리

퉁소

젓대

고려 피리

육현금

칠현금

쟁

비파

생황

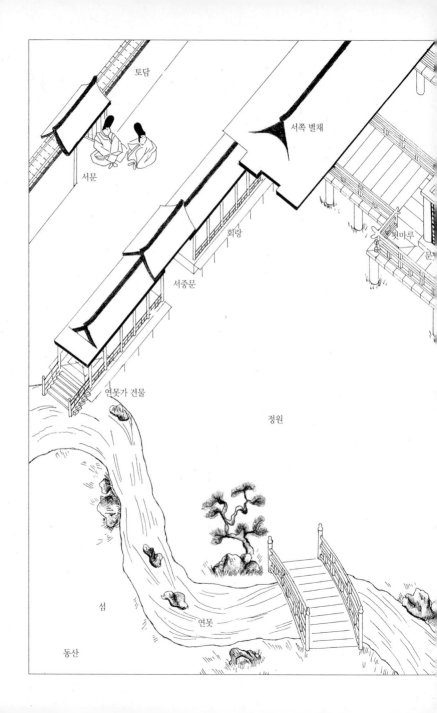

토담

서쪽 별채

서문

회랑

뒷마루

서중문

연못가 건물

정원

섬

연못

동산

침전

도

당궤

토방

안채(본채)

침상(침소)

대

문갑

휘장

병풍

발

차양의 방

장지문

옆문

건널복도

계단

휘장

격자문

건널복도

동쪽 별채

개울물

소례복 차림

겉옷

바지(풀 먹인 빳빳한 바지)

성인식 예복

쥘부채

겉겹옷(5겹)

당의

겉치마

겉옷

속바지

평상복 차림

겉옷

쥘부채

건

평상복 차림

쥘부채

가벼운 평상복 차림

홑옷

바지
(대님으로
아랫자락을
묶는 바지)

관복 차림

관

홀

석대

포

속옷자락

겉바지

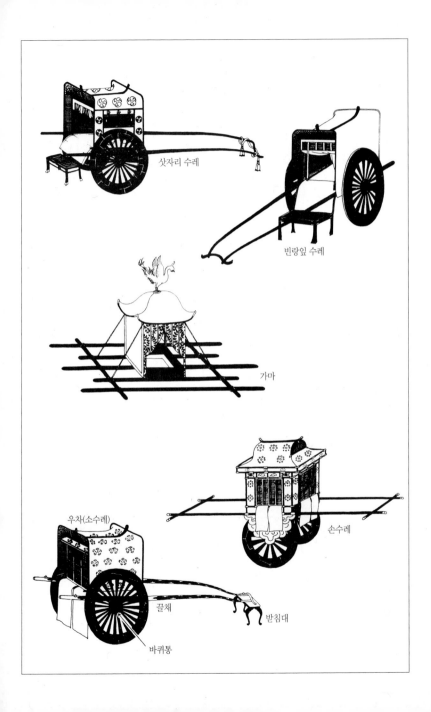

삿자리 수레

빈랑잎 수레

가마

우차(소수레)

손수레

끌채

받침대

바퀴통

• 시모가모 신사

• 별궁

1 2 3 4 5 6 7 8 9 10 11 12 13 14 15
동 서 홍 하 후 순 압 굴 한 대 곡 냉 고 우 다
사 사 려 원 원 원 조 하 원 학 학 천 양 다 원
　 　 관 　 　 　 원 후 　 료 원 원 원 원
　 　 　 　 　 　 　 원

궁성

주작문

신천원

주작원

서시

동시

나성문

15 14 13 12 11 10 9 8 7 6 5 4 3 3 2 1

우측 대로·소로 (위에서 아래로):
일조대로
정친정소로
토어문대로
응사소로
근위어문대로
감해유소로
중어문대로
춘일소로
대취어문대로
냉천소로
이조대로
압소로
삼조방문소로
자소로
삼조대로
육각소로
사조방문소로
금소로
사조대로
능소로
오조방문소로
고십소로
오조대로
통구소로
육조방문소로
육조대로
좌여우소로
칠조방문소로
북소로
칠조대로
염소로
팔조방문소로
매소로
팔조대로
구조방문소로
신농소로
구조대로

하단 대로·소로 (왼쪽에서 오른쪽으로):
서경극대로
무차소로
산포소대로
창고소로
목지대로
혜지리소로
마대소로
우다소로
도조대로
야굴소천로
서인부소로
서대즐대로
황가사대로
서방성대로
주작대로
방성생대로
입대소로
즐대궁대로
대궁대로
저외천소로
굴소로
유동소원대로
서동원대로
정고정소로
실정환소로
오동원대로
고창원대로
만리소로
부동극대로
동극대로

헤이안 경

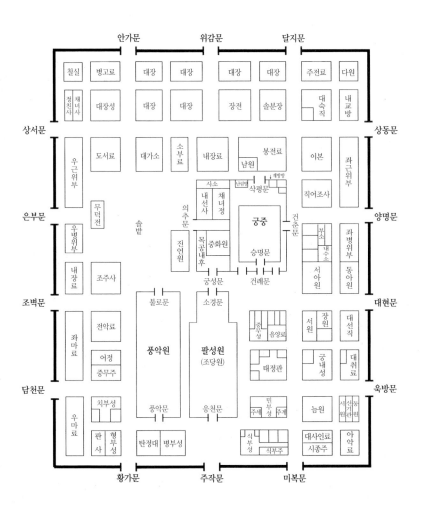

궁성

323

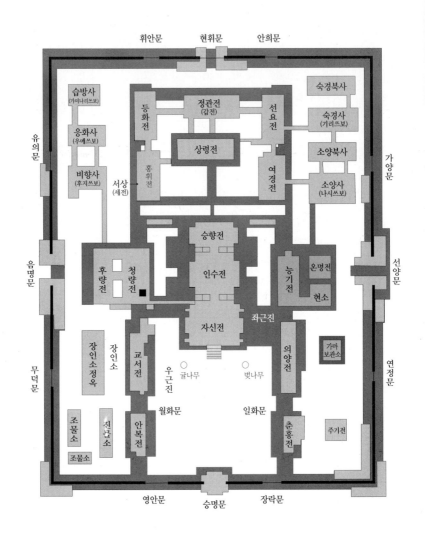

궁중

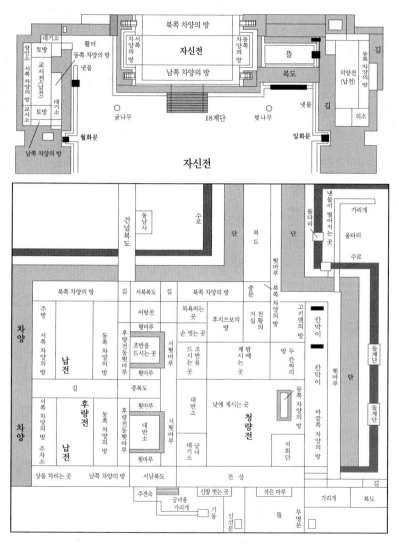

자신전

청량전·후량전

관위상당표 (官位相當表)

관위	신기관	태정관	중무성	식부성	치부성	형부성	병부성	민부성	대장성	궁내성	좌우대사인료	도서료	내장료	아악료	현번료	제릉료	주계료	목공료	대학료	주세료	좌우마료	좌우병고료	음양료	전약료	내장료	봉전료	대취료	주전료	재궁료
정종1위		태정대신																												
정종2위		좌대신 우대신 내대신																												
정3위		대납언																												
종3위		중납언																												
정4위		참의	경				경																							
종4위	백	좌우대변																												
정5위		좌우중변 좌우소변	대보				대판사 대보																							
종5위	대부	소납언	소보 대감물 시종				소보					두						두		문장박사									두	두
정6위	소부	좌우대사 대외기	대내기 대승				중판사 대승											조		명경박사				시	의					조
종6위	대우 소우	소중감물 중승					소판사 소승 대주약																						조	
정7위	좌우소사	대소내감주록물 소대기령					판대사 대소속록											대윤		명법박사 조교				음양박사 천문박사 누각박사	의박사 주금박사					대윤
종7위		감물 대전 전약					대소해주부약											소윤		음박사 산박사 서박사				역박사 누각박사 침박사	의사	윤				소윤
정8위	대사	소주령 소록					판소중사 소속해록부																							
종8위	소사	소전약					소해부														대속 소속	마의사							대속	속
대초위																													소속	
소초위																														

(좌측 여백) ↑ 전상인 / 지하 ↓

관위상당표

관위	동서시사	수옥사	정친사	조주사	내선사	준인사	직부사	채녀사	주수사	후궁	춘궁방	중궁직	수리직	좌우경직	대선직	좌우근위부	좌우위문부	좌우병위부	탄정대	장인소	검비위사	감해유사	대재부	진수부	안찰사	국사대국	국사대국	국사상국	국사중국	국사하국
정종1위																														
정종2위																					별당										
정3위																														
종3위										상시						근위대장			윤				수							
정4위											부															우에노의태수	가즈사히타치			
종4위										전시	춘궁대부	중궁대부	대부	대부		근위중장	위문독	병위독	대필	두	별당	장관	대이		안찰사					
정5위															대선대부	근위소장			소필	5위장인										
종5위										장시	춘궁학사		형	형			위문좌	병위좌				차관	소이	장군			수	수		
정6위		정		봉선				정											대소충	6위장인			대감				개		수	
종6위									정			대진 소진		대진		근위장감	위문대위	병위대위			대위	판관	소감	군감				개		수
정7위														소진			위문소위		태순 소찰		소위		대전	군감	기사		대연			
종7위		우		전선												근위장조		병위소위				주전	소전 박사				소연	연		
정8위							우		우			대속					위문대지		소소		대지		의사 산사		소				연	
종8위												소속					위문소지	병위소지			소지		소지	군조			대목	소목		
대초위		영사						영사																					목	
소초위									영사																					목

계보도

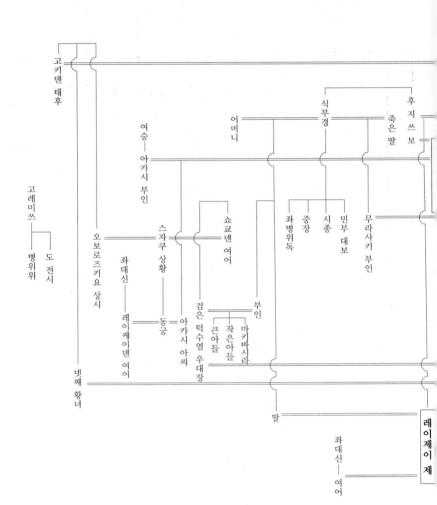

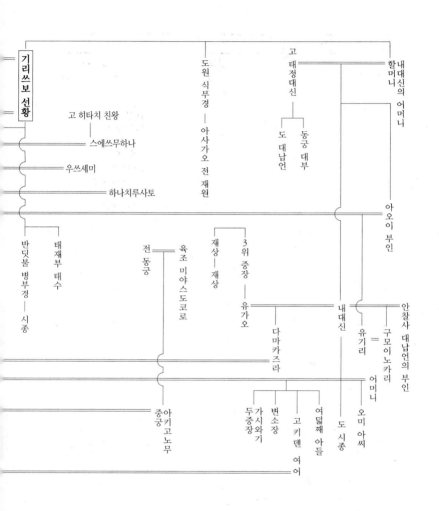

기리쓰보 선황

고 히타치 친왕 ━━━ 스에쓰무하나

우쓰세미

하나치루사토

도원 식부경 ━━ 아사가오 전 재원

고 태정대신 ━━━━ 할머니

도 대납언   동궁 대부

내대신의 어머니

아오이 부인

반딧불 병부경 ━━ 시종

태재부 태수

전 동궁

육조 미야스도코로

재상 ━━ 재상

3위 중장 ━━ 유가오

다마카즈라

내대신

안찰사 대납언의 부인

구모이노카리 = 유기리

어머니

오미 아씨

도 시종

두 중장

가시와기

변 소장

고키덴 여어

여덟째 아들

아키고노무 중궁

연표

첩	황제	겐지나이	주요 사항
25 반딧불	레이제이제	36	여름, 오월 장마철, 병부경은 겐지의 연출로 반딧불 아래 다마카즈라의 모습을 본다. 오월 오일, 육조원에서 활쏘기 시합. 장마는 계속되고, 겐지는 다마카즈라와 무라사키 부인과 함께 이야기론을 펼침. 유월, 육조원의 연못가 건물에서 더위를 식히며 오미를 화제 삼는다. 겐지는 다마카즈라에게 육현금을 가르치고, 패랭이꽃 노래를 주고받음. 겐지, 다마카즈라에 대한 연정이 날로 깊어진다. 가을, 겐지는 다마카즈라와 화톳불 노래를 주고받는다. 팔월, 태풍이 몰아친다. 유기리는 무라사키 부인, 다마카즈라, 아씨 아씨 등을 엿보고 매료된다. 유기리, 무라사키 부인을 사모하는 한편 겐지와 다마카즈라의 사이를 의심한다. 십이월, 오하라노 행차 때 다마카즈라가 천황의 모습에 감동. 천황은 겐지에게 칙사를 보낸다. 겐지, 다마카즈라의 성인식을 준비.
26 패랭이꽃			
27 화톳불			
28 태풍			
29 행차			
30 등골나물		37	봄, 겐지가 내대신에게 다마카즈라의 신원을 밝힌다. 이월, 다마카즈라의 성인식, 내대신이 허리끈을 묶어주는 역할을 맡으며 다마카즈라와 처음 대면. 삼월, 내대신의 어머니 서거. 가을, 다마카즈라가 시월에 상시로 입궁하기로 결정, 구혼자들은 애를 태운다. 검은 턱수염 대장이 열심히 구애를 하지만 다마카즈라는 병부경에게만 답장을 보냄. 검은 턱수염 대장이 다마카즈라와 맺어지는데, 다마카즈라는 그를 싫어한다. 검은 턱수염 대장의 정부인은 귀신에 씌어 번뇌하다가, 대장에게 향로의 재를 끼얹는다. 부인이 친정으로 돌아간다. 마키바시라, 비탄의 노래를 남긴다.
31 노송나무 기둥		38	봄, 다마카즈라 입궁. 레이제이 제가 다마카즈라와 노래를 주고받는다. 검은 턱수염 대장은 다마카즈라를 자택으로 데리고 온다. 겐지는 적적하여 다마카즈라와 소식을 나눈다. 검은 턱수염 대장의 자식들이 다마카즈라를 따른다. 겨울, 다마카즈라가 검은 턱수염 대장의 사내 아이를 낳는다.
32 매화나무 가지		39	이월, 육조원에서 향을 조합하는 시합이 열리고, 병부경이 심판을 맡음. 아카시 아씨의 성인식 때는 아키고노무 중궁이 허리끈을 묶어주는 역할을 맡음. 동궁도 성인식을 치른다. 겐지, 당대 여인들의 필적을 비평. 내대신, 구모이노카리의 혼사를 걱정한다. 사월, 내대신 댁의 등꽃 연회에 유기리가 참가, 구모이노카리와의 결혼 승낙을 받음. 무라사키 부인, 아카시 아씨의 입궁에 동행. 아카시 부인은 후견인이 된다. 겐지, 출가의 뜻을 품는다. 가을, 겐지, 준태상천황이 된다. 겨울, 레이제이 제와 스자쿠 상황이 육조원으로 행차.
33 등나무 어린 잎			

330

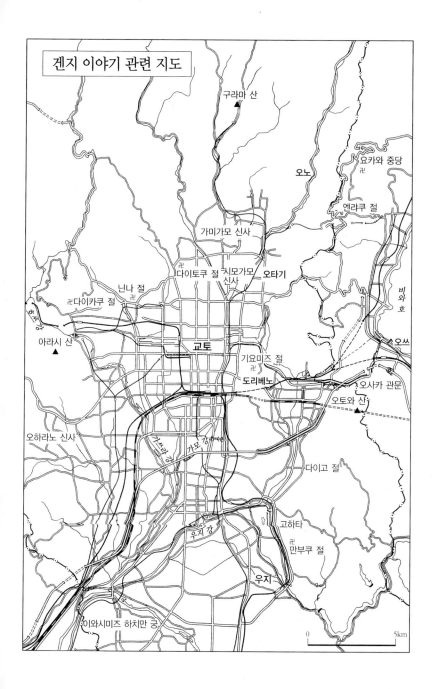

겐지 이야기 관련 지도

어구 해설

가례家禮 집에서 지켜야 할 정해져 있는 예의범절. 뜻이 바뀌어 자식이 부모를 공경하는 것. 『사기』(史記), 「고조본기」(高祖本紀)에는 한(漢)의 고조(高祖)가 황제가 된 후에도 아버지에게 예를 다했던 사례를 들고 있다. '고조가 오일에 한 번 태공을 찾아 뵘은 가인 부자의 예와 같다'.

가리개 가느다란 나무를 가로세로로 엮은 격자에 판을 댄 것. 마당에 세워 가리개로 사용한다.

가미가모上賀茂 **신사에서 제신의 강림을 맞는 축제** 음력 사월, 신일(辰日). 가미가모 신사의 제신인 가모노와케이카즈치노카미(賀茂別雷神)의 강림을 맞이하는 신사. 미아레(御阿礼)라고도 한다.

가사家司 친왕, 섭정, 대신, 3위 이상의 집안에서 집안일을 관장하는 직책.

가쓰라桂 **강** 교토 시 서부를 흐르는 강. 가모(賀茂) 강을 동하(東河)라고 하는 데 반해, 가쓰라 강은 서하(西河)라고 부른다. 우위문부(右衛門府)가 관리하며 여름에는 조정에 은어를 헌상한다. 아라시(嵐) 산 부근을 흐르는 상류를 오이(大堰) 강이라고 한다.

가지기도加持祈禱 밀교(密敎)에서 행하는 주술법, 기도. 귀신이나 악령을 물리치기 위한 기도.

가타노交野**의 소장** 오늘날에는 전해지지 않는 옛이야기의 주인공 이름. 색을 좋아하기로 유명했다. 제1권 「하하키기」 첩에서 화제에 올랐다.

갈래머리 중국식, 소년의 머리를 묶는 법. 머리를 한가운데에서 좌우로 갈라 귀 부분에다 잠자리 매듭 모양으로 묶는 스타일.

개미취 국화과의 풀. 키가 크고 가을에 엷은 보라색 꽃이 핀다. 향은 없다.

개울물, 냇물 궁중에서 전각의 처마 아래를 흐르도록 한 물.

검은 턱수염 우대장 우근위 대장. 종3위에 상당한다. 스자쿠 상황의 여어이며, 현재 동궁의 어머니인 쇼쿄덴 여어의 오빠. 겐지와 내대신에 다음가는 실력자.

겹황매화 장미과의 낙엽 저목(低木). 늦은 봄부터 초여름에 꽃이 핀다. 다마카즈라의 아름다움을 상징한다. 제4권 「머리 장식」 첩의 마지막 장면, 세밑에 옷을 선사할 때 겐지는 다마카즈라를 위해서 짙은 빨간색과 노란색 평상복을 선물한다.

『고금화가집』古今和歌集 첫 칙찬화가집. 20권. 다이고(醍醐) 천황의 명으로 편찬되었다. 905년에 성립되었거나 천황의 명이 있었다. 찬자(撰者)는 기노 쓰라유키(紀貫之), 기노 도모노리(紀友則), 오시코치노 미쓰네(凡河內躬恒), 미부노 다다미네(壬生忠岑). 연어(緣語), 동음이의어 등을 구사해 기교적이며 우아하고 섬세하다. 부(部)의 분류, 배열, 표현 등 이후의 칙찬집의 규범이 되었다. 또 기노 쓰라유키가 쓴 「가나 서문」(假名序)는 가장 오래된 가론(歌論)이다.

『고만엽집』古萬葉集 본래의 『만엽집』. 전 20권. 『신찬만엽집』, 『속만엽집』에 대한 호칭. 4권의 의미는 불명.

고세치五節 오미(近江) 아씨의 시녀.

공달公達 귀족의 자녀.

공이 향나무를 빻는 데 쓰이는 철제 공이.

관불회灌佛會 사월 초파일 부처가 태어난 날, 게(偈)를 읊으면서 갓 태어난 석가의 형상에 향수를 뿌린다.

관의 꼬리장식 앵(纓)이라고 한다. 관 뒤에 늘어뜨리는 비단. 상중에는 안으로 말아 올린다.

「구마노 이야기」 현재는 전해지지 않는 이야기.

궁사宮司 중궁직, 동궁방, 재원, 재궁을 모시는 관리. 중궁직은 중궁에 관한 사무를 다룬 기관.

궁중의 근신 기간 천황이 근신하는 기간. 전상인들은 모두 궁중의 침소에서 출입하지 않는다.

그 옛날 비 내리는 밤 제1권 「하하키기」 첩에서, '비 내리는 날 밤의 여인 품평회'. 내대신과 유가오의 사랑의 전말이 화제가 되었다.

그 옛날 사랑하는 이를 빼앗긴 아무개의 예가 떠오르는 심정 다이라노 사다훈(平 貞文)이 은밀히 정을 주었던 여자를 당시의 권력자 후지와라노 도키히 라(藤原時平)에게 빼앗겼다는 이야기를 반영하고 있는가.

그림 이야기책 이야기에 등장하는 장면과 인물 등을 그림으로 그린 것. 당 시에는 그림에 이야기의 문장을 곁들여 즐기는 예가 많았다.

근위부의 매부리 근위부는 6위부 가운데 하나. 궁중의 호위를 관장하는 기 관. 매부리는 매를 기르고, 사냥에 종사하는 전문가.

근행勤行 부처 앞에서 경을 읽거나 회향(回向)을 하는 것.

기러기 알 물새의 알. 청둥오리, 오리, 거위 등 여러 학설이 있다. 친자식 이 아니라는 뜻의 단어와 동음이의어.

나는 시골서 자란/어린 풀의 딸/히타치의 해변과 가와치의 이카가사키/그리고 스루가 의 다고 해변/어떻게든 뵙고 싶어 제5권 「패랭이꽃」 첩에서 오미 아씨가 부 른 노래. 히타치(常陸)는 히타치 지방, 이카가사키는 가와치(河內) 지 방, 다고(田子) 해변은 스루가(駿河) 지방의 명승지. 명승지를 일컫는 노랫말을 많이 늘어놓으며 멋진 노래를 지은 척하지만, 지명에 맥락이 없는 서툰 노래이다.

나무 기둥 삼나무나 노송나무로 만든, 굵고 훌륭한 기둥. 궁전이나 귀족의 저택에 사용한다. 기둥에 대한 집착은 집이나 아버지에 대한 집착을 뜻 하기도 한다.

낙엽 내대신의 서자인 오미 아씨를 뜻한다. 겐지가 내대신이 유기리와 구 모이노카리의 사이를 갈라놓은 것에 앙심을 품고 빈정거리는 것.

낙존落蹲 아악의 곡명. 고려악. 일월조(壹越調). 우악. 원래는 이인무로 '납 소리'(納蘇利)라고 하는데, 혼자서 추는 경우를 '낙존'이라고 한다. 가면을 쓰고 채를 지니고 춤춘다. 경마, 활쏘기, 씨름 등의 대회에서 연주된다.

난성亂聲 무악이 시작되거나 행차가 도착할 때, 또는 경마, 활쏘기, 씨름 등 의 시합에서 승패가 결정되면 징, 북, 피리 등을 연주하는 것. 가락이 없 는 연주라서 어지럽게 들린다. 제5권 「반딧불」 첩에서 활쏘기 시합 때, 왼편이 이기면 타구락(打毬樂)을, 오른편이 이기면 낙존을 연주했다.

낮은 울타리 정원 주위나 안쪽을 두른 키가 낮고 성긴 울타리.

내대신內大臣 좌우대신을 제외한 정원 외 대신. 나카토미노 카마타리(中臣

鎌足)가 임명된 것이 첫 전례였다. 10세기 후반, 후지와라노 미치다카(藤原道隆)가 임명된 후로는 늘 임명했다.

내시들 내시사(內侍司)의 궁녀들을 일컫는 총칭. 특히 3등관인 상시(常侍)를 뜻하는 경우가 많다.

내시사內侍司 후궁(後宮) 12사(十二司) 가운데 하나. 천황을 가까이 모시면서 말을 전하고, 궁녀들을 감독하며, 후궁(後宮)의 의식 예법 등을 관장하는 기관. 이곳의 장관인 상시는 정원이 두 명으로 천황의 총애를 받는 일이 많았다.

내시소內侍所 궁중의 온명전(溫明殿)에 있다. 신경(神鏡)을 모셔놓고 제사를 드리는 곳으로 내시가 관리한다. 현소(賢所)라고도 한다.

노송나무 껍질 노송나무 껍질을 너와로 하여 지붕에 얹은 것. 당시 궁전이나 귀족의 저택은 주로 노송나무 껍질을 사용했다. 기와는 일부에만 사용했다.

녹祿 수고를 치하하거나 칭찬의 뜻으로 하사하는 상품. 보통 의복이었다.

논병아리 물 위에 둥지를 트며, 물속으로 들어가 물고기를 잡는다. 번식기에는 암수가 나란히 있는 일이 많아, 서로 사랑하는 새로 노래의 소재가 되었다.

능직물 갖가지 무늬를 섞어 짠 견직물.

단오절의 활쏘기 시합 오월 오일에 궁중에서 행하는 절회.

답가踏歌 중국에서 전래된 행사로 남자는 정월 십사일에 여자는 십육일에 나뉘어 치러졌으며, 행사 내용도 각기 달랐다. 남답가(男踏歌)는 가두, 무인, 악인 등으로 뽑힌 전상인과 전하인이 사이바라를 노래하고 발을 구르며 춤을 추면서 청량전 동쪽 어전에서 시작하여 상황전, 동궁전, 중궁전을 돌아 도읍의 경의 호화 저택을 돌면 집집마다 술과 음식을 제공하였다. 983년 이후 폐지되어 이치조(一条) 천황 시대에는 행해지지 않았다. 『겐지 이야기』 중에서는 제4권 「첫 새 울음소리」 첩 이후 2년 만이다.

당의唐衣 스에쓰무하나의 노래에 자주 등장하는 노랫말. 제2권 「잇꽃」 첩에는, 당신의 불성실한 마음이/견딜 수 없이 괴로우니/내 당의의 옷자락은/늘 눈물에 젖어 축축하여라, 제4권 「머리 장식」 첩에는, 내주신 어여쁜 옷 입고 보니/평소의 매정하심이 몸에 저미어/내 신세가 서러우니 이 당의/소맷자락 눈물에 적셔/돌려보낼까 하옵니다

대반소台盤所 청량전 서쪽 차양의 방에 있는 궁녀들의 대기소. 음식을 올려 놓는 반상을 놓는 곳. 또는 귀족의 집에서 음식물을 조달하는 곳. 부엌.

대보大輔 고키덴 여어의 시녀.

대부감大夫監 대재부(大宰府)의 대감(大監). 대이(大貳), 소이(少貳) 다음 가는 직책. 정6위하에 상당하고 종5위 품계를 받은 자.

대재大宰 **대이**大貳 제5권 「매화나무 가지」 첩에만 등장하는 인물. 대재부 차관. 종4위하에 상당한다. 장관은 현지에 부임하지 않기 때문에 대이가 실권을 쥐고 있다. 해외에서 들어오는 물건을 입수하기 쉬운 신분이었다.

대재부 태수帥の宮 기리쓰보 선황의 황자로, 겐지와는 이복 형제. 제5권 「반딧불」 첩에만 등장하는 인물.

동전상童殿上 궁중의 예법을 배우기 위해 어렸을 때부터 궁중으로 들어간 귀족의 자제. 전상에 오르는 것이 허락된다.

둑중개 강바닥의 작은 바위틈에 숨어 사는 작은 물고기.

등골나물藤袴 국화과의 여러해살이풀. 가을 7초의 하나. 초가을에 엷은 보라색 작은 꽃이 핀다. '후지바카마'라고 소리가 나는데, '후지'는 상복을 연상케 하고, 그 색은 '무라사키'(보라색)와의 인연을, 즉 사랑하는 사람과 인연이 있는 사람을 연상케 한다.

마료馬寮 말에 관한 것을 관장하는 기관. 좌우로 나뉜다.

마부馬副 귀인의 승마에 동행하는 자.

마장전馬場殿 경마나 기사(騎射 : 말을 타고 달리면서 활을 쏘는 것)를 구경하는 곳.

마조馬助 유기리의 측근. 제5권 「태풍」 첩에서만 등장하는 인물. 마조는 우마료의 차관으로 정6위하에 상당한다.

만엽萬葉 **가나**假名 원래 표의문자인 한자를 표음문자로 활용하여 일본말을 표기한 것. 주로 『만엽집』의 노래 표기에서 볼 수 있다. 히라가나, 가타가나의 모체이다.

매화 향의 일종. 봄용.

머리 장식 머리, 관 등에 꽃가지나 조화를 꽂는 것.

머리카락, 머리칼 여성의 아름다움을 상징한다.

모쿠木工の君 검은 턱수염 대장의 연인.

문지기 관문을 지키는 문지기.

물밥 새로 지은 밥이나 찬밥에 시원한 물을 부은 것.

미나모토노 긴타다源公忠, 889~948 고코(光孝) 천황의 손자. 36가선 가운데 한 사람. 다이고(醍醐) 천황과 스자쿠(朱雀) 천황을 모셨다. 화가(和歌) 와 향도(香道), 방응(放鷹)에 뛰어났던 인물.

미루코 다마카즈라의 여동. 가시와기와 다마카즈라의 사이를 중재했다.

바람에 흔들리는 물억새 소리 물억샛잎의 흔들림에 가을 기운을 느끼는 것은 헤이안 시대 노래의 전형적인 발상.

바람이란 참으로 큰 바위도 움직일 만큼 그 힘이 대단하구나 태풍의 바람 때문에 유기리가 겐지의 엄중한 경계 아래 있는 무라사키 부인의 모습을 엿볼 수가 있었다는 뜻. 『사기』의 권7, 「항우본기」와 『문선』 권13, 「풍적」을 출전으로 지적하는 설도 있지만 정확하지는 않다.

반딧불 혼, 또는 사랑의 정념의 불꽃을 상징한다. 반딧불로 여인의 모습을 본다는 장면 설정은 『이세 이야기』의 39단에 있는 「미나모토노 이타루(源至) 이야기」와 『우쓰호 이야기』, 「초가을」 권 등에 이미 나온다.

발해 사람 조선 반도의 북쪽에 있었던 나라. 713~926. 제1권 「기리쓰보」 첩에 등장하여 겐지의 관상을 보았던 인물인가.

방등경方等經 『법화경』, 『화엄경』 등 대승불교의 교전 모두를 일컫는 말.

방울벌레 오늘날의 청귀뚜라미. 노래에서는 방울소리처럼 운다는 음색이 아름다운 목소리의 비유로 사용된다. 『겐지 이야기』 이후 화가(和歌)에 방울벌레의 용례가 급증한다.

배롱 향을 옷에 배게 하기 위해 사용하는 바구니. 향로 위에 얹어 그 위에 옷을 덮어놓고 향을 배게 한다.

백단향 초여름에 엷은 보라색 꽃이 핀다.

백보방百步方 옷에 배게 하는 향을 조합하는 방법의 하나. 백 보 떨어진 곳 까지 향기가 풍긴다는 뜻.

버릇 겐지의 성격을 특징짓는 표현. 제1권 「하하키기」 첩의 도입부에 '마음고생의 씨가 될 사랑을 굳이 관철하려는 골치 아픈 버릇이 있었지요'라는 표현이 있다.

변 오모토 다마카즈라의 시녀. 제5권 「등골나물」 첩부터 등장해서, 검은 턱수염 대장과 다마카즈라의 사이에 다리를 놓는다.

변기를 청소하는 아이 궁중에서 변기 청소를 하는 신분이 낮은 여동. 이렇게 신분이 낮은 여동이 오히려 오미 아씨보다 매사에 익숙하고 세련되었 다는 뜻으로 빈정거림.

변소장弁少將 가시와기의 동생. 제2권 「비쭈기나무」 첩에서 「다카사고」를 불렀던 인물.

병부경兵部卿 과거의 대재부 태수. 겐지의 남동생. 풍류를 알아 공사를 막 론하고 연석에서는 빠뜨릴 수 없는 인물. 다마카즈라에게 구혼하는 자 들 가운데 유력한 후보.

봄과 가을의 우열을 가릴 때 계절 가운데 봄과 가을의 우열을 가리는 논의. 봄가을 모두 훌륭하여 우열을 가릴 수 없다는 것은, '봄이 좋은지 가을 이 좋은지 망설여지고 정하기 힘들구나, 그때그때의 계절 따라 마음이 쏠리니'(『습유집』, 「잡하」·기노 쓰라유키) 등에 보인다. 가을이 우위 라는 것은 '겨울이 지나 봄이 오면 울지 않던 새도 날아와 지저귀고 피 지 않았던 꽃도 피네. 하지만 산은 우거져 들어가도 만져볼 수도 없고 풀이 무성하여 꺾을 수도 없네. 한편 가을 산의 나뭇잎을 보니 단풍을 손에 쥐어 찬미하고 푸른 잎을 두고는 한탄하고 원망하기도 하네. 그런 마음 설레는 가을을 나는 좋아하네'(『만엽집』 권1·누카타노 오키미額 田王), '봄은 단지 꽃이 다같이 핀다는 것뿐, 정취의 깊이에서는 가을이 뛰어나니'(『습유집』, 「잡하」·작자 미상) 등에 보인다.

봉封 봉호. 친왕, 제왕, 제신에게 위관과 공훈에 따라 하사하는 민호.

부동존不動尊 **다라니**陀羅尼 답답하고 엄숙한 것을 비유하는 말. 부동존은 5대명왕의 하나인 부동명왕(不動明王). 대일여래(大日如來)의 화신이 며 그 사자. 다라니는 범어의 소리를 그대로 읊는 주문.

불효 불교에서 부모은(父母銀), 중생은(衆生恩), 국왕은(國王恩), 삼보은 (三寶恩)을 4은(四恩)이라고 한다.

빗함 빗을 담아놓는 상자. 제5권 「행차」 첩에서 삼조 대부인의 노래. 겐지와 내대신/뉘 핏줄이든/그대는 나와 깊은 인연/빗과 빗함을/떼놓을 수 없듯

사가嵯峨 **천황** 786~842, 재위 809~823 간무(桓武) 천황의 황자. 헤이제이(平 城) 천황이 퇴위한 후 즉위했으나, 헤이제이 상황과 대립하여 구스코

(藥子)의 변이 일어난다. 글씨에 뛰어나 3필(三筆) 가운데 한 사람이다.

사이바라催馬樂 고대 가요. 원래는 민요였지만 헤이안 시대에 아악으로 편성되었다. 사이바라의 반주는 홀, 박자, 육현금, 비파, 칠현금, 피리, 대금, 생황 등이 한다. 춤은 없다. 궁중이나 귀족의 연회석, 사원의 법회 등에서 불렀다.

사이바라의 「갈대 울타리」 사이바라의 여(呂). 남자가 여자를 데리고 울타리를 넘으려고 하는데, 고자질한 사람이 있어 실패한다는 내용. 구모이노 카리의 형제인 변소장(弁少將)이 유기리에게 빈정거리는 것.

사이바라의 「다케 강」 사이바라의 여(呂). 남답가 때 부르는 노래.

사이바라의 「매화나무 가지」 사이바라의 여(呂).

산골 헤이안 시대의 귀족이 산장을 지은 곳. 산골에 수심에 잠긴 여자가 산다는 것은 야마토 그림의 전형적인 장면.

삼도천三途川 여자가 죽으면, 처음 사랑했던 남자가 업고 삼도천을 건넌다는 미신이 있었다.

삼종지도三從之道 미혼 여성이 아버지에게 복종해야 하는 세 가지. '부인에게는 세 가지 따라야 할 도리가 있으니 함부로 행동해서는 아니 된다. 시집가기 전에는 아버지를 따르고 시집을 가서는 남편을 따르고 남편이 죽어서는 아들을 따라야 한다'(『의례』, 「상복전」).

상달부上達部 공경(公卿)을 뜻한다. 섭정, 관백, 태정대신, 좌우대신, 내대신, 대중납언, 참의 및 3위 이상의 총칭.

상부련想夫戀 아악의 곡명. 평조의 당악(唐樂). 원래는 '相府連'이라고 표기하고, 진(晉)나라의 대신 왕검(王儉)이 마당에 핀 연꽃을 축하한 곡이라고 하는데, 일본에서는 소리가 같은 '想夫戀'이라는 뜻으로 해석한 탓에, 남편을 그리워하는 노래란 이미지가 있다.

상시常侍 내시사의 수장으로 두 명이며 천황을 가까이에서 모시면서 주청과 선지를 전하고, 궁정의식을 관장했다. 천황의 총애를 받는 자도 많아 여어와 갱의에 준하는 지위가 되었다.

새벽에 헤어진 일 헤이안 시대의 결혼은 남자가 여자의 집을 드나들면서, 새벽에 일어나 헤어져 돌아가는 시기를 거쳐 같이 살게 되는 것이 일반적이었다. 하지만 겐지와 무라사키 부인은 처음부터 같이 살았기 때문에 새벽 이별의 괴로움을 경험한 일이 없다.

서사書司 후궁(後宮)의 12사(十二司) 가운데 하나. 서적, 문방구, 악기 등을 관장하는 곳.

서쪽 별채 다마카즈라의 거처. 육조원의 동북쪽, 즉 하나치루사토가 사는 여름 침전의 서쪽 건물.

섭정攝政 어린 천황을 대신하여 정치를 하는 역. 신하가 섭정을 한 경우는 후지와라노 요시후사(藤原良房)가 처음이다. 이후 후지와라 북가(北家)에 의한 섭관 정치가 정착되었다.

성인식 여자는 성인식 때 처음으로 겉치마를 입고 머리를 올리며, 남자는 상투를 틀고 관을 쓰며 성인용 옷으로 갈아입는다. 성인식은 보통 열두 살에서 열네 살경에 치른다. 성인식을 치른 후에 결혼. 다마카즈라는 쓰쿠시(筑紫)에 내려가 있었기 때문에 시기가 늦었다. 『겐지 이야기』에서는 이월에 행하는 경우가 많다.

소중한 보물이라도 훔쳐온 것처럼 『이세 이야기』의 6단에서 남자가 이조의 첩인 듯한 여자를 훔쳐온 이야기가 반영되어 있다.

속겹옷襭 관복 차림을 할 때, 포 속에 입는 옷. 그 자락을 길게 늘어뜨린 것을 속옷자락이라고 한다.

손수레 가마에 바퀴를 달고 사람이 끄는 수레. 동궁, 친왕, 황녀, 여어, 대신, 승정 가운데 천황의 선지를 받아 허락된 자들이 궁중의 중문 안까지 타고 들어갈 수 있다. 무라사키 부인과 다마카즈라는 레이제이 제의 각별한 조처로 사용이 허락되었다. 제1권 「기리쓰보」 첩에서 기리쓰보 갱의가 사가로 나갈 때 손수레를 허용하는 선지가 있었다.

솔새 벼과의 여러해살이풀. 가을의 7초. 잎은 좁고 길쭉하고 가을에 갈색 이삭이 맺힌다.

수신隨身 칙명에 따라 귀인의 외출시 경호를 담당하는 근위부(近衛府)의 관리.

숙직소 우대장인 검은 턱수염의 숙직소는 음명문(陰明門) 안쪽.

술과 밤참 남답가를 도는 사람들에게 대접하는 술과 참. 식사를 대접하는 곳은 대대적인 접대를 해야 하나, 이곳은 그렇지 않다. 사전에 담당이 정해진다.

쉰 살 축하연 쉰 살을 축하하는 연회. 마흔 살 때부터 십 년마다 치른다. 제4권 「무희」 첩에는 겐지가 식부경의 쉰 살 축하연을 베푸는 장면이 있다.

스미요시住吉 신사, 스미요시 명신 셋쓰(摂津) 지방, 오늘날의 오사카(大坂)시 스미요시 구에 있다. 우와쓰쓰노(表筒男) 나카쓰쓰노(中筒男), 소코쓰쓰노(底筒男)의 3신. 훗날에는 진구(神功) 황후도 모셨다. 바다의 수호신이며 노래의 신.

『스미요시住吉 이야기』 현존하는 책은 가마쿠라(鎌倉) 시대에 개작한 것. 고본은 『겐지 이야기』 이전에 성립. 계모가 의붓자식을 해코지하는 전형적인 이야기. 계모는 의붓딸의 혼담과 입궁을 방해하며, 일흔 살이 넘은 주계두에게 딸을 훔쳐가라고 획책하는데, 딸은 유모의 딸과 함께 스미요시의 여승에게 피신, 하세(長谷) 절의 영험함으로 이전부터 딸을 흠모해왔던 소장과 맺어진다는 이야기.

스자쿠 상황의 모후가 오보로즈키요 상시를 만나지 못하게 하기 위해 제2권 「비쭈기나무」 첩에서 고키덴 태후가 오보로즈키요와 겐지의 사이를 갈라놓은 일. 오보로즈키요, 다마카즈라 모두 상시이기 때문에 연상된 것.

습자草子 노래집이나 이야기책류.

시종향侍從香 향의 이름. 침향, 정자향, 갑향, 감송, 숙울금 등을 배합한 것.

심술궂은 계모를 다룬 많은 옛이야기 『우쓰호 이야기』와 『스미요시 이야기』가 대표적인 의붓자식을 괴롭히는 이야기이다. 겐지는 무라사키 부인의 양녀인 아카시 아씨를 위해 이런 이야기책에서 나쁜 영향을 받지 않도록 배려한다.

쌍륙雙六 인도에서 시작되어 나라 시대에 중국을 통해 들어온 놀이. 두 사람이 각각 열다섯 개의 검정, 하양 포석을 반상에 늘어놓고, 죽통에 들어 있는 주사위를 흔들어 나온 눈의 수만큼 포석을 움직인다. 먼저 적진에 들어간 쪽이 이긴다.

아사가오朝顔 『만엽집』 이후 무궁화, 도라지꽃, 메꽃 등 다른 식물의 이름이라고 하는 설이 있었으나, 『겐지 이야기』에서는 현재의 나팔꽃을 뜻한다. 허망함의 상징. 또 '가오'란 호칭에서 사람의 얼굴이 연상된다.

안개 사이로 소담스럽게 핀 산벚꽃 무라사키 부인의 아름다움을 상징한다. 겹벚꽃보다 늦게 핀다. 안개 사이로 보이는 산벚꽃은 제1권 「어린 무라사키」 첩의 서두에도 있는 장면 설정. 북산에서 이루어진 겐지와 어린 무라사키의 만남이 반영되어 있다.

안부를 묻는 편지 남녀가 동침을 한 다음날 아침, 남자가 여자에게 보내는 편지. 이르면 이를수록 성의가 있다고 여겨졌다.

액막이 주머니 갖가지 약과 향료를 주머니에 담아 창포, 쑥 등의 조화로 묶고, 오색실로 멋을 부린 주머니. 오월 오일 단오절에 건물 기둥에 매달거나 몸에 지녔다. 나쁜 병에 걸리지 않기 위한 액막이.

얇은 비단 안이 비쳐 보일 만큼 얇은 비단.

여덟째 아들 내대신의 팔남. 가시와기와 어머니가 같다.

여어女御 천황의 후궁(後宮). 황후와 중궁의 뒤를 잇는 지위. 통상 황족이나 섭정, 관백, 대신의 딸이어야 될 수 있었다.

여인네들의 수레 여자들이 타는 우차.

연못가 건물 침전의 정원에서 연못에 임하도록 지은 건물. 더위를 식히거나 놀이나 연회를 할 때 사용한다.

연인 시녀로 시중을 들면서 주인의 애정을 받은 여자. 처첩의 지위는 인정되지 않는다.

엿보기 물건의 틈새로 남몰래 안을 들여다보는 것. 헤이안 시대의 귀족 여성은 타인에게 모습을 보이는 일이 좀처럼 없었기 때문에, 남성이 마음에 품은 여성을 엿보는 것은 일반적으로 허용되었다. 이야기의 장면 구성에도 종종 이용되는데, 엿보는 남성의 시점에서 안의 모습이 서술되는 특징이 있다. 제1권「어린 무라사키」첩에서 겐지가 어린 무라사키를 발견하는 장면도 비슷하다.

옅은 남색 푸른빛이 도는 남색. 엷은 감색. 상복의 색.

옛날이야기에도 자식들에게 애정이 많은 아비조차 『스미요시 이야기』와『오치쿠보 이야기』(落窪物語)로 대표되는 계모 이야기에서, 아버지가 후처와 시간을 보내느라 전처의 딸을 소홀히 하게 된다는 전개가 흔히 등장한다.

오미近江**에 있는 묘호**妙法 **절** 시가(滋賀) 현 하쓰카이치(八日) 시. 엔랴쿠(延曆) 절의 별원. 이세와 경계가 가까운, 에치(愛知) 강의 상류 부근. 오미 아씨가 태어난 곳이라고 하는데, 어머니의 신원은 분명치 않다.

오시오小鹽 **산** 오하라노(大原野) 서쪽에 있는 산. 명승지.

오엽송五葉松 짧은 나뭇가지에 바늘 모양 잎이 다섯 장 달린 소나무.

오죽 울타리 대나무와 널로 만든, 틈이 많은 울타리.

오하라노大原野 **천황의 행차** 오하라노는 교토 시 니시쿄(西京) 구. 이곳에 있는 오하라노 신사는 가스가 대사(春日大社)에서 옮겨 온 후지와라 씨의 씨족신. 이 행차에서 새 사냥을 한다. 다이고(醍醐) 천황의 928년 십이월 오일의 오하라노 행차가 그 준거로 여겨진다.

옥색 하얀빛이 도는 엷은 청색. 연녹색. 6위가 착용하는 포의 색.

왕족王族 천황의 자손으로 신하로서의 성을 받지 않은 자.

용담龍膽 인동과의 여러해살이풀. 가을에 보라색 종 모양의 꽃이 핀다.

우근右近 유가오의 시녀. 유가오가 급사한 자리에 함께 있었으며, 그 후에는 겐지의 시중을 들다가 겐지가 스마로 내려간 후에는 무라사키 부인의 시녀가 되었다.

우근右近 **대부** 大夫 겐지의 가인. 종6위상에 상당하는 우근위 장감으로, 특히 5위의 계를 받은 자.

우다宇陀 **법사** 우다 천황이 애용했던 육현금의 명기. 이치조(一条) 천황 시대에 궁중의 화재로 소실되었다.

『우쓰호 이야기』宇津保物語**에 나오는 후지와라**藤原**의 도련님의 딸** 『우쓰호 이야기』의 여주인공으로 미나모토노 마사요리(源正頼)의 딸, 아테미야(貴宮). 많은 구혼자들의 구애를 물리치고 동궁비가 된다. 구혼담의 전형으로 제4권 「머리 장식」 10첩에도 영향을 미쳤다. '후지와라의 도련님'은 미나모토노 마사요리의 어릴 적 호칭. 어머니가 후지와라 씨인 연유로 그렇게 불렸다.

운韻 **맞히기** 옛 시가의 운을 가리고, 시의 내용으로 가려진 운자를 맞히는 놀이.

원령, 귀신, 악령 산 사람의 몸에 들어간 죽은 사람의 원혼이나 산 사람의 영. 병의 원인이라고 여겨졌다.

원사院司 상황(上皇), 법황(法皇), 여원(女院) 등에 관한 사무를 보는 직책.

위수葦手 헤이안 시대에 시작된 유희적인 서체. 물의 흐름과 군생하는 갈대를 그리고, 숨겨 놓은 수(水), 위(葦) 등의 노랫말을 쓴 것.

유가오夕顔 두중장과의 정분으로 다마카즈라를 낳은 여성. 제1권 「밤나팔꽃」첩에서, 오조의 임시 가옥에서 지낼 때, 밤나팔꽃에 비유하여 노래를 주고받은 인연으로 겐지와 사랑에 빠졌다. 그러나 팔월 십육일, 겐지가 데리고 간 모처에서 돌연사했다.

유리琉璃 일곱 가지 보석 가운데 하나.

유모乳母 어머니를 대신하여 갓난아이의 수유와 양육을 담당하는 여자. 일반적인 시녀와는 다른 권한이 있었다. 주군에 대해서도 친모와 다름없는 애정으로, 운명을 함께하며 봉사하는 경우가 많다.

6위의 연녹색 포 제4권「무희」첩에서, 구모이노카리의 유모는 유기리가 위계가 낮은 육위를 뜻하는 옥색 포를 입었다 하여 멸시했다.

육조원六條院 육조 미야즈도코로의 구택을 에워싸듯 지은 겐지의 사택. 동남, 동북, 서남, 서북의 네 방향에 각기 봄, 여름, 가을, 겨울을 배치하여 사방 사계절의 구조를 지닌다. 신하로서의 신분을 넘어서는 권력의 체현이라고도 해석된다.

육현금六絃琴 일본 고유의 악기로 현이 여섯 줄이다. 아즈마 금(東琴), 야마토 금(大和琴)이라고도 한다.

율律 음악의 조(調). 단조적인 선율. 중국 전래의 장조적인 선율은 여(呂)라고 한다.

음양사陰陽師 음양료(陰陽寮)에 속하여 천문, 역수, 점, 계, 제의 등을 관장하는 직책. 훗날에는 일반적으로 점이나 액막이 제에 관계하는 자를 일컫게 되었다.

이데井手 야마시로(山城) 지방. 교토 부 쓰즈키(綴喜) 군 이데 정. 기즈(木津) 강의 오른쪽 기슭. 황매화나무와 개구리 울음소리로 유명하다.

이시야마石山 **절의 관음불** 이시야마 절의 본존. 이시야마 절은 시가(滋賀) 현 오쓰(大津) 시, 세타(瀬田) 강 언저리에 있다. 관음신앙으로 유명하다. 명승지. 달의 명소. 무라사키 시키부가 이 절에 칩거하면서『겐지 이야기』를 쓰기 시작했다는 전설이 있다.

이야기, 모노가타리物語 헤이안 시대에서 가마쿠라 시대에 유행한 문학 형식. 가나 산문으로 쓰고, 지어낸 허구를 말하는 이가 듣는 이에게 말하는 형식을 취한다. 초기의 이야기는『다케토리 이야기』의 가구야 히메가 달세계로 돌아가는 것처럼 초현실적인 내용이 많았다. 하지만 허구에 불과한 것만은 아니었다. 제5권 「반딧불」 첩에서 겐지는 허구 속에서 진실이 있다고 말하는데, 이로써 무라사키 시키부가 이야기를 높게 평가했다는 것을 알 수 있다.

이야기를 노래로 읊을 때 노래가 중심인 이야기. 노래 이야기. 또는 노래를 읊게 된 경위를 말하는 것. 주로 헤이안 시대의 귀족사회에서 유행했다. 사랑의 증답가 등이 화제에 오르는 일이 많았다.

인용한 노래 문장에 옛 노래나 동시대의 사람들이 잘 알고 있는 노래의 일부를 인용하여, 원래 노래의 정취를 환기시키며 감흥을 일으키는 기법.

일가가 후지와라 성씨를 가진 사람들로만 이루어져 있어 황족에 준하는 겐지는 신하인 후지와라 씨보다 상위라는 의식이 깔려 있는 겐지의 빈정거림.

작은 눈 상대방에게 작은 눈이 나오도록 비는 말.

장가長歌 화가 형식의 일종. 575757……577의 형식. 뒤에 단가를 곁들인다. 『만엽집』에서 흔히 볼 수 있는 형식으로, 헤이안 시대에는 현저하게 쇠퇴했다. 내대신은 상시 직을 바라는 오미(近江)를, 여자는 한문으로 뜻을 전할 수 없으니 대신 장가를 쓰라고 조롱한다.

장인藏人 장인소의 관리. 장인소는 원래 천황의 기밀문서나 도구류를 보관하는 납전을 관리하는 기관. 천황 직속이라 점차 직무가 확대되어 궁중 의식과 천황의 일상 업무를 다루는 중직이 되었다. 5위 장인 외에 6위 장인에게도 전상의 방에 오를 자격이 있었다.

재상宰相 참의(參議). 태정관으로 대납언, 중납언 다음가는 지위.

전前 **스자쿠**朱雀 **상황** 867~931, 재위 887~897 역사적으로는 우다(宇多) 천황이 양위한 후의 호칭. 작중 스자쿠 상황은 허구의 인물인 데 반해 실재했던 우다 상황을 '전 스자쿠 상황'이라 하여, 사실과 허구의 조화를 이뤘다.

전상인殿上人 4위, 5위 중에서 청량전 전상의 방에 오를 수 있는 자. 또는 5위, 6위 장인을 뜻한다.

전시典侍 내시사의 차관. 종6위에서 종4위로 진급하는 상급 궁녀. 내시사는 후궁 12사의 하나로 천황을 가까이 모시면서 전언, 궁녀들의 감독, 후궁의 의식절차를 관장하는 기관.

절회행사節會行事 계절이 바뀌거나 공무가 있을 때, 조정이 군신에게 술과 음식을 베푸는 행사. 설날(정월 일일), 백마(정월 칠일), 답가(정월 십육일), 단오(오월 오일), 씨름(칠월), 풍명(십일월) 등이 있다.

정사라고 하는 일본기日本紀 『일본서기』를 필두로 하여 육국사(六國史) 등 관선 국사의 총칭. 오랜 전승을 다루고 있다는 점에서는 이야기와 공통된다.

정향나무로 짙게 물들인 정향나무 열매를 쪄서 우려낸 짙은 즙으로 물들인 색. 노란빛이 감도는 엷은 적색.

제왕諸王 친왕 선지가 없었고, 성을 하사받지도 않은 황자, 황족.

조와承和 **시대에 닌묘**仁明 **천황이 남자들에게는 전수하지 않았다는 두 가지 비전의 조합법** 조와(834~848)는 닌묘 천황(810~850)의 치세 연호. 흑방과 시종향의 조합법을 남자들에게 전수하는 것은 금했다고 한다.

종이 공방 관립 제지공장. 가미야(紙屋) 강 언저리에 있다.

좌근위부에서 여는 활쏘기 대회 오월 오일에는 좌근위부, 육일에는 우근위부에서 여는 활쏘기 대회가 궁중의 마장에서 거행되었다.

주계두主計の頭 『스미요시 이야기』(住吉物語)에 등장하는 인물. 일흔 살 남짓한 노인. 계모의 획책으로 딸을 훔쳐내려 한다. 주계두는 주계료(主計寮)의 장관으로 종5위상에 상당한다.

주자소厨子所 내선사(內膳司) 소속. 궁중에서 식사 준비를 하는 곳. 가마우지를 키우는 수장은 고기잡이가 일이기 때문에 이곳에 속한다.

죽통 쌍륙 놀이를 할 때 주사위를 넣어 흔드는 통. 각자 한 개씩 지닌다.

준태상천황准太上天皇 태상천황이란 양위를 한 제. 역사에는 신하가 태상천황이 되었다는 기록이 없다. 제1권「기리쓰보」첩에서 발해의 관상쟁이가 예언한 대로 겐지는 일단 신하가 되었으나, 레이제이 제의 친부(親父)로 신하를 넘어서는 신분과 영화의 정점을 누렸다.

줄에서 빠져나와 혼자가 된 기러기 새끼 내대신의 많은 자식들 가운데 애정이 미치지 않는 자.

중납언中納言 고키덴 여어의 시녀.

중장 오모토 검은 턱수염 대장의 연인.

중장, 시종 민부대보 식부경의 자식으로 검은 턱수염 대장의 부인의 형제. 무라사키 부인의 이복 형제.

지촉紙燭 조명도구의 하나. 수촉. 소나무를 길쭉한 막대기 형태로 깎아 그 끝에 종이를 감고 기름을 부어 불을 밝힌다.

참빗살나무 화살나무과의 낙엽수. 초여름에 연녹색 조그만 꽃(꽃잎이 네
장)이 피고, 가을에는 아름답게 물든다.

참의가 아닌 사람 비참의. 참의의 위계인 4위이면서 참의에 임명되지 못한 자.

창가唱歌 금이나 비파의 선율을 입으로 노래하는 것. 또는 연주하면서 선
율에 맞춰 노래를 부르는 것.

창포菖蒲 물가에 돋는다. 잎은 칼 모양. 향이 짙어 사악한 기운을 물리친
다고 한다. 장식으로 머리에 꽂거나 처마에 매달기도 하고, 지붕으로 얹
기도 했다. 또 오월 오일에 창포를 뽑아, 뿌리의 길이를 겨루기도 했다.

청색 포, 적색 포 청색 포란 천황이 일상적으로 입는 옷. 푸른빛을 띤 담황
색. 행차 등의 행사에서는 천황과 좌대신(一の上卿)은 적색 포, 그밖의
사람들은 청색 포를 입는다.

청원서 신문(申文)이라 한다. 관직의 취임을 신청하는 문서. 출신, 이력,
학력, 공로 등을 한문으로 써서 탄원한다.

청해파青海波 아악의 곡명. 당악. 반섭조. 둘이서 봉황의 머리 모양 투구를
쓰고 밀려오는 파도 모양을 흉내내어 추는 춤. 제2권 「단풍놀이」 첩에
서 겐지와 두중장이 함께 추었다.

초서체草書體 히라가나만큼 흘려 쓰지 않는 서체.

추풍락秋風樂 아악의 곡명. 중국에서 전래된 음악을 개작한 것이라 한다.
제5권 「화톳불」 첩에서, 겐지가 말한다. '추풍락의 피리 소리가 가을이
되었다는 것을 알려주니, 가만히 있을 수가 없습니다그려'.

치잣빛으로 옷을 물들여 '그 사람을 생각하고 있다고도 그리워하고 있다고
도 입 밖에 내지 말자. 그 결심으로 치잣빛으로 옷을 물들여 입기로 하
자'(『고금화가육첩』 제5). 치자는 '입 밖에 내지 않는다'라는 말과 동음
이의어이다. 치자 열매는 염료로 이용되는데 노란색 물이 들기 때문에
황매화꽃이 연상된다.

친왕親王 황족의 칭호. 천황의 형제와 황자는 친왕, 자매와 황녀는 내친왕
이라 하였다.

칠현금 현이 일곱 줄인 현악기. 기러기발이 없고, 주법이 어렵다. 뛰어난
음악은 뛰어난 정치와 통한다는 유교적 이념에 근거하여 황족과 상류

층 귀족들이 즐겨 연주했으나, 『겐지 이야기』 시대에는 거의 연주되지 않았다고 한다. 『우쓰호 이야기』에서는 신비로운 악기로 귀히 여겨졌고, 『겐지 이야기』에서는 황족들이 주로 연주한다.

침향沈香, **침** 서향과의 상록 고목(高木)으로 열대산이다. 목질이 무거워 물에 가라앉는다. 향료나 가재도구류의 재료로 쓰인다. 흑색이며 품질이 좋은 것을 가라(伽羅)라고 한다.

타구락打毬樂 아악의 곡명. 당악(唐樂). 대식조(大食調). 좌악(左樂). 4인무. 중국 사람 차림으로 공을 막대기로 긁으면서 춤춘다. 활쏘기 시합, 경마, 씨름 대회 때 행해졌다.

탈상 상복을 벗는 것. 강가에서 계를 한다.

태풍 가을, 210일, 220일경에 부는 세찬 바람.

패랭이꽃 식물의 이름. 다마카즈라를 비유하는 표현. '나데시코'라고 읽는데, 그 소리가 귀여워한 아이란 뜻을 포함한다. 또 '도코나쓰'라는 다른 이름도 있는데, '도코'(방바닥)라는 소리와 울리는 것에서 정사 장면을 암시하기도 한다.

패랭이꽃 노래 제1권 「하하키기」 첩에서 유가오가 부른 노래. 산골짜기 집 울타리는/무너지고 황폐해졌어도/가끔은 찾아와/정을 나누어주면 좋을 것/당신의 사랑스런 패랭이꽃에게

포袍 귀인이 입는 겉옷. 관위, 직함에 따라 색과 무늬, 모양이 다르다.

하구河口**의 관문** 미에(三重) 현 이치시(一志) 군 하쿠(白) 산 정. 구키다(岫田)의 관문이라고도 한다. 사이바라 「하구」에서 '하구의 관문의 울타리여, 관문의 울타리여, 딸을 어머니가 지키고 있으나, 지키고 있으나, 나는 빠져나와 그 아가씨와 같이 자고 말았네, 같이 자고 말았네, 관문의 울타리여'라고 불린다.

하늘의 바위문을 닫고 아마테라스 오미카미(天照大御神)가 하늘의 바위 굴에 숨은 것.

하얗고 얇은 종이 연문에 사용한다.

하엽荷葉 향의 일종. 하는 연꽃을 뜻한다. 여름용이다.

하왕은賀王恩 아악의 곡명. 당악(唐樂). 대식조(大食調). 일인무. 왕의 은덕을 축하하는 곡. 사가(嵯峨) 천황 시대의 오이시노 미네요시(大石峯良)

가 지은 것이라고 하는데, 중국에서 전래된 곡을 개작한 것인가.

한삼汗衫 땀받이를 위해 입는 속옷. 행사 때 동녀들이 겉옷으로 입기도 했다.

한학漢學 한학은 헤이안 시대 남성 관료들에게는 필수적인 교양이었고, 관료로서 유능하다는 증거였다.

향호香壺 **상자** 향을 담은 항아리를 담는 상자. 떡이라는 것을 모르게 하기 위해 사용했다.

허리끈을 묶어주는 역할 바지를 처음 입히는 의식에서 바지의 허리끈을 묶어주는 역. 친족 중에서 가장 나이가 많은 사람이 맡는다.

혼례를 꺼리는 장마철 오월 장마철에는 결혼을 피하는 풍습이 있었던 모양이다.

홍매紅梅 붉은빛 매화. 헤이안 시대에는 매화라고 하면 보통 백매를 가리 켰다.

홑옷 동녀가 한삼 밑에 입는 속옷. 성인 남녀가 착용하는 경우도 있다.

화살통 무구(武具)의 하나. 화살을 담아 등에 멘다. 대신을 겸하는 대장은 무장을 하지 않기 때문에 검은 턱수염 대장이 대납언이라는 설도 있다. 다마카즈라가 혐오한 검은 턱수염 대장의 모습. 「이세 이야기」의 6단 에서 여자를 훔친 남자가 화살통을 메고 있다. 『겐지 이야기』에서는 유 일하게 등장하는 용례이다. 겐지 역시 무장이었지만, 화살통을 멘 모습 은 한번도 묘사되지 않았다.

후견後見 뒤를 보살피는 것. 또는 그 사람. 주종, 부부, 친자, 정치적 보좌 등 다양한 관계에 이용되었다.

후세後世 죽은 후에 다시 태어나는 세상. 내세.

흑방黒方 향의 일종. 겨울용.

히타치에 있는 스루가駿河 **바다의 스마**須磨 **해변에 이른 파도가 일듯 하코자키**崎笥 **의 소나무** 중납언이 고키덴 여어가 직접 노래한 것이라 가장하고 오미에 게 보낸 답가. 답가는 증가와 공통된 어구를 사용한다는 증답가의 작법 에 따라, 오미의 서툰 증가를 흉내내고는 하코자키(지금의 후쿠오카福 岡 시)까지 덧붙여 지명을 일부러 늘어놓으며 조롱한 것. 이 노래를 받 은 오미는 소나무의 마쓰를 기다린다는 뜻으로 파악하고 기뻐한다.

작성자: 다카기 가즈코(高木和子)

인용된 옛 노래

가까워도 만날 길이 없네
　　남모를 그리움 따위가
　　무슨 소용 있으랴 생각해보니
　　가까워도 만날 길이 없네
　　＊「고금집」, 「사랑1」·작자 미상

가까이에 있으면서도 지금까지 그 모습을 뵙지 못하고 있는 것은 그쪽에서
오지 말라는 뜻으로 관문을
　　곁에 있으면 그림자를 밟을 만큼
　　가까이서 모실 수 있었는데
　　누가 오지 말라는 뜻으로
　　관문을 만들어놓았는가
　　＊「후찬집」, 「사랑2」·소팔조(小八条) 미야스도코로

가을 한창때와는 달리 꽃이 만발하는 계절이 따로 있구나
　　물들어가는 국화꽃을 보니
　　＊「고금집」, 「가을하」·다이라노 사다훈(平貞文)

「갈대 울타리」
　　그 아가씨 집의 갈대 울타리 나뭇가지 울타리를 헤치고 넘어
　　그 아가씨 등에 업고 넘자 넘자
　　도대체 누가 이 일을 부모에게 일렀는지
　　말 많기로 소문난 이 집 올케가 이른 듯하네
　　천지의 신이여 신이여 내 무고함을 밝혀주소서
　　나는 고자질은 하지 않았으나

듣고 싶지 않은 불쾌한 말을 나는 듣네 나는 듣네

＊사이바라의 여「갈대 울타리」

그대 말고 누구에게 보이리

그대 말고 누구에게 보이리

이 매화꽃의 색이며 향은

알아보는 사람이 알아보니

＊「고금집」,「봄상」·기노 도모노리(紀友則)

그대가 사는 집 마당의 나뭇가지 보이지 않을 때까지

그대가 사는 집 마당의 나뭇가지

보이지 않을 때까지 뒤돌아보고

뒤돌아보며 돌아가노라

＊「오카가미」,「도키히라전」(時平傳)

꽃이 지지 않으면 천년이고 이곳에 머물 듯하여

언제까지 이 들판에서

내 마음 방황할 것인가

꽃이 지지 않으면 천년이고

이곳에 머물 듯하여

＊「고금집」,「봄하」·소세이 법사

널빤지도 없는 작은 배가 같은 곳을 왔다갔다하듯 왜 같은 사람을 그리워하는 것일까

수로를 저어가는 널빤지도 없는 작은 배가

같은 곳을 왔다갔다하듯

왜 같은 사람을 그리워하는 걸까

＊「고금집」,「사랑4」·작자 미상

누키 강 얕은 내에 돋은 사초처럼
부드러운 내 팔을 베개 삼아
다정히 보내는 밤도 없이
어머니가 당신과 나 사이를 무정하게 떼어놓으니

누키 강 얕은 내에 돋은 사초처럼 부드러운 내 팔을 베개 삼아

다정히 보내는 밤도 없이 어머니가 당신과 나 사이를 무정하게 떼어놓으니

어머니가 사이 떼어놓은 아내는 더욱 가엾어라
그렇게 생각해준다면 야하기 시장에 신발을 사러 가자
신발을 사준다면 폭이 좁은 비단신발을 갖고 싶어라
비단신발 신고 말쑥하게 몸단장 하고
당신을 만나러 가야지 미야지로 가야지
　　*사이바라의 율 「누키 강」

「다케 강」

다케 강 다리 옆에 있소 다리 옆에 있소
그 꽃밭에 그 꽃밭에 날 보내주오 날 보내주오
소녀들을 같이 붙여서
　　*사이바라의 여 「다케 강」

단단한 돌도 녹일 듯 그대의 소망이 간절하니

대지를 밟으니 가랑이까지 땅속에 들어가고
단단한 땅을 부드러운 눈처럼 차버리니
　　*『일본서기』, 「신대상」

「당의」(唐衣)

당신의 불성실한 마음이
견딜 수 없이 괴로우니
내 당의의 옷자락은
늘 눈물에 젖어 축축하여라
　　*「잇꽃」 첩, 스에쓰무하나의 노래

보내주신 어여쁜 옷 입고 보니
평소의 매정하심이 몸에 저미어
내 신세만 서러우니 이 당의
소맷자락 눈물에 적셔
돌려보낼까 하옵니다
　　*「머리 장식」 첩, 스에쓰무의 노래

동쪽 길 끝에 있는 히타치 지방

동쪽 길 끝에 있는 히타치 지방의
허리띠 걸쇠는 아니나
잠시나마 그대를 만나려 하니

＊『고금화가육첩』 제5

말조차 먹지 않는 풀이라 하여

　그 향이 좋다 하여 찾아오는 이까지 있는 창포이거늘

　이상하게도 말은 먹으려 하지 않네

＊『후습유집』, 「여름」·에교(惠慶) 법사

　무릎 아래가 흰 말

　숲 속 나무 아래 묶어놓은 어린 망아지를 데리고 오노라

　무릎 아래가 흰 호랑이털 무늬 말을

　그 말이 내게 풀을 달라 하네

　풀을 뜯어주리

　물을 주고 풀을 뜯어주리

＊『신락가』, 「그 망아지」

「매화나무 가지」

　매화나무 가지에 날아와 앉은 꾀꼬리

　봄이 찾아와 봄이 찾아와 지저귀고 있건만

　아직도 눈은 계속 내리고 눈은 계속 내리고

＊사이바라의 여 「매화나무 가지」

모깃불은 아니지만 사람들 눈에 띄지 않게 소리 없이 피어오르는 이 사랑의 불길

　여름 집에서 피우는 모깃불은 아니나

　언제까지 사람들 눈에 띄지 않게 소리 없이

　이 사랑의 불길을 태워야 하나

＊『고금집』, 「사랑1」·작자 미상

모르는 곳이나 무사시노라 하면

　모르는 곳이나

　무사시노라 하면 절로 한숨이 나오니

　그곳에 돋아 있는

　지치풀에 마음이 끌리기 때문이리

＊『고금화가육첩』 제5

　가스가 들판 어린 지치로 물들인 옷의 문양처럼

　남의 눈을 피하는 은밀한 사랑의 괴로움에

　한없이 마음이 흐트러지네

바람 불어 내 님의 옷자락 뒤집어놓으니

바람 불어 내 님 옷자락

뒤집어놓으니

그 안이 정말 멋있구나

마음 설레는 초가을 바람이여

＊『고금집』, 「가을상」 · 작자 미상

바람에 흔들리는 억새풀 소리

안 그래도 마음이 뒤숭숭한 가을 해질 녘에

바람에 흔들리는 억새풀 소리 들려오네

＊『후습유집』, 「가을상」 · 재궁 여어

같은 가을이라도

해질 녘은 더욱 마음이 뒤숭숭하니

억샛잎 끝을 흔드는 바람에

싸리잎에 맺힌 이슬 떨어지네

＊『요시타카집』(義孝集), 『화한낭영집』

＊ 억새풀에 이는 바람 소리에 가을의 기운을 느끼는 것은 헤이안 시대 화가(和歌)의 전형적인 발상.

봄 햇살 비치는 등나무 어린 잎처럼

봄 햇살 비치는 등나무 어린 잎처럼

그대 나를 허물없이 생각한다면

나도 그대 믿고 따르리

＊『후찬집』, 「봄하」 · 작자 미상

봄과 가을의 우열을 가릴 때

봄이 좋은지 가을이 좋은지

망설여지고 정하기 힘들구나

그때그때의 계절 따라 마음이 쏠리니

＊『습유집』, 「잡하」 · 기노 쓰라유키

겨울 지나 봄이 오면 울지 않던 새도 날아와 지저귀고 피지 않았던 꽃 도 피네

허나 산은 울창하여 들어가 만져볼 수 없고 풀은 무성하여 꺾을 수도

없네

한편 가을 산은 단풍을 손에 쥐어 찬미하고 푸른 잎을 한탄하고 원망할
수도 있다네

그런 가슴 설레는 가을을 나는 좋아한다네

*「만엽집」권1 · 누카타노 오키미(額田王)

봄은 그저 꽃이 다같이 필 뿐

그윽한 정취야 가을이 뛰어나니

*「습유집」,「잡하」· 작자 미상

* 춘추우열론

봄의 들이 마음에 들어 하룻밤을 묵고 말았네

봄들에 제비꽃을 따러 왔건만

들이 마음에 들어 하룻밤을 묵고 말았네

*「만엽집」권8 · 야마베노 아카히토(山部赤人)

붉은 옷자락 끌며 사라진 그 사람 모습을

앉으나 서나

머릿속에 떠올리네

붉은 옷자락 끌며 사라진

그 사람 모습을

*「고금화가육첩」제5

사람 눈이 아무리 무섭다 한들

아무도 모르는 내 사랑의 걸음에

관문을 만들어 지키는 문지기여

밤마다 조금이나마 잠들어주었으면 하누나

*「이세 이야기」5단,「고금집」,「사랑3」· 아리와라노 나리히라

사랑의 괴로움과 서러움을 처마 끝에서 쉴 새 없이 떨어지는 물방울만큼이나

장맛비 바라보고 쓰르라미 우는 소리 들으며

애태우는 마음

온종일 처마 끝에서 쉴새없이 떨어지는

물방울처럼 멎을 일이 없구나

*「신고금집」,「잡하」· 도모히라(具平) 친왕

삼종지도

부인에게는 세 가지 따라야 할 도리가 있으니 함부로 행동해서는 아니
된다.

시집가기 전에는 아버지를 따르고 시집을 가서는 남편을 따르고
남편이 죽어서는 아들을 따라야 한다.

＊『의례』, 「상복전」(喪服伝)

서투른 글씨이나 잘 썼다고 봐주시길

서투른 글씨이나

잘 썼다고 봐주시길

미나세 강바닥의 쓰레기처럼

보잘것없는 몸이나

＊『겐지석』

소리 없는 폭포

대관절 어찌하면 좋으리

오노 산 위에서 떨어지는

소리 없는 폭포처럼

아무런 답장도 주지 않는 그 사람을

＊출전 미상

이리저리 남의 눈을 피하였으나

견디기 어려워 소리 없는 폭포처럼

마음속으로 울고 있네

＊출전 미상

안주는 무엇이 좋을까

우리 집에는 휘장도 내렸네

님들이시여 이리 오시게

사위로 맞으리니

안주는 무엇이 좋을까

전복 소라가 좋을까

아니면 성게가 좋을까

＊사이바라 여「우리 집」

어린 싸리가 잎에 맺힌 이슬이 무거워 바람 불어 털어주기를 기다리니

미야기노의 앙상한 어린 싸리가

잎에 맺힌 이슬이 무거워

바람 불어 털어주기를 기다리니

그처럼 님 오기를 기다리노라

*『고금집』, 「사랑4」 · 작자 미상

연못의 수초 뿌리를 베어내지 말아다오

원앙새 상오리 오리까지 와서 노니는

하라 연못의 수초 뿌리를 베어내지 마시게

그 수초가 다시 자라나도록 쑥쑥 자라나도록

*풍속가 「원앙새」의 한 구절.

옛이야기의 여자가 '실제로 누구와 인연을 맺었는지 기억이 없을 만큼, 마치 꿈길을 헤매는 듯한 나인데'

*『헤이추(平中) 이야기』

요시노 강가에 큰 파도처럼 피어 있는 등꽃

요시노 강가에 큰 파도처럼

피어 있는 등꽃이여

내 마음이 예사 사람 같다면

이리 애타게 그리워하지는 않으리니

*『고금집』, 「봄중」 · 작자 미상

이 무더운 장마철에 머리칼이 헝클어지는 것도 마다 않고

두견새여 몇 번이고 거푸 울어다오

소녀의 늘어뜨린 머리처럼

울적한 오월 장마철 하늘에서

*『습유집』, 「여름」 · 오시코치노 미쓰네

이상하게도 상대가 싫어하면 할수록 그리움이 더해지니

이상하게도 상대가 싫어하면 할수록

그리움이 더해지니

이 마음 어찌하면 단념할 수 있으리

*『후찬집』, 「사랑2」 · 작자 미상

이제는 이러나저러나 마찬가지일 터

　이리 괴로워하였으니

　이제는 이러나저러나 마찬가지일 터

　몸이 다하도록 만나리라

　＊『후찬집』,「사랑5」· 모토요시(元良) 친왕

이제와 누구의 말을 진심이라 믿으랴

　그 사람이 한 말 거짓이라 알면서도

　이제와 누구 말을 진심이라 믿으랴

　＊『고금집』,「사랑4」· 작자 미상

창포

　물속에 숨어 자란

　오월의 창포 뿌리가 긴 것처럼

　긴 것의 예로 삼아줬으면 싶구나

　＊『속고금집』,「여름」· 기노 쓰라유키(紀貫之)

추풍락(秋風樂)

　가을이 왔음이 눈에는 뚜렷이 보이지 않지만

　바람 소리를 듣고서야 알게 되는구나

　＊『고금집』,「가을상」· 후지와라노 도시유키(藤原敏行)

　＊아악의 곡명. 당악. 반섭조. 중국에서 전래된 음악을 개작한 것이라고도 한다. 「화
톳불」첩에서, 겐지가 한 말 '추풍락의 피리 소리가 가을이 되었다는 것을 알려주니,
가만히 있을 수가 없구나'는 위의 노래를 연상시킨다.

치잣빛으로 옷을 물들여

　그 사람을 생각하고 있다고

　그리워하고 있다고 굳이 말하지 말자

　그런 결심으로 치잣빛으로 옷을 물들여 입기로 하자

　＊『고금화가육첩』제5

　＊치자 열매를 염료로 사용하여 물을 들이면 노란 물이 들어, 노란 황매화꽃을 연상
시킨다.

큰 소맷자락 있으면 좋겠구나 드넓은 하늘에서 불어오는 바람 막아줄

　큰 소맷자락이 있으면 좋겠구나

　드넓은 하늘에서 불어오는 바람 막아줄

　그리하면 봄에 피는 꽃

바람에 맡기지 않아도 될 터이니
  *「후찬집」, 「봄중」· 작자 미상

패랭이꽃 노래

  산골짜기 집 울타리는
  무너지고 황폐해졌어도
  가끔은 찾아와
  정을 나누어주면 좋을 것을
  패랭이꽃 같은 당신의 어린 딸에게
  *「하하키기」 첩, 유가오의 노래

하구의 관문

  하구의 관문의 울타리여 관문의 울타리여
  딸을 어머니가 지키고 있으나 지키고 있으나
  나는 빠져나와 그 아가씨와 자고 말았네
  같이 자고 말았네 관문의 울타리여
  *사이바라의 여 「하구」

하늘의 바위문을 닫고

  하늘 바위굴에 들어가셔서
  바위문을 닫고 안에서 나오시지 않으셨다
  『일본서기』, 「신대상」(神代上)
  * 아마테라스 오미카미(天照大神)가 하늘의 바위굴에 은거한 것.

히타치에 있는 스루가 바다의

스마 해변에

이른 파도가 일 듯

하코자키의 소나무

  *「패랭이꽃」 첩, 중납언의 노래
  * 중납언이 고키덴 여어가 직접 노래한 것이라 가장하고 오미에게 보낸 답가. 답가는
  증가와 공통된 어구를 사용한다는 증답가의 작법에 따라, 오미의 서툰 증가를 흉내내
  고는 하코자키(지금의 후쿠오카 시)까지 덧붙여 지명을 일부러 늘어놓으며 조롱한 것.
  이 노래를 받은 오미는 소나무의 마쓰를 '기다린다'는 뜻으로 파악하고 기뻐한다.

지은이 **무라사키 시키부**(紫式部, 978년경~1014년경)는 헤이안(平安) 시대 중기에 활약한 여류작가로, 일본의 가장 위대한 문학작품이자 세계에서 가장 오래된 완전한 장편소설로 일컫는 『겐지 이야기』(源氏物語)의 저자다. 진짜 이름은 알려져 있지 않으며, '무라사키'라는 별명은 『겐지 이야기』의 여주인공 이름에서 딴 것으로 전해진다. 무라사키 시키부의 생애를 알려주는 주요 자료로는 1008~10년까지 쓴 일기가 있으며, 이것은 그녀가 모셨던 중궁 쇼시(彰子)의 궁정생활을 엿보게 해준다는 점에서도 상당히 흥미롭다. 일부에서는 『겐지 이야기』의 집필시기를 무라사키 시키부의 남편인 후지와라노 노부타카(藤原宣孝)가 죽은 1001년부터 그녀가 궁정에서 시녀로 일하기 시작한 1005년까지로 보고 있다. 그러나 이 길고 복잡한 작품을 쓰는 데는 훨씬 더 오랜 세월이 걸려 1010년 무렵에도 끝나지 않았을 가능성이 더 많다. 한편 히카루 겐지가 죽은 뒤의 이야기는 다른 작가가 썼다고 보는 견해도 있지만, 이 책을 현대어로 옮긴 세토우치 자쿠초는 무라사키 시키부가 오랜 세월을 두고 이 소설을 완성했을 것이란 설을 내세우고 있다.

현대일본어로 옮긴이 **세토우치 자쿠초**(瀬戸内寂聴, 1922~2021)는 일본 도쿠시마 현에서 태어나 도쿄 여자대학교를 졸업한 뒤 결혼한 남편과 중국으로 건너갔으나, 종전을 맞이해 일본으로 돌아온 뒤 작가의 길로 들어섰다. 1972년 불교에 귀의하고 종교활동과 집필활동을 병행했다. 세토우치 자쿠초는 『겐지 이야기』에 대해 남다른 조예와 애정을 가진 작가로, 많은 글과 여러 활동을 통해 『겐지 이야기』의 매력을 널리 알리는 데 힘썼으며, 특히 『겐지 이야기』의 현대어역은 겐지 붐을 일으키는 계기가 되기도 했다. 2006년 문화·저술 부문에 이바지한 공로를 인정받아 문화훈장을 받았다. 저서로는 『석가모니』『다무라 준코』『여름의 끝』『꽃에게 물어봐』『백도』『사랑과 구원의 관음경』 등이 있으며, 무라사키 시키부의 『겐지 이야기』를 현대어로 옮겼다.

옮긴이 **김난주**(金蘭周)는 1958년 부산에서 태어나 경희대학교 국문과를 졸업하고 같은 학교 대학원에서 수학했다. 일본 쇼와 여자대학교에서 일본 근대문학을 전공하여 석사학위를 받은 후, 오쓰마 여자대학교와 도쿄 대학교에서 일본 근대문학을 연구했다. 옮긴 책으로는 한길사에서 펴낸 세토우치 자쿠초의 『겐지 이야기』를 비롯해, 요시모토 바나나의 『키친』, 에쿠니 가오리의 『냉정과 열정 사이』 『언젠가 기억에서 사라진다 해도』, 오가와 요코의 『박사가 사랑한 수식』, 마루야마 겐지의 『천년 동안에』, 시마다 마사히코의 『천국이 내려오다』, 나라 요시토모의 『작은별 통신』 등이 있다.

감수자 **김유천**(金裕千)은 한국외국어대학교 일본어과를 졸업하고, 일본 도쿄 대학교 인문과학연구과에서 석사학위, 인문사회계연구과 일본문화연구전공으로 박사학위를 받았다. 현재는 상명대학교 일본어문학과 조교수로 있다. 저서로는 『일본의 연애가』(공저) 등이 있으며, 주요 논문으로는 「일본문학과 일본인의 성의식 연구―『源氏物語』를 중심으로」 「『源氏物語』의 논리와 주제성」 「『源氏物語』의 불교」 등이 있다.